2021年度教育部人文社会科学研究规划基金西部和边疆地区项目

（编号：21XJA752002）

云南师范大学博士科研启动项目

（编号：2021SK001）

A Study of Natural History Narrative
in Elizabeth Gaskell's Novels

伊丽莎白·盖斯凯尔小说的
博物学叙事研究

李洪青　著

中国社会科学出版社

图书在版编目(CIP)数据

伊丽莎白·盖斯凯尔小说的博物学叙事研究 / 李洪青著. —北京：中国社会科学出版社，2023.7
ISBN 978 - 7 - 5227 - 2088 - 3

Ⅰ.①伊⋯ Ⅱ.①李⋯ Ⅲ.①盖斯凯尔(Gaskell, E. C. 1810 - 1865)—小说研究 Ⅳ.①I561.074

中国国家版本馆 CIP 数据核字(2023)第 112716 号

出 版 人	赵剑英	
责任编辑	王莎莎	
责任校对	张爱华	
责任印制	张雪娇	

出　　　版	中国社会科学出版社	
社　　　址	北京鼓楼西大街甲 158 号	
邮　　　编	100720	
网　　　址	http://www.csspw.cn	
发 行 部	010 - 84083685	
门 市 部	010 - 84029450	
经　　　销	新华书店及其他书店	

印刷装订	北京市十月印刷有限公司
版　　次	2023 年 7 月第 1 版
印　　次	2023 年 7 月第 1 次印刷

开　　本	710×1000　1/16
印　　张	14.5
插　　页	2
字　　数	252 千字
定　　价	88.00 元

凡购买中国社会科学出版社图书，如有质量问题请与本社营销中心联系调换
电话：010 - 84083683

目　录

导　言

伊丽莎白·盖斯凯尔（Elizabeth Gaskell，1810－1865），也称盖斯凯尔夫人（Mrs. Gaskell），是维多利亚时代英国文坛上颇具影响力的女作家。[①] 盖斯凯尔原名伊丽莎白·克莱格雷恩·斯蒂文森（Elizabeth Cleghorn Stevenson），1810年出生于英格兰切尔西一个牧师家庭，周岁丧母，后被寄养在柴郡纳茨福德镇（Knutsford）的姨妈家，该镇的风土人情后来成为她创作的主要素材。1832年，伊丽莎白和唯一神教派牧师威廉·盖斯凯尔（William Gaskell）结婚，迁居曼彻斯特市。1837年，盖斯凯尔和丈夫合作发表诗歌，之后又发表多部短篇小说。1848年，她的首部长篇小说《玛丽·巴顿》（*Mary Barton*）一经问世，便引起广泛关注。查尔斯·狄更斯随后邀请她为其主编的期刊《家常话》（*Household Words*）撰稿，并亲切地称她为"亲爱的山鲁佐德"（dear Scheherezade）。此后，盖斯凯尔又陆续发表了长篇小说《克兰福德镇》（*Cranford*，1853）、《露丝》（*Ruth*，1853）、《南方与北方》（*North and South*，1855）、《西尔维娅的恋人》（*Silvia's Lovers*，1863）和《妻子和女儿》（*Wives and Daughters*，1865）。此外，她还创作了包括《拉德洛夫人》（*My Lady Ludlow*，1859）、《表姐菲利斯》（*Cousin Phillis*，1864）等在内的大量中短篇小说、为数不少的非虚构作品，以及一部非常有影响力的传记作品《夏洛蒂·勃朗特传》（*The Life of Charlotte Bronte*，1957）。1865年，盖斯凯尔在汉普郡逝世。从19世纪40年代中期到

[①]　伊丽莎白·盖斯凯尔1848年因首部长篇小说《玛丽·巴顿》成名后，评论界提起她时惯以"盖斯凯尔夫人"之名。但是，从20世纪七八十年代起，批评家们开始认识到盖斯凯尔的复杂多面性，并逐渐改称她为"伊丽莎白·盖斯凯尔"。笔者在文中使用盖斯凯尔这一称呼，旨在肯定她对维多利亚社会问题的反思力度。

1865 年意外去世，盖斯凯尔的写作生涯持续了将近 20 年，此间她一直享有极高的文学声誉。然而，她去世后，声名一度跌落，在相当长的一段时间内，始终屈居"二流作家"阵营。20 世纪中期以后，盖斯凯尔的文学声誉呈回暖之势。20 世纪末，维多利亚文学研究界掀起了一股盖斯凯尔研究热潮。

近年来，盖斯凯尔的文学声望再度高涨。2006 年英国 Pickering & Chatto 出版公司整理出版了一套长达五千多页的十卷本《伊丽莎白·盖斯凯尔全集》（*The Works of Elizabeth Gaskell*），几乎涵盖了她的所有作品，既有备受瞩目的长篇小说，也有不受重视的短篇小说，还包括她撰写的《夏洛蒂·勃朗特传》及其早年创作的诗歌，在报刊上发表的评论文章等。可以说，这是迄今为止出版的一部最全面详尽的盖斯凯尔文集。自 2006 年至 2010 年，"牛津世界经典系列丛书"先后出版或再版了盖斯凯尔的六部中长篇小说和传记作品。此外，大众影视传媒将盖斯凯尔小说进行改编并搬上银幕，进一步扩大了盖斯凯尔的影响力。英国广播公司（BBC）在 1999 年、2004 年、2007 年和 2009 年相继改编拍摄的系列短剧《锦绣佳人》（改编自《妻子和女儿》）、《南方与北方》、《克兰福德镇》以及《重返克兰福德镇》（圣诞特辑）让盖斯凯尔重新出现在全世界观众和读者的视野中，切实提升了她的知名度。2010 年 9 月 25 日，盖斯凯尔诞辰两百周年之际，她的名字被绘到了"哈伯德纪念彩绘花窗"（Hubbard）上。① 进驻伦敦威斯敏斯特教堂诗人角，则意味着盖斯凯尔经典作家的身份得到了国家官方文化机构的承认。

盖斯凯尔最初凭借她对当时维多利亚社会问题，尤其是劳资冲突这一阶级问题的思考走上文学舞台，并因其工业小说"向世界揭示的政治和社会真理，比一切职业政客、政论家和道德家加在一起所揭示的还要多"而获得了马克思"杰出小说家"的美誉（马克思，1956：686）。

---

① 诗人角的"哈伯德纪念彩绘花窗"落成于 1994 年。除盖斯凯尔之外，其余六名作家分别是亚历山大·蒲柏（Alexander Pope，1688－1744）、罗伯特·赫里克（Robert Herrick，1591－1674）、奥斯卡·王尔德（Oscar Wilde，1854－1900）、豪斯曼（A. E. Housman，1859－1936）、范妮·伯尼（Frances Burney，1752－1840）和克里斯托弗·马洛（Christopher Marlowe，1564－1593）。

因此，阶级问题和工业化进程始终是盖斯凯尔研究领域的热点课题。

20 世纪 30 年代，维多利亚文学研究专家戴维·塞西尔（David Cecil）在其专著《维多利亚时代的早期小说家》（*Early Victorian Novelists*：*Essays in Revaluation*，1934）中将盖斯凯尔称为缺乏天赋的"次要小说家"，认为她身上典型的"女性气质"（femininity）（Cecil，1948：154 - 155）是造成这一结果的主要原因。在分析盖斯凯尔的工业类小说时，塞西尔严苛地指出，由于工业题材涉及经济学和历史等女性理解力难以企及的知识领域，所以盖斯凯尔再怎么善于讲故事，也无法摆脱失败的命运，因为"整个时代精神都在和她作对"（ibid.：236）。塞西尔过于专断的言论，在此后较长的一段时间内，始终是评判盖斯凯尔文学才能的主要基调。20 世纪 40 年代，弗·雷·利维斯（F. R. Leavis）在其极具影响力的著作《伟大的传统》（*The Great Tradition*）中再次将盖斯凯尔贬为"次等小说家"（Leavis，1948：1 - 2），这进一步将盖斯凯尔打入文学声誉的冷宫。

不过，随着 20 世纪五六十年代马克思主义批评的兴起，盖斯凯尔的《玛丽·巴顿》和《南方与北方》等"工业小说"重新受到关注，这极大地促进了盖斯凯尔研究的复兴。凯瑟琳·蒂洛森（Kathleen Tillotson）在《19 世纪 40 年代的小说》（*Novels of the Eighteen - Forties*，1954）中通过对《玛丽·巴顿》主题和叙述基调间的复杂统一性的研究，发掘出小说中许多曾受学界低估的优点。雷蒙·威廉斯（Raymond Williams）在其影响深远的著作《文化与社会》（*Culture and Society*）中对盖斯凯尔的两部工业小说做了深入的分析。他的评价褒贬参半。就《玛丽·巴顿》而言，威廉斯一方面批评身为中产阶级的盖斯凯尔对工人阶级暴力的恐惧"破坏了小说主题情感整体所必需的统一性"（Williams，1958：100）；但另一方面也肯定了她在小说创作初始采用的那种"既满怀同情的去观察，也尝试通过想象力与人物产生认同感"的"情感结构"，对她有关工人日常生活的"特有感受和反应"（ibid.：98）的描写给予了高度评价。威廉斯对盖斯凯尔未能在《南方与北方》中为劳资冲突问题提出切实可行的解决方案表示遗憾，但他也注意到这部小说的"整体结构明显要优于先前作品"，而且从当时的政治经济观来看，玛格丽特与厂主桑顿的辩论显得"既真实又有趣"（Williams，1958：101）。长期以来，盖斯凯尔的艺术才能遭到以塞西尔为首的文学评论家的轻视和诋毁，威廉斯的评论无疑是对上述定见的有力反驳。马克思主义批评家约翰·卢卡斯（John Lucas）同样将注意力放在了盖斯凯尔的工业小说上。他在《盖斯凯尔夫人和手足情谊》（"Mrs Gaskell and Brotherhood"）一文中着重分析了小说《南方与北方》，认为盖斯凯尔只希望"处于不同阶层的个人"能实现"实际的个人交往"，从未想过要从根本上改变现存社会的阶级结构，因此，她试图促成劳资双方和解的梦想只能是"灰色的"（Lucas，1966：205）。和卢卡斯不同，法国学者路易斯·卡扎米昂（Louis Cazamian）在《英国社会小说，1830—1850 年》（*The Social Novel in England：1830 – 1850*）中对盖斯凯尔的"社会小说"①做出积极评价，认为盖斯凯尔和狄更斯等人"富有激情且极具挑战性的小说对那些关系到整个社会的重大问题进行了深入探讨，为全面改善人际关系提出了精确的方案，或表达了模糊的愿望"（Cazamian，1973：4），构成当时干涉主义运动（interventionist movement）的重要组成部分。总之，马克思主义者对盖斯凯尔工业小说的关注和重新评价有力地推动了盖斯凯尔的研究。

从 20 世纪 70 年代开始，传记式研究逐渐成为盖斯凯尔研究领域中的重要一环。随着约翰·查普尔（John Chapple）等人编撰的《盖斯凯尔夫人书信集》（*The Letters of Mrs. Gaskell*，1966）和《盖斯凯尔书信增补集》（*Further Letters of Mrs. Gaskell*，2000）的先后出版，盖斯凯尔传记相继问世。其中，知名度最高的几部著作有威尼弗雷德·格林（Winifred Gerin）的《伊丽莎白·盖斯凯尔：一本传记》（*Elizabeth Gaskell：A Biography*，1977）、珍妮·乌格罗（Jenny Uglow）的《伊丽莎白·盖斯凯尔：讲故事的习惯》（*Elizabeth Gaskell：A Habit of Stories*，1993）和雪莉·福斯特（Shirley Foster）的《伊丽莎白·盖斯凯尔：文学生涯》（*Elizabeth Gaskell：A Literary Life*，2002）。这些传记在考察盖

---

① 卡扎米昂首次提出"社会小说"（social novel）这一概念，将其定义为"带有社会主题的小说，旨在直接影响人际关系，或从一般意义上来说，或涉及一组特定的环境"（Cazamian，1973：7 – 8）。

斯凯尔的文学创作时，大都既重视其生平经历，又不忽视当时的历史和社会语境，它们的问世极大地推动了学界对盖斯凯尔的不同维度的考察。如果说此前盖斯凯尔更多是以传统家庭女性的形象出现，那么随着这些传记的出版，她作为中产阶级女性作家的另一面开始为大众知晓。盖斯凯尔不仅深谙文学市场的运行规则，善于和出版商打交道，而且还能有意识地塑造自身的公众形象。2010 年，最新一部传记《生命短暂：伊丽莎白·盖斯凯尔》（*Brief Lives：Elizabeth Gaskell*，2010）问世，《盖斯凯尔协会杂志》（*Gaskell Society Journal*）创始人艾伦·谢尔斯顿（Alan Shelston）在书中揭示了盖斯凯尔背后的女性生活：她的文学成就、婚姻生活和人道主义事业，进一步推动了对盖斯凯尔多面性的研究。

性别问题也是以往盖斯凯尔研究的核心课题。盖斯凯尔的六部长篇小说和最具代表性的几部中短篇，比如《拉德洛夫人》《女巫路易斯》（*Lois the Witch*）和《表姐菲利斯》的标题都与女性直接相关。[①] 塞西尔在 20 世纪 30 年代将盖斯凯尔类比为站在"文学之鹰"夏洛蒂·勃朗特和乔治·艾略特身旁的温顺的"鸽子"，认为她心甘情愿地接受父权社会给她设置的种种限制（Cecil，1948：152）。此后很长一段时间，评论界都默认了塞西尔的这一评判。20 世纪 70 年代是西方女性主义批评兴盛的年代，然而，盖斯凯尔因无法超越性别和阶级地位为她所划定的界线，依然没能获得足够的关注。知名女性主义批评家伊莱恩·肖瓦尔特（Elaine Showalter）在其批评名作《她们自己的文学：英国女性作家从勃朗特到莱辛》（*A Literature of Their Own：British Women Novelists from Bronte to Lessing*，1977）中虽多次提及盖斯凯尔，但她依然坚持塞西尔等人的观点，将后者看作安然接受社会限制的"盖斯凯尔夫人"。桑德拉·吉尔伯特（Sandra M. Gilbert）与苏珊·古芭（Susan Gubar）的女性主义批评经典著作《阁楼上的疯女人：女性作家与 19 世纪的文学想象》（*The Madwoman in the Attic：The Woman Writer and the Nineteenth-*

---

① 小说《南方与北方》的最初标题是"玛格丽特·黑尔"，后来在狄更斯的劝说下，才更改为现在的标题。

Century Literary Imagination，1979）更是对盖斯凯尔只字未提。

直到 20 世纪八九十年代，盖斯凯尔的女性主义研究才有所突破，评论家们开始重新挖掘其作品中许多曾被忽视的意义。玛格丽特·霍曼斯（Margaret Homans）在《承载文字：19 世纪女性写作的语言与女性体验》（*Bearing the Word*：*Language and Female Experience in Nineteenth-century Women's Writing*）中指出，虽然盖斯凯尔和同时代的其他女性作家一样，不得不使用当时文化规定的语言，但她敢于"声称自己是以女性身份来写作"（Homans，1986：226），这就在一定程度上挑战了男性主导的权威结构。帕西·斯通曼（Patsy Stoneman）在其著作《伊丽莎白·盖斯凯尔》中颇有洞见地指出，盖斯凯尔之所以长期不受女性主义批评家的重视，根本原因在于她的小说"既未明确批判父权社会对女性的压迫，也不像《阁楼上的疯女人》那样设置了一些可供读者进行象征性阐释的虚构场景"（Stoneman，1987：1）。斯通曼认为，盖斯凯尔在小说中宣扬的"母性思维"（maternal thinking）模式，暴露出父权社会中那种易于将女性"婴儿化"（ibid.：13）的传统母性观的弊病，从而隐性批判了父权制和父性思维模式。相比之下，南希·阿姆斯特朗（Nancy Armstrong）的《欲望和家庭小说：小说的政治史》（*Desire and Domestic Fiction*：*A Political History of the Novel*）更加强调盖斯凯尔的女性权威。阿姆斯特朗指责传统的女性主义批评仅关注性别维度，而无视阶级和种族维度的倾向容易把所有女性都看成受害者，并把文本中对女性主体性的一点点再现都当作一种抵抗形式。阿姆斯特朗认为，19 世纪的中产阶级女性其实在其所处文化中拥有真正的权力。比如说，女性小说家借助小说这一媒介，获得了重要的文化功能和特定的女性权威。具体分析《南方与北方》时，阿姆斯特朗指出，盖斯凯尔既拥有女性权威，也拥有阶级权威。通过将政治冲突置换为两性冲突，用私人婚姻来解决社会问题，盖斯凯尔顺理成章地当上中产阶级的代理人，"把政治抵抗带进了通俗文学领域"（Armstrong，1987：163）。另一位女性主义批评家菲丽西·波拿巴（Felicia Bonaparte）在《曼彻斯特的吉普赛单身汉：盖斯凯尔夫人的恶魔传》（*The Gypsy-Bachelor of Manchester*：*The Life of Mrs. Gaskell's Demon*，1992）中大胆借鉴吉尔伯特和古芭的批评思路，试图从温顺而富有同情心的"盖斯凯尔夫人"身上找出一个"恶魔般的自我"。波拿巴认为，盖斯凯尔的作品中隐藏着她在日常生活、私人信件中刻意遮盖的反叛自我。尽管波拿巴的观点颇有新意，极具震撼力，但书中大量的臆测性论断也为其招来诸多指责。盖斯凯尔研究专家安古斯·伊森（Angus Easson）贬斥该书的"中心论点站不住脚"，尽管"波拿巴本人称其为一种隐喻"，但这"是对一个不存在的存在的虚构描述，缺乏真实性"。（Easson，1995：285）和波拿巴一样，珍妮·斯宾塞（Jane Spencer）也考察了盖斯凯尔身上的多个"自我"（mes）。① 不过，她的《伊丽莎白·盖斯凯尔》（Elizabeth Gaskell，1993）一书并未像前者那样臆测盖斯凯尔对此有意掩饰，而是通过直接引用作家本人在书信里对自己多个"自我"的坦诚，指出盖斯凯尔之所以能创作出大量作品，正是得益于她多个"自我"之间的冲突（Spencer，1993：6）。斯宾塞承认，盖斯凯尔的确像阿姆斯特朗等学者指出的那样，借助小说获得了一定的文化权威，她自信、宽容、提倡进步、致力于弥合分歧。然而，斯宾塞也敏锐地觉察到，她的权威也具有"妥协的、从属的"（ibid.：29）性质。作为一名女性和唯一神教徒，盖斯凯尔具有犹豫不定、自我分裂的特质，她常常不得不站在主流社会边缘，用一种弗吉尼亚·伍尔夫所言的"隔离和批判的"局外人的眼光来审视世界。显然，斯宾塞的观点较之波拿巴而言，更为客观、冷静，因而也更具说服力。综上，在女性主义研究的推动下，此前学界对盖斯凯尔本人及其作品的简化认识逐渐被抛弃，其作品的丰富内涵开始得到广泛关注。

　　值得注意的是，20世纪八九十年代的新历史主义批评家们将阶级和性别两块研究内容整合起来，不仅延续了马克思主义批评家们对阶级问题的重视，同时也对女性问题进行了积极的探索，进一步深化了对盖斯凯尔作品中的阶级和性别问题的研究。马克思主义批评家们把文学看作对社会现实的被动反映，而新历史主义批评家们认为文学是一种话语

----

　　① 1850年，盖斯凯尔在写给朋友伊莱扎·福克斯（Eliza Fox）的信中称自己有多个"自我"（Mes），既是一名"真正的基督徒"，也拥有一个"社会性的自我"（扮演母亲和妻子的角色），此外还对美、合宜等有极高的追求（Chapple & Pollard，1966：108）。

构成，积极参与了对社会现实的形塑。盖斯凯尔本人和她笔下的女主人公们在社会中扮演何种角色就成了新历史主义者们研究的焦点。凯瑟琳·加拉格尔（Catherine Gallagher）在其影响力广泛的著作《英国小说中的工业改革：社会话语与叙事形式，1832—1867 年》（*The Industrial Reformation of English Fiction*：*Social Discourse and Narrative Form*，*1832 – 1867*）中考察了维多利亚时期工业小说的叙事形式与社会话语之间的关系，认为小说叙事能够揭示出社会话语中矛盾的文化意识形态。在评论雷蒙·威廉斯有关 19 世纪现实主义小说的论述时，加拉格尔指出，虽然威廉斯意识到此类小说具有将社会和个人联系起来的特点，但却没有注意到，"在现实主义小说中，公私两大领域间的联系依赖于一种潜在的假设，即二者首先得是分离的"（Gallagher，1985：114）。随后，加拉格尔指出《南方与北方》中的一个叙事矛盾：小说一方面试图让女主人公玛格丽特发挥其女性影响，以期连接公私两大领域；而另一方面又暗示，玛格丽特发挥影响的前提有赖于公私领域的分离。对此，加拉格尔敏锐地指出，充满矛盾的工业话语本身是导致这一叙事缺陷的主要原因，"家庭理想的宣扬者们坚持认为，女性只有被关在家中……才能保持其道德优越性"，然而这种"对隔离的坚持却导致了社会和家庭不可逆转的对立，连接公共领域和私人领域的转喻方法……悖论地依赖于它们的分离"。（ibid.：178）①

黛博拉·诺德（Deborah Epstein Nord）的《漫步维多利亚时代的街

---

① 哈贝马斯和汉娜·阿伦特都曾对"公共领域"（public sphere）概念做过论述。在哈贝马斯看来，"所谓'公共领域'，我们首先意指我们的社会生活的一个领域，在这个领域中，像公共意见这样的事物能够形成。公共领域原则上向所有公民开放。公共领域的一部分由各种对话构成，在这些对话中，作为私人的人们来到一起，形成了公众。那时，他们既不是作为商业和专业人士来处理私人行为，也不是作为合法团体接受国家官僚机构的法律规章的规约"（哈贝马斯，1998：125）。显然，哈贝马斯的公共领域与国家的公共权力相对，旨在让公众通过交流对话对国家活动实施民主控制。阿伦特则在哲学层面上揭示了古希腊城邦这一政治公共领域的实质。维多利亚文学研究视阈中的"公共领域"和城邦、政治生活没有太大关联，主要指区别于家庭私密空间的社会公众空间。本书遵从传统译法，仍将其译为"公共领域"。参见［德］哈贝马斯《公共领域》，载刘峰译，汪晖、陈燕谷主编《文化与公共性》，生活·读书·新知三联书店 1998 年版，第 125 页。［德］汉娜·阿伦特：《公共领域和私人领域》，刘峰译，载汪晖、陈燕谷主编《文化与公共性》，生活·读书·新知三联书店 1998 年版，第 62 页。

道：女性、表征与城市》（*Walking the Victorian Streets*：*Women*，*Repre-sentation*，*and the City*）是一部讲述女性作家如何在文学市场上争取权威的著作。诺德以《玛丽·巴顿》和《南方与北方》为例，将盖斯凯尔的职业生涯比作一场努力获取城市小说家和社会评论家身份的斗争。她认为，盖斯凯尔在城市街道上被人用"肘部推搡"的经历不仅"为她的小说提供了主题，也隐喻了文学市场中女性作家遭到暴露的身份"（Nord，1995：137）。通过对喧闹的街景的解读和对盖斯凯尔在表征各种权威时的复杂内心的分析，诺德揭示了维多利亚时代女性作家既渴望发声，又担心不为公众接受的矛盾心理。另一位新历史主义批评家芭芭拉·李·哈曼（Barbara Leah Harman）同样关注了盖斯凯尔的工业小说。在《英国维多利亚时代的女性政治小说》（*The Feminine Political Novel in Victorian England*）一书中，哈曼声称，《南方与北方》在探索女性问题方面的努力被严重低估。她着重分析了玛格丽特不畏工人暴动，公然站出来保护厂主桑顿的场景，认为盖斯凯尔并未像传统作家那样对女主人公走出家庭领域、进入公共领域的"僭越"行为予以谴责，反而对此表示了肯定和赞赏。哈曼认为，小说结尾也不像有些批评家指出的那样，表现了盖斯凯尔意欲回归家庭的保守倾向；相反，该结尾"赋予了私人话题令人不安的公共维度"（Harman，1998：75）。新历史主义批评家们积极探究盖斯凯尔小说虚构叙事与维多利亚时代各类文本的互动，他们对作家创作时具体社会语境的强调有力地挑战了塞西尔不顾当时现实给盖斯凯尔所下的负面论断，为重新确立盖斯凯尔在英国文坛上的地位做出了重要贡献。

自 20 世纪 80 年代以来，随着吉莲·比尔（Gillian Beer）的《达尔文的情节》（*Darwin's Plots*：*Evolutionary Narrative in Darwin*，*George Eliot and Nineteenth - Century Fiction*，1983）和乔治·列文（George Levine）的《达尔文和小说家：维多利亚小说中的科学模式》（*Darwin and the Novel-ists*：*Patterns of Science in Victorian Fiction*）等著作的问世，对盖斯凯尔小说中的科学思想的研究逐渐成为盖斯凯尔研究中的热点课题。列文指出："维多利亚小说事业愈发像维多利亚科学事业的文化孪生子，小说界的最高美学理想——真理、客观、克制——和当时的科学理想存在许多相通之处。"（Levine，1988：vii）列文的话揭示出科学与文学之间密不可分的联系。维多利亚时代是科学兴盛的时代，涌现出大量杰出的科学家。① 不过，其中最引人注目的还是要属查尔斯·达尔文（Charles Darwin，1809－1882），其进化论思想彻底否定了"神创论"和"物种不变论"等传统观念，对哲学、人类学、伦理学、心理学以及文学等领域产生了深远影响。《达尔文的情节》是一部从文化和语言角度研究达尔文理论的里程碑式著作。比尔在书中阐释了达尔文理论如何渗入维多利亚社会文化各个层面，及其对金斯利（Charles Kingsley）、艾略特（George Eliot）和哈代（Thomas Hardy）等维多利亚时期作家思想的影响。列文在《达尔文和小说家》中重点考察了《物种起源》出版前后维多利亚文学中的多种进化论思想对当时作家思想的影响。虽然列文并未研究达尔文对其同时代作家的直接影响，但他特别强调与达尔文重要著作相关的理论话语体系。此后，众多学者开始研究达尔文理论如何对维多利亚小说、诗歌、视觉文化等产生持久而广泛的影响。

最早将盖斯凯尔作品纳入达尔文研究批评范式的是卡罗尔·马丁（Carol A. Martin）。马丁在《盖斯凯尔、达尔文和〈北方和南方〉》（"Gaskell，Darwin，and North and South"）一文中指出，《南方与北方》发表于达尔文进化论学说之前，却见微知萌地涉及了一些类似于达尔文主义的思想。通过淘汰"无法适应环境变化的人"，留下"适应能力强的人"，盖斯凯尔预见了"适者生存"这一法则（Martin，1983：92）。玛丽·德布拉班特（Mary Debrabant）详细分析了《妻子和女儿》中的进化论叙事技巧。詹妮弗·格斯戴尔（Jennifer Gerstel）在博论《达尔文、艾略特、盖斯凯尔和哈代作品中的性选择和择偶现象》（*Sextual Selectionand Mate Choice in Darwin，Eliot，Gaskell，and Hardy*，2002）中论述了达尔文思想中的重要概念"性选择"对《妻子和女儿》的叙事

① 比如，数学家哈密尔顿（William Rowan Hamilton，1805－1865）、物理学家法拉第（Michael Faraday，1791－1867）和丁铎尔（John Tyndall，1820－1893）、化学家道尔顿（John Dalton，1766－1844）和拉姆塞（William Ramsay，1852－1916）、天文学家赫歇尔（Friedrich Wilhelm Herschel，1792－1871）以及生命科学家钱伯斯（Robert Chambers，1802－1871），等等。

影响。劳伦·卡梅伦（Lauren Cameron）的博士论文《与科学的再协商：英国女性小说家和进化论争议，1826—1876 年》（"Renegotiating Science：British Women Novelists and Evolution Controversies，1826 – 1876"，2013）则将注意力投向了《西尔维娅的恋人》这部鲜有学者关注的小说。卡梅伦对小说中涉及的达尔文思想做了考察，认为盖斯凯尔对口头传统和虚构叙事的强调有助于人们重新思考人类的生存价值，这是对带有悲观和虚无色彩的达尔文进化叙事的适度反思和修正。玛丽·伊丽莎白·莱顿（Mary Elizabeth Leighton）和丽莎·苏丽奇（Lisa Surridge）在论文《伊丽莎白·盖斯凯尔〈妻子与女儿〉中的进化论话语和信贷经济》（"Evolutionary Discourse and the Credit Economy in Elizabeth Gaskell's *Wives and Daughters*"，2013）中探讨了《妻子和女儿》中的进化论话语和信贷经济之间的关系，认为小说人物的命运好坏取决于他们能否处理好信贷、债务等问题。

　　研究达尔文思想的文化影响当然非常必要。① 但是，达尔文思想并非凭空出现，而是受益于在他之前的众多博物学家的研究成果，"进化论话语只是更为广博的博物学话语中的一个部分"（Boiko，2005：90）。

　　事实上，从博物学视角考察盖斯凯尔作品的学者不乏其人。希拉里·绍尔（Hilary Schor）和迪尔德丽·达尔贝蒂斯（Deirdre D'Albertis）是最早注意到博物学和盖斯凯尔小说《妻子和女儿》之间存在关联性的学者。不过，在米歇尔·福柯（Michel Foucault）认识论（福柯认为分类法到 19 世纪逐渐被生物学所取代）的影响下，两人都把论述重点放在了文本中的达尔文进化论叙述方式上。在《市场中的山鲁佐德：伊丽莎白·盖斯凯尔和维多利亚小说》（*Scheherezade in the Marketplace：Elizabeth Gaskell and the Victorian Novel*）中，绍尔指出，《妻子和女儿》的主题就是维多利亚生物科学的核心问题——起源、进步以及知识体系等（Schor，1992：184）。达尔贝蒂斯在《掩饰的小说：伊丽莎白·盖斯凯尔和维多利亚社会文本》（*Dissembling Fictions：Elizabeth Gaskell and*

---

　　① 乔治·列文在其著作《达尔文爱上了你》（*Darwin Loves You*，2006）中声称，他对达尔文思想的研究具有政治意义，旨在批判那种以为科学家的工作就是要为世界去魅的错误观点。

the Victorian Social Text）中称,《妻子和女儿》体现了博物学"分类法"和达尔文的"调查法"之间的张力,小说中的女性人物所利用的那些"与机会、概率和推测相关的秘密知识"最终"破坏并改变了分类法这一小说中的主导科学话语"(D'Albertis, 1997: 137)。

艾米·金(Amy M. King)在文章《分类学疗法:伊丽莎白·盖斯凯尔小说〈玛丽·巴顿〉中的博物学和草药医学政治》("Taxonomical Cures: The Politics of Natural History and Herbalist Medicine in Elizabeth Gaskell's *Mary Barton*")中着重探讨了小说中的博物学叙事的"政治内涵"(King, 2003b: 264)。她区分了两种业余博物学模式:以约伯·李(Job Legh)为代表的19世纪博物学家传统和以艾丽斯·威尔逊(Alice Wilson)为代表的乡村草药采集者或女巫之类更为古老的传统。金认为,艾丽斯的草药医学"与博物学在认知方面有着深层的联系",这种医学认知"对小说再现社会疾病具有重要意义"(ibid.: 256)。金进一步指出,盖斯凯尔采用"博物学的分类逻辑……旨在提倡用一种更为人性化的方式来看待工人阶级,不是将其视为另一物种或更高一级门类下的某一类型,而是疾患能够得到治疗的个体标本"(ibid.: 258)。金认为,盖斯凯尔用博物学的认知方式来教育两大阶级要把对方看作和本阶级相似的物种,是为了促使他们达成政治上的和解。金从博物学角度考察盖斯凯尔政治观的研究思路别具一格。在新作《平凡中的神圣:虔诚的博物学和英国小说》(*The Divine in the Commonplace: Reverent Natural History and the Novel in Britain*, 2019)中,金声称,英国现实主义小说和博物学在形式上存在共性,两者都推崇微小的细节和平凡的主题。论及盖斯凯尔的《西尔维娅的恋人》和《妻子和女儿》时,金指出,这两部英国乡土现实主义小说类似于博物学,它们"对日常现实细节的观察和描绘体现了对上帝的敬畏",这是"在平凡事物中表达神性的方式"(King, 2019: 206)。

在芭芭拉·盖茨(Barbara T. Gates)等人有关博物学的社会学研究基础上,安妮·西科德(Anne Secord)在文章《伊丽莎白·盖斯凯尔和曼彻斯特的技工博物学家》("Elizabeth Gaskell and the Artisan Naturalists of Manchester", 2005)中进一步追溯了维多利亚时代的英国手艺人从事博物学研究的历史。① 西科德认为，工人博物学家们虽然未能跻身科学家之列，但他们提供的重要观察和标本极大地促进了博物学的发展。西科德重点研究了盖斯凯尔对小说人物约伯的再现方式，认为她之所以将工人约伯塑造为一名业余博物学家，主要是为了强调他的理性思维能力，从而让他成为劳资双方的调解人。

詹妮弗·克里苏克（Jennifer J. Krisuk）同样注意到《玛丽·巴顿》的博物学影响。不过，她的博士论文《19 世纪小说中的博物馆、家庭收藏以及知识的性别化》（"Museums，Home Collections，and the Gendering of Knowledge in the Nineteenth-Century Novel"，2012）主要从性别角度阐释了博物学的政治内涵。她认为，《玛丽·巴顿》中的女性人物和叙事角色在家庭和叙事中通过对博物馆展示技巧的适度调整，有力地挑战了博物馆藏品展览中体现的父权力量，从而获得半独立的身份和权威。

和上述学者不同，凯伦·博伊科（Karen Boiko）将注意力投向盖斯凯尔的另一部小说《妻子和女儿》。在《阅读和（重新）书写阶级：伊丽莎白·盖斯凯尔的〈妻子和女儿〉》（"Reading and（Re）writing Class：Elizabeth Gaskell's *Wives and Daughters*"，2005）一文中，博伊科从博物学角度研究了该小说的阶级政治叙事，他认为盖斯凯尔在给霍林福德镇的居民进行分类时，将小说中提及的法国博物学家乔弗里·圣·希莱尔（Geoffroy St. Hilaire）的比较解剖学分类法和维多利亚社会的绅士话语结合起来，试图提升中产阶级的文化地位。

丹妮尔·柯丽尔（Danielle Coriale）在博士论文《博物学家想象：英国博物学中的小说形式，1830—1890 年》（"The Naturalist Imagination：Novel Forms of British Natural History，1830 – 1890"，2009）中重点考察了 19 世纪 30 年代至 90 年代期间的英国博物学与维多利亚小说叙事

---

①　盖茨、安·施黛儿（Ann B. Shteir）和玛丽·埃伦·贝兰嘉（Mary Ellen Bellanca）等人非常关注那些随着1831年英国科学促进会的建立而被纳入"业余"或"大众"博物学家行列中的女性和工人博物学家。在她们看来，女性博物学家的实践活动挑战了原型职业"科学家绅士"（the protoprofessional "gentlemen of science"）所建构的范式和话语，为博物学做出了巨大的贡献。盖茨指出，维多利亚及爱德华时代的女性博物学家会故意"干扰、修正、忽视甚至颠覆那些描述或表征她们所处时代自然世界的男性话语"（Gates，1998：7）。

形式之间的关联。柯丽尔将盖斯凯尔和夏洛蒂·勃朗特、乔治·艾略特、理查德·杰弗里斯（Richard Jeffries）等人的作品置于维多利亚时期的博物学文化语境中，研究博物学家们的想象和认知模式对他们的小说叙事产生的影响。具体分析盖斯凯尔的《玛丽·巴顿》时，柯丽尔指出，工人约伯的博物学活动虽然能够成为危险的宪章运动的理想替代品，但他掌握的那些艰涩的博物学术语也影响了他和其他工人的正常交往。柯丽尔认为，约伯身上呈现出的矛盾性折射出盖斯凯尔采用博物学策略进行小说叙事时面临的困境。博物学的描述方法的确有利于盖斯凯尔准确再现当时的社会政治状况，但与此同时也揭示了身为中产阶级的作家在为中产阶级读者描写工人阶级人物时无法摆脱的立场局限性。

安妮·德威特（Anne Dewitt）在《道德用途，叙事效果：维多利亚期刊中的博物学和伊丽莎白·盖斯凯尔的〈妻子和女儿〉》（"Moral Uses, Narrative Effects：Natural History in Victorian Periodicals and Elizabeth Gaskell's *Wives and Daughters*"）一文中，从主题层面将博物学与道德话语结合了起来。19 世纪 50 年代末到 60 年代初的这段时间，博物学期刊，尤其是那些谈论达尔文、牛顿、乔弗里等人的期刊文章都将科学鼓吹为"道德上的努力"。德威特认为，该观点影响了《妻子和女儿》的叙事，盖斯凯尔不仅以达尔文等人为原型，塑造了博物学家罗杰·哈姆利（Roger Hamley），强调其高尚品德，而且还有意让罗杰的道德科学服务于爱情主题。罗杰的科学工作和"其爱情故事交织在一起，直接推动了后者的发展"（Dewitt，2010：8）。

进入 21 世纪后，研究盖斯凯尔作品的学术论文及专著的数量有了显著提升，研究视角也更为多样。2007 年，加拿大多伦多大学吉尔·玛图斯（Jill Matus）教授主编的《剑桥文学指南：伊丽莎白·盖斯凯尔》（*The Cambridge Companion to Elizabeth Gaskell*）正式出版。该书收录了多篇由盖斯凯尔研究领域知名学者撰写的文章，极具参考价值。学者们借鉴盖斯凯尔传记和书目研究的最新进展，对其小说、传记、短篇小说以及书信等作品做了深入而细致的研究，重点论述她在叙事上的多样性，以及她对当时社会、文化和思想变革的文学反应，为盖斯凯尔研究提供了权威性的指导。2009 年，托马斯·雷其奥（Thomas Recchio）出版了专著《伊丽莎白·盖斯凯尔的〈克兰福德镇〉：一部出版史》（*Elizabeth Gaskell's Cranford：a Publishing History*），细致考察了《克兰福德镇》这一文本一百多年来在出版史上的变迁，分别对该作初次在《家常话》上以连载形式发表时的历史语境、不同版本中的插图问题、1905—1966 年英美两国多所学校教材改编版本的异同以及 1899—2007 年《克兰福德镇》的剧本改编史做了深入探讨，试图论证该文学文本出版史上的变迁如何反映了英国现代化进程和民族身份建构历程。该著作强调文学文本的文化建构功能，打破了传统的文学研究模式。2010 年，桑德罗·荣格（Sandro Jung）编撰的文集《伊丽莎白·盖斯凯尔、维多利亚文化和小说艺术：两百周年纪念文章》（*Elizabeth Gaskell，Victorian Culture，and the Art of Fiction：Essays for the Bicentenary*）出版。乔安妮·夏托克（Joanne Shattock）和艾伦·谢尔斯顿等盖斯凯尔研究的知名学者考察了盖斯凯尔作品（包括信件、日记、短篇和长篇小说等多种文学体裁）中的阶级、性别（如维多利亚时代女性的角色和维多利亚时代的男子气概）、达尔文进化论、医学、友谊和文学传统（包括华兹华斯对盖斯凯尔早期作品的影响）等维度。该文集重新审视了盖斯凯尔的文学才能，认为她不仅对社会问题感兴趣，而且对小说形式和文类传统也颇为了解。该书为盖斯凯尔学者指明了未来研究的方向，为当代人重估其文学地位做出了重要贡献。2011 年，马罗尼·弗朗西斯科（Marroni Francesco）等人主编的《维多利亚和爱德华时期的研究》（*Victorian and Edwardian Studies*）系列丛书的第一卷《伊丽莎白·盖斯凯尔和短篇小说的艺术》（*Elizabeth Gaskell and the Art of the Short Story*）问世，该书首次对盖斯凯尔的短篇小说做了系统而深入的研究。同年，安娜·库斯提诺蒂（Anna Koustinoudi）在专著《伊丽莎白·盖斯凯尔第一人称小说中叙述的分裂主题》（*The Split Subject of Narration in Elizabeth Gaskell's First-Person Fiction. Lexington Books*）中借用精神分析、叙事学、性别等理论，从后现代角度对盖斯凯尔的多部第一人称作品进行了研究，探讨了维多利亚时代的主体性问题。总之，上述各类批评方法共同推动了盖斯凯尔研究的发展。

国内的盖斯凯尔研究最早可追溯到 20 世纪 20 年代。当时，在梁启超等一批进步人士思想的影响下，中国掀起了一股翻译西方文学的热潮。正是在此背景下，盖斯凯尔作品开始进入国人视野。1921 年，林家枢将盖斯凯尔的《克兰福德》译成中文，名为《女儿国》。该书的另两个译本——伍光建的《克阑弗》和朱曼华的《女性的禁城》陆续于1927 年和 1939 年出版。1929 年，徐灼礼翻译的盖斯凯尔的另一部中篇小说《菲丽斯表妹》问世。

20 世纪 80 年代时，国内的盖斯凯尔研究开始从简单的译介阶段进入真正的学术研究阶段。受当时社会政治环境的影响，《玛丽·巴顿》等工业小说成为盖斯凯尔研究者们的重点研究对象。王秋荣和丁子春的《无产者战斗的画卷——评盖斯凯尔夫人的〈玛丽·巴顿〉》（1984）是该时期评论文章中的代表作。文章褒扬了盖斯凯尔对无产阶级政治觉悟、英雄主义及道德情操的正面描写，称赞她"极大地扩展了批判现实主义文学描写人物，表现生活的领域"（王秋荣、丁子春：27）。

从 20 世纪 90 年代起，评论界开始从不同角度探讨盖斯凯尔工业小说的艺术特色。朱虹在《从阶级矛盾到文化冲突——〈北方与南方〉赏析》（1992）中比较了盖斯凯尔的两部工业小说，认为《南方与北方》不像《玛丽·巴顿》那样幻想以道德情感来感化资本主义制度，而是肯定了历史发展的不可逆转，倡导以内在价值的完善来实现一个合乎人性的社会。这篇文章在思想和艺术方面都较之前有了很大提升。殷企平着重分析了《玛丽·巴顿》中的女主人公玛丽坐火车的细节，指出"当时社会的异化现象是进步车轮飞速运转的必然结果"（殷企平，2005：91），研究视角颇为新颖。陈娇娥（2006）和樊黎（2010）都借用雷蒙·威廉斯的"情感结构"理论对盖斯凯尔的工业小说进行了阐释。前者从创作背景和叙述视点等方面分析了作家在不同时期对英国工业革命的不同体验，后者认为《玛丽·巴顿》揭示了 19 世纪工业社会的社会状况和世人的普遍心理。国内盖斯凯尔研究知名学者陈礼珍在《蝎子与鸦片的政治讽喻——〈玛丽·巴顿〉的殖民与阶级隐喻话语》（2015）一文中通过考察蝎子和鸦片等微观叙事，以小见大地揭示了盖斯凯尔在殖民贸易和阶级斗争等宏大问题上的矛盾态度。他认为，书中所描写的有关蝎子的惊惧场景，是对英国殖民事业的警醒，而有关鸦片的论述反映了盖斯凯尔在阶级问题上存在道德和情感两个维度的错位。陈礼珍的研究视角和精彩阐释令人耳目一新。

　　除阶级层面的研究外，也有不少学者致力于挖掘盖斯凯尔作品中的女性声音。赵蓉和邓杉在《叛逆的声音——〈妻子和女儿〉中女性形象分析》（2008）一文中将注意力转向了《妻子和女儿》这部国内学界很少涉及的盖斯凯尔小说。文章详细分析了小说中的各类女性形象，认为主人公莫莉·吉布森（Molly Gibson）在多名女性的影响下，逐渐成长为一个具有独特个性和强烈自主性的女性。赵蓉随后在另一篇文章中探讨了《玛丽·巴顿》的女性主义思想。她认为，小说中的阶级斗争叙事和性别斗争叙事交织在一起，表明拥有职业是女性在男权社会中获得话语权的重要保证。宁媛媛在文章《家庭天使的"堕落"——盖斯凯尔夫人小说中 19 世纪女性的生存境遇》（2009）中分析了盖斯凯尔笔下那些被当时社会忽视的大众女性的生存境遇，揭示了 19 世纪工业社会女性所面临的普遍问题。她们一方面表现出自食其力的可贵品质；另一方面却又受制于父权制社会的种种框架，无法真正实现自我。在另一篇文章《盖斯凯尔小说中的单身女性世界解析》（2012）中，宁媛媛分析了盖斯凯尔的两部短篇小说《莉比·玛什一生中的三段时光》和《潘莫法的井》，认为这两个短篇小说反映了维多利亚时代单身女性的生存状况，再现了她们在婚姻之外的自我价值和自我发展。

　　陈礼珍的博士论文《维多利亚时期女性地位叙事的双重性——盖斯凯尔三部女性主题小说研究》（2011）从叙事角度研究了盖斯凯尔的女性意识。通过对《克兰福德镇》《南方与北方》和《妻子和女儿》中的叙事形式和篇章结构的研究，陈礼珍指出，盖斯凯尔虽然在其作品中致力于建构维多利亚时期女性的地位，但有时却又表现出相当程度的保守性。她在性别意识形态立场上的不确定直接导致了小说叙事的矛盾，这深刻地反映出维多利亚时期叙述女性地位与力量这一文化议程所面临的重重困境。继博士论文之后，陈礼珍又陆续发表了多篇从性别层面透视盖斯凯尔小说的文章。他在《社会空间分界的性别政治——〈北方和南方〉性别力量背后的意识形态陷阱》中将社会空间分界与性别政治结合起来分析，指出《南方与北方》中的女主人公玛格丽特在拯救男主人公桑顿的行为中存在诸多矛盾之处。玛格丽特在公共领域中拯救桑顿的力量是"父权制社会的道德机制使然"，而她在小说结尾处对其事业的拯救则是"资本在循环中实现自我增值的内在驱动力"。种种矛盾"暴露出维多利亚时期女性性别力量在冲击社会既有体制时所面临的意识形态陷阱"（2011：146）。在文章《〈北方和南方〉的性别政治逻辑：功能性人物与女性发展空间的生成》（2012）中，陈礼珍从叙事角度分析了《南方与北方》中的性别政治，认为黑尔先生的"女性化"人物形象以及黑尔夫人的病人形象在很大程度上是出于叙事功能的需要，为女主角玛格丽特进入公共领域提供了女性发展空间。《视线交织的"圆形监狱"——〈妻子和女儿〉的道德驱魔仪式》（2012）是陈礼珍的又一篇佳作。文章着重分析了《妻子和女儿》中描写的一个道德驱魔仪式，研究了该场景中各种交织的视线背后的权力冲突力量，以此揭示盖斯凯尔的性别政治立场和道德价值判断。时隔两年后，陈礼珍发表了一篇题为"欲望·性别·重复：《克兰福德镇》的叙事驱动力量"（2014）的文章，认为《克兰福德镇》的叙事模式和欲望之间存在异体同形的结构关系，摒弃了需求—满足之间简单化的线性时间印记，转而与循环、混乱、分离与恐惧等语意密切联系在一起，反映出盖斯凯尔在性别问题上的复杂状况。在《想象的危险和欲望的压抑——〈克兰福德镇〉癔症与暗恐研究》（2015）中，陈礼珍进一步通过对《克兰福德镇》中女性人物的癔症与暗恐心理的分析，揭示出欲望的复现所蕴含的深层社会文化含义。

2015 年出版的《盖斯凯尔小说中的维多利亚精神》是陈礼珍研究盖斯凯尔十余年之后推出的一部力作，也是当前国内盖斯凯尔研究的扛鼎之作。他从文化研究和新历史主义理论出发，以文本与历史的循环意义作为立足点，揭示了盖斯凯尔六部小说中的虚构叙事与维多利亚精神的互动，关注她在话语层面如何影响甚至塑形了英国现代化过程中的文化价值观。2018 年，陈礼珍出版了专著《天使与鸽子：盖斯凯尔小说研究》。该书是在其博士学位论文的基础上修订整理而成。陈礼珍的研究不仅在深度和广度上将国内学界对盖斯凯尔的研究推向一个更高的层次，而且在对国外盖斯凯尔最新研究成果的介绍中进一步促进了国内盖斯凯尔研究与国际接轨的进程。

纵观国内外学界，盖斯凯尔研究业已取得丰硕的成果。作品分析较为全面，理论视角较为多元，研究重心也从对长篇小说的文本研究逐步过渡到对小说和文化交界处的研究。叙事学、新历史主义、马克思主义、宗教、生态批评、生态女性主义、伦理学等理论纷纷成为批评切入的角度，催生了大批优秀文章。然而，其中尚存不足之处：作品分析虽面面俱到，但专题性研究不多，尤其是国内的盖斯凯尔研究专著和博士论文的数量和质量亟待提升。国内的盖斯凯尔专著目前仅有三部：陈礼珍的《盖斯凯尔小说中的维多利亚精神》及其新近出版的《天使与鸽子：盖斯凯尔小说研究》（2018）以及温晶晶的《盖斯凯尔夫人作品伦理思想的生态批评》（2016）。博士论文也只有三篇，分别是陈礼珍的《维多利亚时期女性地位叙事的双重性——盖斯凯尔三部女性主题小说研究》（2011）、夏文静的《英国维多利亚时期女性小说文学伦理学批评——以三位代表作家为例》（2013）以及甄艳华的《道德困境与个人成长：盖斯凯尔社会小说中女主人公心路历程》（2014）。其中，夏文静的论文还不是盖斯凯尔的专题研究，而是将其和勃朗特姐妹、艾略特并置起来的综合性研究。此外，《露丝》《西尔维娅的恋人》以及《妻子和女儿》这几部长篇小说在国内并未引起太大关注，她的中短篇小说以及传记更是鲜有学者涉及。无论是盖斯凯尔研究的深度还是广度都有待进一步深化和拓宽，就盖斯凯尔作品中的科学思想研究而言，国外学者过于强调达尔文的进化论，而对维多利亚时期另一重要的文化存在——博物学的文化影响的研究明显不足。尽管有部分学者注意到盖斯凯尔个别小说与博物学之间的关联，但论述散见于博论的某个章节或某篇文章中，缺乏系统研究。国内有关盖斯凯尔小说与科学之间的互动关系的研究成果更是寥寥无几，只有陈礼珍在《盖斯凯尔小说中的维多利亚精神》中对《南方与北方》和《西尔维娅的恋人》中的达尔文思想做了较为细致的剖析。至于盖斯凯尔小说中的博物学影响，国内研究尚未起步。然而，博物学对于理解盖斯凯尔的作品主题和创作思想具有重要意义。

　　著名文学批评家大卫·梅森（David Masson）曾在《英国小说家和他们的风格》（*British Novelists and Their Styles*，1859）这部最早的英国小说批评著作中说过这样一句话："所有的英国小说合起来就是一部记录英国生活的博物学文献，小说家们各自书写着不同乡镇、不同教区的自然史"（qtd. in Coriale，2009：1）。这句话无疑突出了地方在小说中的重要性，近年也已出现不少与此相关的研究成果。① 然而，梅森的话同样揭示出维多利亚小说与博物学文献之间的巨大相似性。对于那时的读者而言，阅读一部小说，就如同阅读一部记录了英国生活的博物学文献。盖斯凯尔的小说也不例外。

　　从盖斯凯尔传记得知，她对博物学话题以及早期维多利亚时代萌芽的科学问题非常熟悉。1830 年，盖斯凯尔在亲戚威廉·特纳（William Turner）家小住过一段时间。其间，身为当时科学界重要人物的特纳做了三场宣传博物学的演讲，题目分别是"植物王国""矿物学和地质学"以及"光学和天文学"（Uglow，1993：59）。另外，盖斯凯尔所属的唯一神教派大力提倡教育，兴建了众多主日学校。学校里不仅开设了"阅读、写作和宗教课，还教授歌唱和博物学等世俗课程"（Easson，1979：19）。盖斯凯尔经常在这些学校授课，自然很容易接触到博物学。盖斯凯尔生活的曼彻斯特市早在 19 世纪二三十年代，就已拥有五个科技协会。1842 年，该市举办了英国科学协会的年会，盖斯凯尔的丈夫威廉是年会组织者之一。盖斯凯尔本人对科学也抱有浓厚的兴趣。从廊柱图书馆（Portico Library）的借阅资料来看，她阅读过大量和博物学相关的科技类书籍。她的多部小说都触及科学主题，《玛丽·巴顿》《表姐菲利斯》和《妻子和女儿》都有博物学家或工程师人物。此外，几乎盖斯凯尔的所有小说中都包含了大量描写大自然的文字，她对人物、对话、情节、背景的处理往往也依赖于其博物学知识。她有

---

① 参见 Ian Duncan，"The Provincial or Regional Novel"，in Patrick Brantlinger and William B. Thesing，eds.，*A Companion to the Victorian Novel*，Malden，MA：Blackwell，2002；K. D. M. Snell ed.，*The Regional Novel in Britain and Ireland*，*1800 - 1990*，New York：Cambridge University Press，1998。

时采用博物学家的观察来描写人物、地方，有时则让人物使用自然化的隐喻来描述自己或他人（比如，将人比作动植物）。不论是叙述者，还是小说人物，总有一人占据着博物学家的位置。或许我们可以说，盖斯凯尔的所有小说合起来就是"一部记录英国不同乡镇、不同教区的博物志"。

　　"博物学"是来自西方的一种科学传统。① 不少学者声称，自林奈以来，分类法（taxonomy）便成为博物学不可分割的一部分。② 比如，福柯把分类法看作盛行于 18 世纪、消失于 19 世纪初的认识型（épistémè）的一个部分。他认为，在该认识型中，生命和复杂有机体的生物学概念尚未出现，人们主要通过"知识的网格"（Foucault，1994：127 – 128）来观察生物，并根据它们的可见特征而非生活功能来分类。福柯将分类法视为博物学研究的核心方法，这一观点对于本书的研究具有重要意义，本书重点考察的就是博物学分类法和盖斯凯尔小说叙事之间的关系。值得注意的是，福柯认为这种与分类法相关的知识，随着 19 世纪初生物学的兴起突然消失不见。然而，这一看法已受到部分学者的质疑。哈利艾特·里特沃（Harriet Ritvo）在《鸭嘴兽与美人鱼》（*The Platypus and the Mermaid*）一书中指出，在 18、19 世纪的英国，博物学分类法一直"与强劲的地方版本或替代版本或齐头并进，或交替发展"（Ritvo，1997：187）。③ 基于里特沃的观点，柯丽尔进一步明确了 18 世纪末至 19 世纪初的三类地方博物学模式（叙事模式、诗歌化模式

---

　　① "博物学"对应的英文是"natural history"，如何翻译该词，在今天仍是一个问题。华东师范大学的刘华杰教授认为，history 一词既可追溯到一个拉丁语词组 historia naturalis，又可追溯到一个古希腊语词组，一开始并没有"历史"的现代意义，在认知上主要强调宏观描述、分类及系统关联，因此倾向于将其译为"博物学"（2016 b：94）。北京大学的吴国盛教授认为中国传统中有"史"与"志"两种记事类型，其中"史"书强调历史意义上的纵向发展，"志"书强调共时意义上的分门别类，故建议将其译为"自然志"（2016：220）。福柯《词与物》的译者莫伟民先生则将其直译为"自然史"，将 naturalist 译为"自然主义者"。为避免混淆，力求统一，本书采用约定俗称的译法"博物学"和"博物学家"，后文不再注释。

　　② 有关林奈体系在植物学中的中心地位，参见 Lisbet Koerner, *Linnaeus: Nature and Nation*, Cambridge, Massachusetts, and London: Harvard University Press, 1999; Amy King, *Bloom: The Botanical Vernacular in the English Novel*, New York: Oxford University Press, 2003.

　　③ 这里所讲的分类法是福柯所认为的那种以林奈植物分类系统为代表的官方分类法，是一种严格意义上的分类法。后文对此会做进一步阐释。

和野外笔记散文模式），认为它们"和分类学一道贯穿着整个维多利亚时代"（Coriale，2009：15）。里特沃和柯丽尔有关博物学的官方科学分类模式和地方模式之间存在张力的论述为本书提供了研究空间。笔者认为，存在于博物学内部的官方分类模式和地方模式之间的矛盾与冲突同样体现在盖斯凯尔的小说叙事中，反映了作家本人意识的复杂性和矛盾性。她时而将博物学家人物（比如《玛丽·巴顿》中的工人博物学家约伯·李）的分类法知识置于小说叙事的中心，时而把博物学的地方版本设为小说的主要叙事模式。本书使用的"博物学"概念涵盖了充满矛盾和冲突的各类模式，它有时指的是以林奈植物分类性系统为代表的官方科学分类模式，有时则指吉尔伯特·怀特在《塞耳彭自然史》中采用的原型生态学这一可以描述多样化自然群落的地方博物学分类模式。

从前面的文献综述中可以看出，金、西科德、博伊科和柯丽尔等学者都从博物学角度考察了盖斯凯尔小说中的阶级叙事，分别做了各具特色的阐释。不过，他们大多将研究重点放在小说中的博物学家人物身上，却忽视对盖斯凯尔的博物学叙事方法的考察。这种过于偏重小说内容、忽视小说形式的做法难免偏颇。约翰·里切蒂（John Richetti）在《哥伦比亚英国小说史》（*The Columbia History of the British Novel*）引言中曾高度评价巴赫金对文学批评做出的重大贡献，认为他的文学理论促成文学批评从关注小说主题到重视小说形式的转向（Richetti，2005：vii）。维多利亚文学研究知名学者莎莉·沙特尔沃斯（Sally Shuttleworth）在评论乔治·艾略特的《亚当·比德》时指出，艾略特在小说中"扮演了博物学家的角色，她只关心如何记录外部形式不变的细节，是有机生活的被动观察者。她的经验主义方法维持了小说对社会和人物的静态观念"（Shuttleworth，1984：xii）。显然，沙特尔沃斯认为，艾略特所采用的类似于博物学家的经验主义观察方法能揭示她的人物和社会观。事实上，盖斯凯尔在小说《玛丽·巴顿》和《妻子和女儿》中采用的两种不同的博物学分类模式也清楚地揭示了她的阶级政治思想。

除了阶级问题，女性问题也是盖斯凯尔的关注焦点。著名的盖斯凯尔传记作者乌格罗和盖斯凯尔研究专家绍尔、达尔贝蒂斯在分析《妻子和女儿》这部小说时，纷纷指出达尔文进化论叙事模式和作家性别观之间的内在联系。她们认为盖斯凯尔之所以在该小说中引入进化论叙事模式，旨在批判维多利亚社会传统的性别结构。上述学者的分析固然都颇为精彩，但在福柯认识论的影响下，她们忽略了及至19世纪仍广泛存在的博物学分类法对盖斯凯尔小说叙事的影响。艾米·金在《开花：英国小说中的植物学俗语》（*Bloom：The Botanical Vernacular in the English Novel*）一书中考察了林奈植物性体系这一官方博物学分类法对简·奥斯丁、乔治·艾略特和亨利·詹姆斯等19世纪经典小说家作品中的婚恋叙事的影响。金追溯了植物学词汇"开花"（bloom）的文化意义在林奈植物分类学出现前后的衍变史，指出该词在林奈植物性系统出现以前，只能隐晦地传达出"性"的含义，但当林奈植物性系统在英国得到广泛传播之后，该词中的"性"含义得到凸显，婚姻中暗含的"性"由此成为可被再现的合法主题。此前一直囿于维多利亚正统文学界默认的不直接涉及性话题的创作准则，却又极力追求现实主义效果的维多利亚小说家们纷纷在创作中引入"开花叙事"（bloom narrative）。（King，2003a：43）他们将植物"开花"与年轻女性正在发育（blooming）的身体这类自然事实（puberty）和有关她们婚恋的社会事实（marriageability）勾连起来，借植物"开花"影射年轻女性的身体特征和婚姻状况。小说家们用植物修辞隐喻女性的社会化过程，"在植物生长发育的自然事实和人类婚姻的社会事实之间建构对比关系"（ibid.：4），旨在探讨可能引发的社会性后果。虽然金在书中并未提及盖斯凯尔，但从后者作品中频繁出现的植物意象和大量的风景描写以及贯穿小说始终的婚恋叙事来看，林奈植物性系统同样对盖斯凯尔的婚恋叙事产生了巨大的影响，为其再现年轻女性的性意识及婚姻状况提供了重要的话语支持。值得注意的是，盖斯凯尔并不是简单套用林奈的植物学性话语，她也通过文学想象适度拓展了"开花叙事"的范围。

对其小说中地方元素的考察同样构成盖斯凯尔研究的重要组成部分。盖斯凯尔再现地方的小说常被批评家们定性为乡土小说（provincial novel)①。然而，"乡土"一词所暗含的消极意义很容易导致其小说的文学价值遭到低估。② 也有学者从地方主义（regionalism）视角研究盖斯凯尔小说，并且注意到博物学是有助于再现某地的科学方法（如地质学、人种志、古玩研究等）之一。③ 不过，仅从地方主义视角审视博物学实践会导致人为地将其活动范围限定在某一疆域中，从而忽视博物学家的实践常常超越空间界限这一事实（Coriale，2009：18）。

近年来，已有部分学者开始考察博物学对 19 世纪早期文学作品有关地方的表征的影响。玛莎·亚当斯·伯雷尔（Martha Adams Bohrer）在《地方故事：〈塞耳彭自然史〉和〈拉克伦特堡〉》（"Tales of Locale：*The Natural History of Selborne* and *Castle Rackrent*"，2003）一文中将玛利亚·艾奇沃斯（Maria Edgeworth）的《拉克伦特堡》（*Castle Rackrent*，1800）和乔治·克拉布（George Crabbe）的《自治市镇》（*The Borough*，1810）称为"地方故事"（tales of locale），认为它们都受到吉尔伯特·怀特在《塞耳彭自然史》中采用的博物学方法论的影响。几年后，伯雷尔在其另一篇文章《地方思维：乡土小说中的小说世界》（"Thinking Locally：

---

① 最早将盖斯凯尔描写地方的小说称为乡土小说（provincial novel）的是 W. A. 克莱克（W. A. Craik）。在其专著《伊丽莎白·盖斯凯尔和英国乡土小说》（*Elizabeth Gaskell and the English Provincial Novel*）的引言中，克莱克指出，要准确评价盖斯凯尔的文学成就，不应按照代表大都市价值观的狄更斯和萨克雷等作家的文学标准来衡量其作品，而需将其和勃朗特姐妹、特罗洛普、乔治·艾略特和哈代等乡土作家放在一起进行比较（Craik，1975：ix）。不过，克莱克在后文中后并没有对盖斯凯尔小说的地方特征做过多描述。其他将盖斯凯尔有关地方的小说视为乡土小说的学者有约翰·卢卡斯、伊恩·邓肯和艾米·金。参见 John Lucas，*The Literature of Change：Studies in the Nineteenth-Century Provincial Novel*，New Jersey：Barnes and Noble Books，1980；Ian Duncan，"The Provincial or Regional Novel"，in Patrick Brantlinger and William B. Thesing，eds.，*A Companion to the Victorian Novel*，Malden，MA：Blackwell，2002；Amy M. King，*The Divine in the Commonplace：Reverent Natural History and the Novel in Britain*，Cambridge：Cambridge University Press，2019。

② Provincial 一词被赋予消极含义，在很大程度上和马修·阿诺德（Matthew Arnold）有关。1864 年，他在发表于《康希尔杂志》（*Cornhill Magazine*）的一篇题为"学院的文学影响"（"The Literary Influence of Academies"）的文章中写道：英国不像法国那样，拥有可以形成"知识大都会"（Arnold，1864）的学院或学术中心。相反，因为"远离准确的信息中心"，英国带有明显的"偏狭性"（note of provinciality）（ibid.）。阿诺德把外省和边缘联系起来，常常将它和"中心"（ibid.）、"文雅"（ibid.）对立起来。此后，人们提到 provincial，就很容易将其与"偏狭""粗俗"等贬义词汇联系起来。

③ 参见 Snell，K. D. M. ed.，*The Regional Novel in Britain and Ireland，1800 - 1990*，New York：Cambridge University Press，1998。

Novelistic Worlds in Provincial Fiction"）中进一步指出，在怀特之后，"一种将地方（place）视为特定的地点（locality）的全新概念开始进入文学景观"（Bohrer，2008：90）。她从 19 世纪乡土作家米特福德（MaryRussell Mitford）的观点［博物学在提升人们将乡村生活再现为地方（localities）的兴趣方面，起着中心作用］出发，考察艾奇沃斯、克拉布和高尔特（John Galt）这三位乡土作家如何利用博物学经验主义的话语形式，实现了乡村视角和品味的重大变化。虽然伯雷尔声称博物学对此后两代乡土作家和小说家们产生深远影响，甚至还提到盖斯凯尔，但遗憾的是，她并未在博物学和盖斯凯尔的地方小说之间建立关联。①

艾米·金在《探究科学与文学：杂糅叙述，新方法论以及玛丽·拉塞尔·密特福德的〈我们的村庄〉》（*Searching out Science and Literature*：*Hybrid Narratives*，*New Methodological Directions*，*and Mary Russell Mitford's Our Village*，2007）中考察了怀特的博物学方法论对密特福德的《我们的村庄》（*Our Village*，1824）的影响，但她同样没有注意到怀特与盖斯凯尔作品之间的关系，而盖斯凯尔的《克兰福德镇》一直被公认为受到《我们的村庄》的影响。事实上，正如柯丽尔所言："怀特的方法论创新在维多利亚时代的小说中得到了同样深刻的体现。"（Coriale，2009：15）

《塞耳彭自然史》之所以引人注目，主要因为怀特看待自然的视角新颖独特。他对塞耳彭地区不同物种间联系的强调、对相互依赖性的深刻理解以及对自然社群的关注使得泰德·达斯维尔（Ted Dadswell）将其视为生态学的鼻祖，并将他的方法称为"原型生态学"（proto-ecological）（Dadswell，2002：147）的方法。怀特观察和描述塞耳彭地区的"原型生态学"方法在盖斯凯尔描写地方的小说中得到了回应。无论是克兰福德镇、米尔顿、惠特比还是霍林福德镇，它们都以其独具特色的风土人情，人物的日常生活习惯、家族史以及人物间独特的社会关系为读者所熟知。这些"地方"就是伯雷尔所言的 locale②，是一种类似于塞耳彭

---

① 伯雷尔在《地方故事》中称，盖斯凯尔承认她的第一部作品《穷人素描》（1837）曾受到克拉布的影响，她在第一部地方小说《玛丽·巴顿》中也塑造了一名博物学家。

② locale 一般被译为"（某事发生的）地点、现场、场所"等。伯雷尔所谓的 tales of locale 指的是发生在某个特定场所的一些故事，本书将其译为"地方故事"，locale 则统一译为"地方"。

教区这一生物"栖息地"（habitat）的空间建构。伯雷尔指出，"地方"（locale）和"栖息地"（habitat）是同一概念。这两个词最早出现在浪漫主义时期，与当时人们希望重新理解自然和乡村有关。根据牛津英语字典，"地方"一词包含了三层含义：其一，一个地方（place）或地区（locality）；其二，尤指有特别事件或情况发生的地方；其三，专门被指定用来做某事的地方。伯雷尔研究了与该词相关的一些例句后发现，"地方（locale）不是空间上的抽象位置，而是通过其中的大量细节，比如，只能在那儿见到的独特事物、只会在那里发生的活动或事件的组合等被确认和识别出来"（Bohrer，2003：403）。① 换言之，"地方"是个经验主义概念，是人们可以通过其独特之处将其识别出来的"栖息地"或"居所"（habitations）。只有那些愿意对其所处环境进行长年观察的当地人才能真正了解这种"居所"（ibid.：404）。盖斯凯尔笔下的"地方"、怀特笔下的"栖息地"，都不是抽象的空间概念，而是以其独特的物种关系以及物种与环境间的关系被识别出来的地方。

基于以上分析，本书借用的理论框架主要有以下三类：博物学分类法、林奈植物分类学性系统和"开花叙事"以及吉尔伯特·怀特的原型生态学。

博物学分类法（taxonomy）

福柯在《词与物》（*The Order of Things：An Archaeology of the Human Sciences*，1966）中将西方社会文化划分为三类不同的认识型：出现在 17 世纪之前，以相似性为知识建构原则的文艺复兴时期认识型、17 世纪到 19 世纪初以同一性和差异性为知识建构原则的古典时期认识型以及 19 世纪初以来以有机结构作为知识建构原则的现代认识型。

在文艺复兴时期认识型中，历史就是为了发现物的相似性、物固有的特征，以及关于物的神奇传说和故事。这一时期的博物学"从属于人文主义的百科全书式写作传统，还不是日后以客观观察、中性描述为特征的博物学"，其"任务是去发现和破解自然界事物的相似性，因为并

---

① 伯雷尔举了下面这个例子。1844 年，西德尼·史密斯（Sydney Smith）曾写过这样一句话："我听说卡莱尔勋爵坐着推车来到了楼座里。我对这里的环境非常了解（I know all the locale so well），所以很快就看到他过来了。"此处的"locale"就不是空间上的位置，而是指周围大量可以被理解的极具特色的事物，"所有的"细节都可以被观察到。

不关心也无须关心分类问题"。（吴国盛，2016：230）博物学家在撰写动植物的历史时，除了描述其结构或器官外，也会描述"与它们相关的传说和故事、它们在讽刺诗（les blasons）中的位置、从它的实体中制造出来的药物、它所提供的食物、古人对它的记载，以及旅行者关于它可能说的一切"（福柯，2002：170）。此时的博物学研究显然还不具有后来的专业特征，博物学著作与其说像科学作品，不如说更像文学作品，它们往往带有很强的道德教化功能。

　　然而，到了18世纪，随着古典时期认识型的到来，博物学的研究主体、对象和方法都出现了许多变化，严格意义上的博物学正式出现。正是在这一阶段，博物学发展成为一门独立学科，主要由植物学、动物学、矿物学三大学科组成。博物学家们开始接受专门化训练，逐渐形成了自己的职业化共同体。在此期间，博物学家们接触到了海量的自然物种信息，对自然物进行普遍命名和分类的需要应运而生。博物学逐渐丧失了此前的道德教化功能，开始转向对自然事物本身的精确描述，一个致力于建立自然秩序的博物学新范式开始形成（吴国盛，2016：235－239）。

　　如果说文艺复兴时期的博物学倾向于将词语"毫无中介地应用于物本身"，会讲述有关自然物的神奇传说，那么古典时期的博物学，尤其是林奈的植物学，更为强调"物与物并置在一起的清晰的空间"，在这个"无时间性的矩形"空间中，看得见的存在物"依照各自的共同特征而被集合在一起"，以"一种把物与目光和话语联结在一起的新方式"被依次有序地呈现出来。（福柯，2002：173）在这一时期的博物学中，"时间系列"无法"被整合进存在物的渐变中心"，"存在物的内在时间和它们的连续性"尚未得到规定，"时间"从来没有被当作"生物在其内部结构中的发展原则"。（福柯，2002：200）博物学家并不关注"生命"，他仅关注"可见世界的结构及其依照特性而作出的命名"。（福柯，2002：215）显然，对于福柯而言，古典时期认识型的博物学尚不具有现代意义上那种与时间密切相关的"历史"含义。空间而非时间才是该时期博物学真正关注的内容。博物学家的主要工作是从"可见世界的结构"出发，依据自然物的"特性"对它们进行描述并加以分类。他们强调外在形式的细节，不会在动态或静态事物中做出区分。博物学意味着既不研究生物实际的生命进程，也不考察其进化发展史。

这种理解事物秩序的分类法，福柯认为，在进入 19 世纪的现代认识型时期后，开始被比较解剖学所取代。也就是说，根据四种人为选择的变量（要素的形式、数量、各要素分布在空间的方式以及各要素的相对尺寸）来为动植物进行分类的林奈体系逐渐被那种考察有机物器官功能以及器官部分与整体间的关系的研究所取代。居维叶的比较解剖学，在福柯看来，是西方文化自然领域的一个"突变"，"通过用解剖来取代分类，用有机体来取代结构，用内在的从属来取代可见的特性，用系列来取代图表"，居维叶"使得全部深远的时间（人们赋予它历史这个崭新的名词）突然陷入古老的、乏味的、黑白相间的动植物世界中"。（福柯，2002：183）福柯认为，"真实的"历史从此开始，"这部历史是向时间之突然侵入的暴力恢复的"。（福柯，2002：174）换言之，在现代认识型中，"同一和差异的图表将被撕裂并彻底抛弃，取而代之的将是起源、因果性和历史。不再是空间，而是时间将居于知识的核心地位"（吴猛、和新风，2003：161）。对于福柯而言，正是在这一阶段，时间开始取代空间，进化取代分类，自然的"历史"（a "history" of nature）取代了博物学（natural history）（Foucault，1994：275）。

福柯的上述分类相当清晰，有助于我们了解博物学发展的大致走向。但是，正如刘华杰教授所言，我们不能"本质主义"地理解博物学概念（刘华杰，2016b：77）。也就是说，福柯划分出来的每个阶段并非铁板一块，各阶段之间并非泾渭分明、边界明晰。比如，福柯将古典时期认识型的博物学文献类比为"无时间性的矩形"空间，认为该时期的博物学仅关注空间而非时间，尚不具有现代意义上那种与时间密切相关的"历史"含义。但从科学史上看，早在 17 世纪后半叶，随着化石研究的深入，博物学的时间化就开始了。① 此外，在追溯 18 世纪博物史时，福柯过于侧重论述瑞典博物学家林奈的博物学分类法，却忽视

---

① 比如，英国的罗伯特·胡克（Robert Hooke，1635－1703）和丹麦的尼克拉斯·斯丹诺（Nicolas Steno，1638－1686）的"生物遗迹说"就认为化石是古生物遗骸和岩石沉积的结果。（吴国盛，2016：236）

了法国博物学家布封的博物学分类法。事实上，林奈和布封都是 18 世纪博物学研究的集大成者，不过两人的研究路径迥然有别。被誉为"分类学之父"的林奈为分类学做出两个重要贡献：其一是建立了以植物的性器官为分类依据的植物分类法，其二是为一切物种建立了拉丁语双名法。① 正是在林奈分类法的影响下，博物学开始"摆脱业余的、民间的、地方性的知识形态，进入职业的、专门化的、普遍的科学形态"（吴国盛，2016：241）。然而，受培根经验主义的影响，布封对林奈那种依据纲、目、科、属、种来为植物进行分类的人为分类模式非常不满，因为"自然界中只有个体，纲、目、科只存在于我们的想象中"（qtd. in Jacob，1973：47）。对于布封来说，自然界有多少个体，就有多少类别，所谓的纲、目、科等不过是为分类方便而人为设计的概念。因此，布封主张去寻找自然界自身运作的秩序，而不是像林奈那样人为地制定秩序。如果说"林奈的工作是博物学走向专业化、学科化的里程碑"，那么"布封的工作则是博物学之百科全书传统的延续"，两人的工作"共同构成了 18 世纪博物学的鼎盛景象"，但他们之间那种"专业化趋势与百科全书式人文传统的内在冲突，孕育了博物学的内在危机"。（吴国盛，2016：244）显然，为求简便清晰，福柯有意突出了林奈在 18 世纪博物学中的卓越成就，忽视了以布封所代表的博物学传统，部分掩盖了博物学内部的矛盾和冲突。最后，福柯有关 19 世纪博物学的某些论断也与科学发展史不符。他认为，到了 19 世纪，居维叶的比较解剖学取代了分类法，标志着西方文化自然领域的转折和"突变"，意味着现代认识型的诞生。然而，科学发展史表明，尽管博物学在学术体制中逐渐被边缘化，但以分类为主要研究方法的博物学在当时仍是一项民众参与度相当高的休闲活动，并未完全消失。

事实上，福柯本人也很清楚自己对西方文化三种认识型的区分有简化历史之嫌，他在《词与物》的英文版前言中坦诚，自己的"分析并不属于思想史或科学史，而是一种探究，其目的在于重新发现知识和理论的基础是什么，知识是在什么样的秩序空间（space of order）中被构成的"（Foucault，1994：xxi – xxii）。因此，本书在论述博物学话语对

① 有关林奈分类法的详细论述，可参阅下文。

盖斯凯尔阶级叙事所产生的影响时，既会重视福柯在《词与物》中对西方博物学的衍变所做的考古式探究，又会从科学史的角度出发，考察博物学在不同时期的真实状况。比如，在分析《玛丽·巴顿》时，本书会借鉴福柯涉及 18 世纪博物学分类法的相关论述，而在分析《妻子和女儿》时，本书则认为，某些学者因过于倚重福柯有关 19 世纪博物学发展的论述，无视科学史中描述的真实情况，导致了对文本的误读。

林奈植物分类学性系统和"开花叙事"①

在 18 世纪的欧洲，植物学是博物学的一个重要分支，参与人数众多。不过，真正"定义它并为它指明方向的"重要人物之一当属"瑞典植物学家林奈"（法伯，2017：1）。卡尔·冯·林奈（Carl Linnaeus，1707 – 1778）不仅被称为"分类学之父""植物学之父"，甚至还被美誉为"第二个亚当"（徐保军，2011：27）。林奈在博物学领域享有的崇高声望主要来自他在其经典著作《自然系统》（Systema naturae，1735）中提出的人工分类体系。②

在《自然系统》一书中，林奈提出了一种根据植物性器官来为植物分类的新方法。他借用希腊语中表示"丈夫"和"妻子"的词汇"andria"和"gynia"来分别指称植物花朵的雄蕊和雌蕊，并把它们作为纲和目的词根，给植物命名，如单雄蕊纲叫作 monandria，单雌蕊目叫作 monogynia。由于许多植物雄蕊、雌蕊数量并不对等，于是就出现了两夫制（diandria）、三夫制（triandria）等各类无法与人类社会中的传统婚姻形式相对应的名称。为方便人们区分和记忆，林奈又依据不同标准对这些婚姻形式进行归类。其中，最主要的区分是将植物分为"公

---

① 这是学者艾米·金在《开花：英国小说中的植物学俗语》中提出的重要概念。原文为"bloom narrative"，本书将其试译为"开花叙事"。

② 法伯在《探寻自然的秩序——从林奈到 EO 威尔逊的博物学传统》一书中对人工体系和自然体系进行了区分。人工体系指的是一种组织、检索信息的方式，它并不对该体系所界定、排序的组群之间的真实或实际关系下结论。对鸟类和野花的描述性手册常常依赖于人工体系——比如，只依靠颜色来分类。林奈因他的性分类体系而声名显赫。他基于花朵雄蕊的数目、位置或关系将植物分成 24 个纲。前 11 个纲是由雄蕊的数目决定的（一个、两个等）。不同于人工体系的人为做法，自然体系更为重视自然中的实际关系。布封相信他揭示了四足动物之间的一种自然秩序，反映了它们所经历的历史变化。他假定马、斑马和驴都是一种原始马的后代，以此来解释三者在解剖学上的相似性（法伯，2017：6）。

开婚姻"（public marriage）和"私密婚姻"（clandestine marriage）两大类。大部分植物是显花植物，它们的花朵能被肉眼观察到，林奈将其归于合法的"公开婚姻"类；而一小部分诸如蕨类、苔藓类和藻类的隐花植物，则因其花朵难以被肉眼观察到而被纳入非法的"私密婚姻"范畴。由于"公开婚姻"类别下的植物数量过于庞杂，林奈便按照"夫妻"双方是"同床共枕"（同一朵花中既有雄蕊，也有雌蕊）还是"分床而睡"（雄蕊和雌蕊不在同一朵花中）的标准对它们进行细分。①

林奈不是第一个，也不是唯一一个为植物设计分类系统的博物学家，但他的分类体系通俗易懂，简单实用，"大大降低了自然研究的教育门槛"（Koerner，1996：145），极大地促进了博物学在全世界的传播。② 林奈分类体系出现后，博物学开始超越职业科学家的学术圈，逐渐成为普通民众了解和熟悉的话题。从 18 世纪中叶起，林奈分类学开始在英国流行。那种认为植物学能提升道德、培养情操的观点以及当时将植物学研究与自然神学结合起来的做法极大地推动了林奈植物学在英国的传播。③

18 世纪晚期到 19 世纪早期，当林奈的植物学分类法在全世界广为流传的时候，现实主义正逐渐发展为经典小说的主要体裁。这一时间上

---

①　比如，植物的第 22 纲雌雄异株纲（Dioecia）这一名称就体现了"丈夫"和"妻子"分居的状况。

②　截止到 1799 年，出现过包括林奈分类体系在内的 50 多种不同分类体系（法拉，2017：23）。

③　不过，林奈体系在英国大受欢迎并不意味它征服了所有人。林奈植物性体系被引入英国后，曾一度受到保守人士的非难。一位批评家对其体系中赤裸裸的性隐喻极为愤慨，说"这会脏了英国人的耳朵"；另一位神职人员则抱怨道："林奈植物学足以毁掉女性的端庄"（法拉，2017：39）。《大英百科全书》也对其进行了抨击："通常来讲，人们不会想到在植物学体系中会遇到这种令人恶心的淫秽之事"，"但是……淫秽恰恰是林奈体系的基础"。牧师理查德·波尔威尔（Richard Polwhele）在其《无性女性》（*The Unsex'd Females*）中不仅猛烈攻击充满性色彩的植物学，而且还中伤以教育家玛丽·沃斯通克拉夫特（Mary Wollstonecraft）为首的思想解放女性（法拉，2017：44）。尽管如此，在 18 世纪末，许多以女性群体为目标读者的植物学著作仍然采用林奈分类体系，比如卢梭的《植物学通信》（*Lettres elementaires sur la botanique*）。该书被托马斯·马丁（Thomas Martyn）翻译成英文后风靡一时，30 年里重印了 8 次。受该书影响，英国女作家韦克菲尔德（Priscilla Wakefield）也在其《植物学入门》（*An Introduction to Botany*）中采用了林奈分类系统，只不过她尽可能避免使用其术语。在书中，韦克菲尔德明确反对那种将植物学视为淫秽学科的观点，认为植物学对女性有益处，能有效防止"轻浮和懒散"（Wakefield，1811：iv）。该书一经出版，便大受欢迎，到 1811 年时已发行到第 6 版。

的"巧合"引起了学者艾米·金的注意，她在《开花：英国小说中的植物学俗语》一书中指出，林奈植物学和现实主义小说这两大体系在叙事方面有着极为相似的表征方式。首先，两者都试图从总体上把握客观世界。林奈植物分类体系旨在通过对植物的命名和分类来了解整个植物世界；小说则力图以虚构的方式再现整个人类的"可知社群"（Williams，1973a：165）。其次，两者都非常重视对客观事物形态的精准描述。植物学家不仅要了解植物本身的特性，还须识别它与其他类似物种的差异性，也就是要弄清楚它是什么、不是什么。林奈反对面面俱到的描述方式，主张将植物的"性"作为其植物学研究的主要对象，依据植物的性别（花朵），而不是诸如叶子或根茎等部位来描述植物，给它们分类。[1] 莫顿（A. G. Morton）对此评价道："果实是植物精华，是其本质特征。因此，按照果实属性标准来为植物分类就显得最为合理。"（Morton，1981：272）林奈首先根据开花植物雄蕊的数目和相对位置把它们分成 24 纲（class），其中隐花植物为单独一纲；接着他又根据植物的雌蕊数目和位置将其分成 65 目（order）。随后，他依据植物的其他特征将其区分为属（genera）、种（species）等（Blunt，2001：247）。林奈认为自己的描述方式简洁实用，且能更准确地把握植物特征，他甚至预测，语言在未来能精确到几乎可以如实再现植物本来形态的程度。也就是说，"在相同的个体面前，每个人都将能够做出相同的描述；并且，反之，从这样一个描述出发，每个人都将能够认出这个与描述相符合的个体"（福柯，2002：178）。同样，小说自诞生之初就致力于摹仿现实世界，提倡精确细腻地描写生活的本来样态，"逼真"（verisimilitude）

---

① 虽然古人早就意识到植物是有性别的，但这一认识直到 17 世纪末，才被英国博物学家约翰·雷（John Ray，1627－1705）明确下来。不过，雷对此未做深入研究。布莱尔（Patrick Blair）在给马丁（John Martyn）的信中写道："约翰·雷先生很早就接受了植物的性别分化观念，然而他认为这不值得他花费时间去反复强调，要不然他本来很可能让这种观念传播开来。"（Gorham，1830：25）但他的观点无疑给林奈在 18 世纪提出性系统提供了重要的认识基础。另外，法国植物学家塞巴斯蒂安·瓦杨在对阿月浑子树认真观察后得出了植物也有性的结论，这让少年时代的林奈颇感兴趣，此后他一直认真计算植物的生殖器官（黎先耀、梁秀荣，1996：243）。法国植物学家图内福尔（Tournefort）的体系更是为林奈提供了一个近似的先例。在前人的研究基础上，林奈最终设计出了一套独具特色的、以植物性器官为分类依据的植物性体系。

更是现实主义小说一再引以为傲的创作理念。① 再次，两者的再现对象也颇为相似。林奈对植物生殖系统或"开花"行为的重视在小说家那里得到了回应。稍微对小说史有所了解的人就会发现，爱情这一人类永恒的主题始终为历代小说家所青睐，那些已达婚龄的青年男女，尤其是"花季少女"（the blooming girl）或者在金眼里所谓的"可以结婚的女孩"（the marriageable girl）也由此成为小说家们的理想主人公，老人或孩子则像那些被林奈忽视的植物叶子或根茎一样沦为次要人物。② 婚恋小说在情节安排上也有类似倾向，常常重点叙述人物的恋爱过程，而对其婚姻生活则一笔带过或干脆不置一词。③ 显然，林奈植物分类体系和小说都非常关注"开花"现象，只不过前者重点考察植物的性行为；后者则力图再现那些待字闺中的少女们的恋爱故事。最后，林奈体系和小说背后存在相似的分类逻辑。在林奈之前，植物界没有统一的命名规则，植物名称复杂难记。为方便记忆，林奈创立了双名法（Binomial Nomenclature）。他建议用斜体拉丁字母表示植物的种名和属名，属名在前，名词，大写；种名在后，形容词，小写；种名之后再用正体写上命名者的姓或名。林奈的双名法"标志着分类学的重大转向"，它"既能将某物表征为总体的一部分，又能客观科学地彰显其个性"。（King，2003a：33）林奈植物体系这种既强调相似又重视差异的分类逻辑同样能在当时的现实主义小说中找到。比如，奥斯丁笔下的年轻姑娘们既同属"花季少女"这一社会群体，也因各自鲜明的个性而迥异于群体中的其他人。爱玛·伍德豪斯（Emma Woodhouse）当然属于"花季少女"

----

① 参见 Erich Auerbach，*Mimesis：The Representation of Reality in Western Literature*，in Willard Trask，trans.，Princeton：Princeton University Press，1953；Ian P. Watt，*The Rise of the Novel：Studies in Defoe，Richardson，and Fielding*，Berkeley：University of California Press，1957。

② 金认为，"花季少女"（the blooming girl）是小说中和林奈植物性体系最为相关的人物。首先，该称谓中的 bloom 一词直接源于分类科学。其次，"花季少女"类似于林奈植物体系中的花朵，两者分别在小说家和林奈所谓的"婚姻"范畴内共同表征一种"潜在的性"（sexual potential）（King，2003a：34）。含苞待放的花朵处于短暂的初生状态，意味着性繁殖随时可能发生。正值青春期的"花季少女"身体开始发育，她们随时可能步入婚姻。

③ 比如，奥斯丁对人物的婚后生活着墨不多。偶尔提到婚姻时，要么是夫妻关系不尽如人意（如《傲慢与偏见》中的班纳特夫妇），要么是夫妻一方已经去世（比如《爱玛》同名女主人公的母亲在小说开篇就已去世），类似的例子不胜枚举。

这一群体，但她自命不凡的个性和对别人婚姻的过度热心又让她显得与众不同，几乎让读者忘掉她本人也是位待嫁的姑娘。

金考察了 18、19 世纪经典小说中的"开花"一词，发现该词的文化意义在林奈植物性体系出现前后发生了重要变化。在林奈体系出现之前的 18 世纪经典小说中，bloom 仅具有描述功能，不具有叙事功能。它或被用来形容女性的纯洁天真，或被用来描述女性的身体，暗指一种"非法的性"。[①] 从 18 世纪末开始至 19 世纪，随着林奈分类法的普及和其他园艺学的发展，花冠或花朵（the corolla/flower）这类指代植物性器官的词汇慢慢被通俗化为 bloom（"开花"），该词顺理成章地成为性的别称，指代一种"潜在的性"（sexual potential）。当林奈把花朵的性繁殖比作人类的婚姻，将这种"潜在的性"直接与婚姻勾连起来时，性的自然意义或者说非法的含义就被社会化、合法化了。自此，小说家们开始将"开花"和婚姻叙事结合起来，正大光明地使用该词来表征女性身体的性吸引力，"开花"这一林奈植物体系出现之前的描述性词汇便逐渐发展为带有叙事功能的词汇。[②] 如果林奈之后的小说家用"开花"来形容某个年轻女孩，那么读者除了会意识到该女孩的身体极富性魅力这一自然事实之外，还会联想到有关其婚姻状况的社会事实。

金重点研究了 19 世纪经典小说家简·奥斯丁、乔治·艾略特和亨利·詹姆斯等人小说中的"开花叙事"（bloom narrative），考察他们如何利用"开花"一词再现已达婚龄的年轻女性（the girl "in bloom"）的身体特征及其婚姻状况。金认为，到了 19 世纪，"英国小说中的开花叙事……逐步形成了独具特色的形式和体裁特点"（King，2003a：43）。

---

① 在林奈植物性体系出现以前，虽然文学中的词汇 bloom 常将花朵和性意识缺失的女孩联系起来（如莎士比亚的奥菲莉亚、弥尔顿的夏娃等），但该词的另一层含义"不得体的性意识"仍持续存在。比如，在萨谬埃·理查逊的《帕梅拉》（Pamela，1740）、《克拉丽莎》（Clarissa，1747–1748）和约翰·克雷蓝（John Cleland）的《芬妮·希尔：欢场女子回忆录》（Fanny Hill：Memoirs of a Woman of Pleasure，1748–1749）中，bloom 常被用来描写同名女主人公的身体，影射一种"缺乏婚姻指涉的非法的性"（King，2003a：39）。

② 比如，弗朗西斯·伯尼（Francis Burney）在《伊芙琳娜》（Evelina，1778）中，不仅用 bloom 来形容伊芙琳娜的美貌，而且将其与婚姻叙事结合起来。受伊芙琳娜美貌（bloom）吸引的奥维尔，后来在她纯真（bloom）遭质疑的情况下，挺身而出为其辩护，最终赢得她的芳心，两人终成眷属。

奥斯丁小说主要叙述了合法恋爱框架内的性吸引力（bloom），艾略特则通过探讨合法婚姻之外的性吸引力拓宽了开花叙事的范围。与艾略特相比，詹姆斯对传统的开花叙事更为不满，虽然他也用"开花"来形容"花季少女"，但他对与此相关的婚恋情节不感兴趣。对于詹姆斯来说，主要的叙事问题是面对自己的表征史时，"女孩应该会是什么样呢——或者如《贵妇画像》（*The Portrait of a Lady*，1881）中所说的：她会怎样做呢？"（ibid.：46）① 显然，詹姆斯关心的是 19 世纪小说在表征"花季少女"时所能产生的文化效果。

　　金在其著作中并没有提到盖斯凯尔，但后者作品中大量的植物、风景等意象总是和女性身体及其婚恋叙事交织在一起的事实不断地提醒我们，林奈植物性体系对于我们理解盖斯凯尔如何再现花季少女的婚恋状况以及她在女性地位问题上持何种态度同样具有重要意义。值得注意的是，盖斯凯尔不仅像奥斯丁那样再现了林奈所谓的"公开婚姻"中的性吸引力，而且还探讨了合法婚姻之外，也就是林奈口中的"私密婚姻"中存在的性吸引力。金认为"有着'私密婚姻'的妙龄女郎在爱略特的《亚当·比德》（*Adam Bede*，1859）被创作出来前从未进入现实主义小说的再现视阈中"（ibid.：105），但盖斯凯尔早在小说《露丝》（*Ruth*，1853）中就已经尝试将奥斯丁等传统作家避而不谈的"私密婚姻"作为其创作主题。而且，让詹姆斯颇为着迷的再现问题在 19 世纪中期就已受到盖斯凯尔的关注，她在《露丝》中有意识地挑战了该世纪早期时浪漫主义小说对"花季少女"的再现方式。

吉尔伯特·怀特的原型生态学

　　地方博物学研究传统肇始于罗伯特·普洛特（Robert Plot）的《牛津郡自然史》（*Natural History of Oxfordshire*，1677）和《斯塔福德郡自然史》（*Natural History of Staffordshire*，1686）。有关地方博物学的研究论著数量众多，但影响最为深远、流传最为广泛的还属吉尔伯特·怀特的《塞耳彭自然史》（*The Natural History of Selberne*，1789）。

　　怀特是一位乡村牧师，1720 年出生于汉普郡的塞耳彭村。1746 年

---

　　①　此处保留了原文中的斜体。

从牛津奥瑞勒学院硕士毕业后没多久就回到了塞耳彭，此后再也没有离开过。《塞耳彭自然史》是一部书信集，怀特将自己收集到的有关塞耳彭自然环境的一手资料，以书信方式传递给了另外两位博物学家：托马斯·本南德（Thomas Pennant）和丹尼斯·巴林顿（Daines Barrington）。后来在这两位通信者的鼓励下，怀特将这些信件集结出版，《塞耳彭自然史》由此诞生。该书出版时并未引起太多关注，但到了19世纪早期，开始受到热烈追捧，一版再版，截至2016年，已成为"英语世界印刷频率第四的图书"（刘华杰，2016a：145）。①

《塞耳彭自然史》的独特之处首先体现在它的书信体形式上。② 怀特采用书信方式记录、描述观察到的事物和现象，文字读起来亲切、自然，如听面谈。③ 不过，该书之所以能从众多博物学著作中脱颖而出，威廉斯认为，其根本原因在于作者那种"独特的、投入的观察……这是一种新的纪录，不仅是对事实的新的记录，而且是对一种新的观测事实的方式的记录：一种将被称作科学观察的方式"（Williams，1973a：118）。以普洛特为代表的传统地方博物学家在描述某地时，通常会先概述当地的地形特征，然后分门别类地描述各类物体和现象。对于这类静态的、无所不包的"光秃秃的描述"方式（怀特，2002：222），怀特极为不满。在他看来，这些从书本中即可获得的二手、抽象的知识远没有从田野调查中获得一手资料和经验性知识真实可靠。

在和本南德等人通信的过程中，怀特逐渐意识到自己方法的独特性。在写给本南德的最后几封信中，怀特似乎是应其请求，简单描述了

---

① 著名环境史学家唐纳德·沃斯特（Donald Worster）认为，《塞耳彭自然史》一开始遭受冷遇，主要因为当时英国正忙于"巩固和调节现代化的进程"，无暇阅读这样一部"关于田野蟋蟀的瑟瑟声和一只鸺鸟的啼叫的书"，直到19世纪30年代左右，才开始出现了"对吉尔伯特·怀特和塞耳彭的崇拜"这一概念（沃斯特，1999：33）。

② 18世纪专业期刊出现之前，书信仍然是科学家们传递新知识、新发展的主要途径，皇家协会的《哲学汇刊》（*Philosophical Transactions of the Royal Society*）中的报道基本都以书信体形式出现。第一人称的书信体是17、18世纪标准的科学话语，有关论述参见 David Elliston Allen，"Natural History in Britain in the Eighteenth Century"，*Archives of Natural History*，Vol. 20，1993；Dwight Atkinson，*Scientific Discourse in Sociohistorical Context：The Philosophical Transactions of the Royal Society，1675–1975*，Mahwah，N. J.：Lawrence Erlbaum，1999，p. xxiii。

③ 关于私人信件的自由，参见 William Keith，*Rural Tradition：A Study of the Non-fiction Prose Writers of the English Countryside*，University of Toronto Press，1974，p. 51。

某些物种的生活习性：盛夏时节，蝗虫云雀的啾啾声终夜不止。天鹅两岁变白，三岁孵卵。鼬鼠攫拿田鼠（怀特，2002：155－156）。对于自己的上述记录，怀特相当不满："回头看这长信，才发觉它的文气古怪，有教师的口吻，而且断烂不成篇章"（怀特，2002：159）。怀特的不满其实源于他和本南德方法论上的差异性。以本南德为代表的伦敦绅士博物学家们致力于获取全国范围的博物学知识，仅需要和物种相关的简洁事实；而具有地方视角的地方绅士博物学家代表怀特则更为强调那种细致入微的行为描述方式。①

在后期写给巴林顿的信中，怀特既对老鼠、蟋蟀等单一物种的"家庭经济"做了简要描述，也对燕子家族中的不同种类做了系统介绍。伯雷尔认为，这两种描述形式都和18世纪博物学的"自然经济"（the economy of nature）概念有关。②"总体自然经济（the global economy of nature）是指所有具有'繁殖、生存、死亡'生命周期的生物在等级链中存在食物交换关系……'家庭经济'（domestic economy）是其子集，专指某一物种的'繁衍、生存和死亡'"。③ 无论是"总体自然经济"还是"家庭经济"，都是一种"功利主义或者物质主义"（utilitarian or materialistic）的概念，体现在怀特对动物大量行为细节的描述中。（Bohrer，2003：402）④

---

① 怀特相信，地方研究有利于获得更深入、更准确的知识，从而为整座科学知识宝库做出自己的贡献："专论一虫一鸟的人，不管他家在哪里，质疑自然史之爱好者的某些成论和见解，我想总有道理。一个人，断不能穷究自然的所有作品，有所专攻的作者，在自家门类的发现，应该比泛论虫鸟的人更准确，更少舛误；这样日积月累，便可以为一部准确的自然通史铺平道路了。"（怀特，2002：133）

② 这一概念出自林奈和其学生艾萨克·比伯格（Isaac Biberg）共同撰写的《自然经济》（"The Oeconomy of Nature"）一文，1759年经由本杰明·斯提灵佛里特（Benjamin Stillingfleet）翻译，传入英国。

③ 唐纳德·沃斯特指出，"生态学"这个词直到1866年才出现，而且几乎在100年后才被广泛运用。然而，生态学的思想形成于它有名字之前。它的近代历史始于18世纪，是探求一种把所有地球上活着的有机体描述为一个有着内在联系的整体的观点，这个观点通常被归类为"自然的经济体系"（Worster，1977：viii）。

④ 比如，在写给本南德的第十六封信中，怀特就对比了三种柳鹪鹩的叫声。卡诺坎（W. B. Carnochan）在《吉尔伯特·怀特的艺术》（"The Artfulness of Gilbert White"）一文中指出，怀特"把世界当成美妙的音乐来欣赏"。大卫·福塞尔（David Fussell）也注意到博物学调查的多感官模式。参见 Bohrer, Martha Adams, "Tales of Locale: The Natural History of Selborne and Castle Rackrent", *Modern Philology*, Vol. 100, No. 3, 2003, p. 401。

怀特在描写物种的行为细节时，尤为重视"栖息地"的作用。他曾对塞耳彭的几个湖塘做了细致描绘，其中有段文字常被引用来阐释其原生态思想①：

> 有一件事，虽非这些湖塘独有的，但不落一笔，在我却是不可。那就是在夏天里，不论公牛、奶牛、牛犊子、或不曾下崽的小母牛们，都经常出于本能而躲进这湖水中来，消磨一天里酷热的时光；这里少蚊虻，有水的凉气可吸纳，故上午十点许，牛即入水来，或深至齐肚子，或浅到没下半条腿，悠然地反刍、取乐；下午四点钟，又回岸头吃草去。一天在水里呆这么久，湖中的遗矢，便饶是不少，一旦虫子们营为自己的家，鱼便有了食源；倘不打这秋风，它总是食不果腹的。所以说，一种动物的娱乐，变成了另一种动物的食粮，大化之抟节，竟有如此者！"（怀特，2002：41－42）

大自然"最丰富的多样性"（White，1993：55）在这段充满崇敬和赞美之情的文字中得到完美呈现。这段描述中有几点值得注意：首先，怀特是在湖塘这一特定的栖息地中描述物种间的关系；其次，在描绘湖塘中的牛群时，怀特除了关注它们的日常作息时间外，还详细记录了它们的娱乐行为——"躲进这湖水中来，消磨一天里酷热的时光……悠然地反刍、取乐"；尤为重要的是，怀特注意到它们和虫子、鱼等各类物种之间的食物链联系："（牛）一天在水里呆这么久，湖中的遗矢，便饶是不少，一旦虫子们营为自己的家，鱼便有了食源；倘不打这秋风，它总是食不果腹的。"在怀特看来，任何生命形式都会对其他物种行为及整个栖息地的经济状况产生深远影响。这段文字既强调了物种间的联系，也凸显了它们和环境间的关联，体现了一种强调联系的功能性再现方式。②

---

① 唐纳德·沃斯特认为，塞耳彭宁静美好，生物与自然和谐共处，怀特的博物学与林奈帝国主义、机械式的科学不同，属于阿卡迪亚传统。露西·马多克斯（Lucy Maddox）则提出不同看法，认为《塞耳彭自然史》例证了一种等级森严、保守的托利党意识形态（Maddox，1986：45－57）。

② 福塞尔指出，怀特的细节体现了一种语境感，他的轶事植根于地方（Fussell，1990：18）。

怀特这种强调"关系、后果和累积效应"（Mullett，1969：372）的功能式再现方式，"迈出了重要的一步，将人们对栖息地的理解从单一物种所处的有利位置……提升到将生态系统理解为特定物种在特定物理环境中的物质和行为相互依赖的组合"（Bohrer，2003：403）。唐纳德·沃斯特认为，怀特"把塞耳彭近郊视为一个复杂的处在变换中的统一生态整体"，已经"超出了日常观察和娱乐的层次"，他的《塞耳彭自然史》"的确是英国科学中对生态学领域最重要的早期贡献之一"。（沃斯特，1999：25）达斯维尔（Ted Dadswell）在《塞耳彭先驱：对博物学家兼科学家吉尔伯特·怀特的再思考》（*The Selborne Pioneer：Gilbert White as Naturalist and Scientist，a Re-Examination*）一书中将怀特视为生态学的鼻祖，认为他的"原型生态学"方法，即对不同物种间联系的强调、对相互依赖性的深刻理解以及对自然社群的关注，预见了后来生态学的发展（Dadswell，2002：147）。[①]

怀特具有实证精神，反对传统地方博物学家们的书斋式研究方式。在撰写地方史时，他既会参考当地有关习俗和制度史的文本，更会直接参与田野调查。怀特对田野调查、经验性知识的重视得到了盖斯凯尔的回应，后者笔下的地方往往都是其生活过或亲自到访过的地方。克兰福德、霍林福德等乡村小镇的原型是其童年居住的纳茨小镇，米尔顿的原型是其婚后定居的曼彻斯特，蒙克沙汶镇的原型则是她多次前往的惠特比地区。就连她的小说人物（比如，《克兰福德镇》中的玛丽·史密斯）在考察某地时，也善于将当地的重要文本（比如旧书信）和"田野调查"有机结合起来。

怀特重视实证调查，力求准确再现塞尔彭地区物种的行为细节、物种间的交往关系以及物种所处的自然环境的原型生态学再现模式，同样体现在盖斯凯尔的地方小说中。纳茨小镇、曼彻斯特以及惠特比地区特有的风土人情，人物的日常生活习惯、家族史以及人物之间独特的社会关系，都是盖斯凯尔地方小说重点再现的对象。无论是对克

---

① 达斯维尔指出，怀特开创的独具特色的研究方法——对生物"习性和栖息地"的研究，在随后的一百年内都未被超越，直到 20 世纪早期，一个主张建构"活的生态学"（live ecology）的新型科学领域才开始出现，而怀特方法论正是这一领域的基石（Dadswell，2002：xiv）。

兰福德镇女人们的规律生活、行为举止以及各类奇闻轶事的描绘，还是对米尔顿当地社会、自然环境、人物交往的书写，抑或是对蒙克沙汶镇历史、地理环境、自然经济以及人物关系的再现，都很容易让人想起怀特笔下的塞尔彭地区。上述叙述与怀特的生物发展话语构成同义关系。

值得注意的是，盖斯凯尔不仅利用其博物学知识来表现克兰福德、曼彻斯特、蒙克沙汶等地的独特性，而且还发挥其博物学家的想象，在描述某地的同时，也不忽略对其他地方的关注，有机地将地方自然经济体系与全球自然经济体系联系起来。

基于前文理论梳理，同时结合阶级分析、女性主义、叙事学、如画美学、园林美学、地方研究等其他理论，本书试从阶级、性别、地方三个维度考察盖斯凯尔小说中的博物学叙事，探讨作家如何运用博物学话语思考阶级、性别、地方等她所关切的话题、如何展示了用旨在研究自然的博物学分类方法研究人类社会的优势和局限性以及博物学和其现实主义创作美学之间的关联。从博物学角度研究盖斯凯尔小说有利于打破学界对其作品的人为分类模式。无论是工业/社会问题小说，还是田园/家庭小说，抑或是历史小说，盖斯凯尔都在其中精心描绘了英国社会生活的博物志。①

选取阶级、性别、地方三个维度，除了基于前文的文献梳理之外，还考虑到三者间的共性和相关性。阶级、性别、地方都是盖斯凯尔小说重点审视和考察的主题，构成一种平行的并列关系。此外，三者都蕴含

---

① 需要指出的是，盖斯凯尔未必是有意识地使用博物学话语。作为当时的流行话语，博物学更可能是以一种"预介入"（premediation）的方式进入其小说叙事。在《荷马、图尔科、小哈利：詹姆斯·乔伊斯〈尤利西斯〉中的文化记忆与预介入伦理》（"Homer, Turko, Little Harry: Cultural Memory and the Ethics of Premediation in James Joyce's *Ulysses*"）一文中，德国文化记忆研究领域著名专家阿斯特莉特·埃尔（Astrid Erll）将"预介入"这种媒介记忆模式定义为"从媒介文化传播的表征中回想起的图像和叙述会转化为强大的图式，并促成想象、经验、记忆、讲故事和行动等行为产生的过程（通常是无意识的）"（Erll, 2019：229）。笔者认为，在"博物学的社会和文化显像（social and cultural manifestations）无处不在且影响持久"（Merrill, 2019：30–31）的维多利亚时代，各种报刊、杂志、书籍中有关博物学的表征同样构成"强大的图式"，并以一种"无意识的"方式促成"想象、经验、记忆、讲故事"等行为的产生。盖斯凯尔小说中的博物学叙事就体现了"预介入"这一媒介记忆模式。笔者提出这一观点，主要受郭加宾同学的启发，在此向他表示感谢。

一种"差异间的交往关系（Lipscomb，2007：72）。① 阶级、性别维度涉及不同阶级、不同性别人群之间的关系，地方维度则涉及某个地方中不同阶级、性别、文化、宗教的人群之间、人物与地方环境以及地方与都市的关系等。三者间的交叉关系也使得它们成为盖斯凯尔博物学叙事研究中的多维视角。

本书主体共分三章。第一章结合米歇尔·福柯在《词与物》中对西方博物学发展脉络的考古式探究，讨论盖斯凯尔如何借用不同的博物学分类法进行阶级叙事，围绕其首尾两部小说《玛丽·巴顿》和《妻子和女儿》展开论证。如果说初涉文坛，尚未建立叙事权威的中产阶级女性作家盖斯凯尔在其处女作《玛丽·巴顿》中借博物学这一自然学科来建立自身叙事权威，采用了福柯所言的那种产生并盛行于 18 世纪的严格博物学分类法，将以巴顿父女为代表的工人阶层描述为可供她和中产阶级读者观察审视的静态标本，以期维护现存的社会秩序，那么她在最后一部小说《妻子和女儿》中，则巧妙地将 19 世纪法国博物学家圣·希莱尔超验式的比较解剖学分类法和托马斯·卡莱尔的英雄崇拜及工作福音思想勾连起来，借希莱尔强调联系和统一的博物学话语暗示中产阶级与贵族之间关联性和连续性的同时，又通过引入卡莱尔的英雄崇拜思想和工作福音观念，有意识地对真诚、热爱工作等中产阶级引以为傲的道德品行予以褒扬，对贵族阶层的虚伪以及不劳而获、坐享其成的工作和生活态度进行了讥讽，从而借文学想象最大程度地提升了中产阶级的身份和地位。

第二章探讨林奈植物性体系在修辞层面的意义及其与小说之间的关联，揭示林奈体系中所谓的"植物婚姻"如何使得两性间带有性意味

---

① 苏珊·利普斯科姆（Susan Rae Bruxvoort）认为，盖斯凯尔的作品始终对各类"跨越差异的交往关系（interaction across difference）——厂主与工人、父母与子女、兄弟姊妹、有文化和无文化的人以及人与自然间的关系"表现出浓厚的兴趣。利普斯科姆考察了博物学作为一种能够想象人类能动性的学科，面对非人自然的生态恶化现象时，在如何保护或恢复自然的本来形态方面，有着怎样的优势和局限性。她认为盖斯凯尔在《妻子和女儿》和《勃朗特传》中主要通过人物塑造，部分借助环境描绘，再现或者实践了一种对非人类世界的同情式关注（Lipscomb，2007：68－69）。本书主要从博物学角度系统考察盖斯凯尔作品中的阶级、两性以及地方中人与人、人与环境以及地方与都市的关系。

的恋爱成为小说表征的合法主题。本章重点考察林奈通俗植物学以及受其影响的如画风景美学、园林美学等研究自然的分类学科，如何对盖斯凯尔围绕"花季少女"展开的婚恋叙事产生影响，着重分析《露丝》《南方与北方》以及《妻子和女儿》这三部小说。盖斯凯尔在《露丝》中充分关注被林奈忽视的"私密婚姻"范畴，反思他将"自然界开花现象等同于人类婚姻"的观点。将露丝和贝林汉的性爱关系置于林奈植物学"私密婚姻"框架内考察，盖斯凯尔彰显了露丝的纯真，有力地挑战了关于"堕落女性"的传统叙事。在《南方与北方》中，盖斯凯尔借花园、如画风景以及"开花"（bloom）这一看似不太明显却最为重要的修辞体系，影射女主人公玛格丽特的性吸引力，同时揭示出那些最终导向婚姻的过程和行动。通过将玛格丽特的性吸引力置于婚姻叙事的框架中，盖斯凯尔让她成为弥合公私领域裂缝的关键性人物。把表征人物婚恋状况的开花叙事和当时维多利亚社会迫切关注的工业问题结合起来，既体现了盖斯凯尔叙事上的创新，也反映了她试图模糊公私领域边界的愿望。《妻子和女儿》中男女主人公之间未得到正面描写的"消极恋情"在自然叙事中得到补偿。盖斯凯尔不仅运用如画美学、园林理论的常用语和相关原则表现女性人物的个性特点及人物间的微妙关系，还采用开花叙事将女主人公逐渐获得性吸引力这一身体上的自然事实和其地位的提高以及得到男主人公的爱情等社会事实巧妙地联系起来。

第三章研究盖斯凯尔对"地方"（locale）的再现方式如何回应了吉尔伯特·怀特的原型生态学再现模式，重点分析《克兰福德镇》和《西尔维娅的恋人》这两部小说。盖斯凯尔在《克兰福德镇》中再现了当地居民/物种的"繁衍、保存、死亡"等生命事实，并通过对居民/物种之间独特的行为交往模式——克兰福德式"同情经济"模式的精心刻画，建构了一个有别于以德伦布尔为代表的英格兰大都市的独特"地方"——克兰福德镇。同时，盖斯凯尔也具有怀特的"世界性地方观"，她运用博物学家的想象力，巧妙地把克兰福德镇的自然经济与全球资本主义经济联系起来，将该地的日常生活方式和英国的殖民事业编织到了一起。在《西尔维娅的恋人》中，盖斯凯尔想象了一个类似于塞耳彭那样的多元化生物群落——蒙克沙汶镇。该地居民/物种在语言、文化、宗教、性别以及阶级等方面呈现出多样性和差异性。虽然盖斯凯尔强调了该地环境的异质性，但她也通过引入一种生物间的"非语言式交流"模式，试图削弱上述差异可能带来的政治影响。此外，盖斯凯尔把和鲸鱼相关的传奇故事置于现实主义小说框架内，创造出了一种融浪漫主义与现实主义为一体的"混合体"，作品由此呈现出一种独特的诗意美。

第一章　博物学分类法与盖斯凯尔小说中的阶级政治

　　提起伊丽莎白·盖斯凯尔，读者很容易想起《玛丽·巴顿》和《南方与北方》这类所谓的"工业小说"。盖斯凯尔最初就是凭借《玛丽·巴顿》，赢得社会的广泛关注，后来也因此成为其同时代人口中的"《玛丽·巴顿》的作者"。可以说，盖斯凯尔的文学影响力在很大程度上与其对当时维多利亚社会问题，尤其是阶级问题的思考密不可分。

　　20 世纪三四十年代，戴维·西塞尔曾对盖斯凯尔做过许多不利的评价，认为她与生俱来的"女性气质"使她甘心接受父权社会的种种限制。她的艺术才能也由此遭到诋毁和忽视。然而，随着五六十年代西方马克思主义批评的兴起，《玛丽·巴顿》和《南方与北方》这类"工业小说"重新受到关注。虽然以雷蒙·威廉斯为代表的马克思主义批评家对盖斯凯尔的中产阶级立场褒贬参半①，但他们对其工业小说在主题和叙事上的复杂性的发掘，有力地反驳了塞西尔等评论家认为盖斯凯尔缺乏艺术才能的偏见。此后，围绕阶级问题展开讨论一直是盖斯凯尔研究中的重要组成部分。八九十年代的新历史主义批评家们进一步对盖斯凯尔作品中的阶级主题进行了深度挖掘。他们认为盖斯凯尔并不只是现实生活的被动记录者，她也借助文学创作参与了当时社会现实的形塑。新历史主义批评家们充分肯定了盖斯凯尔的文学才能，也对她积极参与社会问题讨论做了相当正面的评价。

　　近年来，人们开始意识到盖斯凯尔的"思想及其对科学、经济、神

---

　　①　威廉斯既肯定了作家在描述工人时所采用的那种带有同情心的观察方式，又从"情感结构"这一概念出发，批评身为中产阶级的盖斯凯尔对工人阶级暴力的恐惧"破坏了小说主题情感整体所必需的统一性"（Williams，1960：98）。

学知识的谙熟对于理解维多利亚文学具有重要意义"（Matus，2007：1）。本书通过研究发现，维多利亚时代影响力深远的博物学话语为盖斯凯尔再现阶级关系提供了一系列叙述策略和话语支持。盖斯凯尔对英国社会各阶层生活的描绘，的确如马克思所言："揭示的政治和社会真理，比一切职业政客、政论家和道德家加在一起所揭示的还要多。"（1956：686）但是我们也要清醒地看到，为维护和扩大其所处阶层的利益，她也巧妙地利用博物学内部相互冲突的分类法对阶层进行了想象性的划分。本章深入探究盖斯凯尔如何在首尾两部小说《玛丽·巴顿》和《妻子和女儿》中利用不同分类法之间的冲突进行阶级叙事。盖斯凯尔常因其对劳苦大众的深切同情而为世人称道。不过，从博物学视角来审视其文本，就会发现这种同情的本质是对传统社会等级秩序的维护。另外，博物学视角也有助于我们了解到，《妻子和女儿》并不像许多评论家认为的那样，是一部远离社会纷争的田园小说，事实上，盖斯凯尔在其中借助博物学话语，隐性地探讨了中产阶级与贵族阶层之间的微妙关系。博物学这一传统意义上的男性科学话语，在为盖斯凯尔树立叙事权威的同时，也在一定程度上帮助其实现了借文学虚构参与社会改革的愿望。

第一节　《玛丽·巴顿》：官方博物学
分类法和社会愿景

盖斯凯尔的处女作《玛丽·巴顿》（*Mary Barton*，1848）由于真实再现了19世纪40年代的英国棉纺织中心曼彻斯特劳资阶级的矛盾和冲突，常被贴上工业小说的标签，或直接被称为"英格兰状况"小说。但是，值得注意的是，工业生活并非常年生活在曼彻斯特的盖斯凯尔唯一能见到的生活样态。事实上，随着越来越多的艺术和自然史博物馆的建立，与这类藏品相关的各类活动在英国公众中获得了热烈的反响。[①]该时期几乎所有的通俗读物，如报纸、期刊等都会涉及与博物学相关的

---

① 　比如，曼彻斯特皇家学会于1835年竣工，它所提供的大量藏品为曼彻斯特艺术馆的成立奠定了坚实的基础。

内容。比如，经常刊载盖斯凯尔作品的《全年》（*All the Year Round*）期刊上就刊登了大量围绕蜘蛛、蜜蜂、捕虫草以及沙鸡等博物学主题展开的科普文章（Dewitt，2010：4）。显然，博物学话题已经渗入了英国大众的日常生活和谈话中（Barber，1980：13－14）。

前文已提到，艾米·金、安妮·西科德以及丹妮尔·柯丽尔等学者都将博物学视为探究盖斯凯尔意识形态观的入口，对小说文本做了各具特色的阐释。不过，需要指出的是，她们过于偏重小说内容，忽视小说形式的做法却难免偏颇。本书认为，盖斯凯尔在《玛丽·巴顿》中扮演了一名传统博物学家的角色，倾向于记录和描述研究对象那些不变的外在形式特征，而对其如何发展及变化缺乏应有的关注。分类法为盖斯凯尔提供了"一种审视社会秩序的令人不安的总体化视角"（D'Albertis，1997：140），并直接影响了她的人物塑造以及小说叙事。从她对人物加以分类，对其进行静态化描述以及对"非叙事"文本的重视来看，盖斯凯尔笔下的世界呈现出稳定有序的静止状态，她保守传统的阶级观一览无遗。[①] 正如凯瑟琳·加拉格尔（Catherine Gallagher）指出的那样，《玛丽·巴顿》的意识形态老旧保守：女性必须"履行那些显见的职责"，男人则该把所有的精力"投入对家庭和亲朋的关爱中"，而不该去参加反对厂主的政治经济斗争。（Gallagher，1985：79）[②]

盖斯凯尔在《玛丽·巴顿》中对曼彻斯特居民的观察和描写方式

[①] 阿曼帕尔·加查（Amanpal Garcha）在其著作《从小品文到小说：维多利亚小说的发展》（*From Sketch to Novel: The Development of Victorian Fiction*，2009）中强调了小说中那些与情节无关的"非叙事"文本（主要指题外话、作者的干预以及过于详细的描述性文字等）的美学及意识形态功能。本书认为，《玛丽·巴顿》中大量的"非叙事"文本同样能揭示作家的意识形态观。后文对此做了详细阐释。

[②] 盖斯凯尔保守的阶级观一直受到马克思主义批评家的严厉批评。雷蒙·威廉斯在《文化与社会》中指出，盖斯凯尔对工人阶级的同情是有限的（Williams，1960：89－90）。阿诺德·凯特尔（Arnold Kettle）在文章《早期维多利亚社会问题小说》（"The Early Victorian Social-Problem Novel"，1958）中也持相似观点。约翰·卢卡斯（John Lucas）在《盖斯凯尔夫人和社会变化的本质》一文中指出，盖斯凯尔并不真正相信变化，她所谓的变化观不过是一种"能够适应和调整不同利益"的"反历史的变化观"（1975：3）。在另一篇题为"盖斯凯尔夫人和兄弟情谊"（"Mrs. Gaskell and Brotherhood"，1966）的文章中，卢卡斯认为盖斯凯尔之所以主张"共同利益"，其根本原因在于她颇为内疚地意识到自己维护的其实只是她身处的阶层的利益。

与博物学家对动植物的观察和描写方式极为相近。博物学实践中的分类语言常被挪用到对人类世界的描绘中。在小说开篇，盖斯凯尔就借用了博物学的分类方式来描写人物。我们看到，在曼彻斯特附近田野上散步的人群可以分成好几类——跟跄学步的小孩、姑娘们、小伙子们、窃窃私语的恋人、丈夫和妻子们——这些人都被盖斯凯尔纳入了"工人群"（the manufacturing population）这一更大的范畴中。接着，叙述焦点从群体转移到了个体——约翰·巴顿的身上。介绍巴顿时，小说将其称为"一个典型的曼彻斯特人"（a thorough specimen of a Manchester man）（盖斯凯尔，2003：6）①。这里采用的"标本"（specimen）一词是博物学中的常用词汇。在后面章节中，叙述者对巴顿做了进一步描述："他没有一点自私的动机，他只知道忠诚于他的阶级（class）、他的团体（order），拒不计较他个人的利益。"（190）值得注意的是，"阶级"和"团体"既是具有政治色彩的词汇，用于指代团体和阶级，也是博物学中分别表示目和纲的分类词汇。②

　　除了采用博物学词汇和分类原则来描绘工人外，盖斯凯尔在介绍他们的住所时，还运用到博物馆展馆的布置技巧。工人巴顿和威尔逊（Wilson）去看望工友达文波特（Davenport）时，注意到通往他家的路中间有一条小水沟，在流过大街上的坑坑洼洼的路面时，"形成了一个个小水泡……妇女都站在自家门口，把各种各样的脏水都倒进了沟里，那脏水便流淌到下一个小水坑，积满后便形成了一个较大的水坑。那一堆一堆的垃圾便成了垫脚的石阶"（62）。这段文字将贫民窟环境的脏、乱、差生动地再现了出来。两人穿过肮脏不堪的街道后，来到达文波特一家生活的地下室，那里"潮湿、肮脏、昏暗"（62）。一进去，他们差点被里面的恶臭熏倒。叙述者这样解释道："街道是如此的龌龊……两个人几乎被室内的臭气熏到，这也是理所当然的，没有什么令人大惊小怪之处。很快他们就适应了这里的环境，不再觉得什么了。"（62）从

---

　　①　出自该书的引文，本节再次引用则统一仅标注页码。
　　②　在博物学中，自然界分类系统通常包含七个主要级别：界（kingdom）、门（phylum）、纲（class）、目（order）、科（family）、属（genus）、种（species）。纲和目是七大分类中的其中两类。

"理所当然"和无需"大惊小怪"来看,叙述者意在表明,外面的街道环境那么糟糕,达文波特家的情况可想而知。达文波特肮脏的家庭环境已与外面"龌龊"的街道环境融为一体。在博物馆展览中,要想准确理解某一事物的意义,通常要考虑为其创建叙事意义的其他事物。和博物馆内的展品一样,曼彻斯特工人标本的生活也受到周边环境的影响。换言之,达文波特家肮脏的地窖和他所代表的曼彻斯特工人们的贫困生活,在盖斯凯尔及其中产阶级读者眼中,成了可供参观和研究的博物馆藏品。

彼得·康拉德(Peter Conrad)在论述艾略特的现实主义时,曾指出她对人物的塑造受到了她和乔治·刘易斯(George Lewes)共同参与的"博物学探险"的影响:她把人物视为"迷人而复杂的低等生命形式,用分析的目光注视它们,仿佛它们被置于一副供研究使用的透镜之下"(Conrad,1973:110)。博物学的观察和描述方式很容易将观察者和描述者与其观察和描述的对象隔离开来。前者往往采取一种居高临下的方式打量和审视后者;后者在其眼中仅是静态、被动的存在。从盖斯凯尔使用的"他们"和"适应"等词来看,以巴顿等人为代表的曼彻斯特工人群体俨然成了能够适应外界环境的"迷人而复杂的低等生命形式",他们被置于镜头之下,成为观察、分析和研究的标本;他们也只是一种静态、被动的存在。

福柯在《词与物》中将西方社会文化划分为文艺复兴时期、古典时期和现代三种认识型。他认为,严格意义上的博物学出现在古典时期认识型中。那时,"生命"和复杂"有机体"的生物学概念还未出现,人们主要通过"网格状的知识来观察生物,并根据它们可见的特征而非生活功能对它们进行分类"(福柯,2002:127–128)。博物学在福柯看来,就是从"可见世界的结构"出发,依据自然物的"特性"对其进行描述、命名和分类(福柯,2002:215)。也就是说,博物学真正关注的是空间,而非时间,时间从未被当作"生物在其内部结构中的发展原则",现代意义上那种与时间密切相关的"历史"含义尚未出现。(福柯,2002:200)博物学家的主要工作是记录自然物外在形式的细节特征,并不研究其实际的生命进程或进化发展史。尽管从博物学发展史来看,福柯认为博物学分类法到了19世纪被比较解剖学取代的观点并不正确，但他对传统博物学分类法的分析对于我们研究盖斯凯尔《玛丽·巴顿》的叙事结构及其政治态度具有重要意义。从表面上看，小说内部充斥着各种与时间相关的变化。但是，仔细考察就会发现，所有变化最终都指向一种恒定的不变或者静止，历史或者变化都被纳入一种静态的博物学分类体系中。

这一特点可以从小说对人物的塑造上得到体现。尽管小说中的几个主要人物看似经历了道德、心理或身份地位方面的变化，但无一例外地都以各自的方式维护，甚至巩固了社会的原有秩序。

在描写人物约翰·巴顿时，盖斯凯尔似乎偏离了博物学的静态观察模式。巴顿从一个善良的人堕落为凶狠残暴的杀人犯，无疑经历了最为显著的变化。小说开始时，他是一名诚恳而富有同情心的人，即使一个陌生人向他求助，他也会"毫不犹豫地伸出援助之手"（3）。然而，随着妻子难产而死，未出世的婴儿胎死腹中，他自己因工业状况不景气失去工作，小儿子汤姆患猩红热，无钱救治，最终惨死之后，巴顿的性情发生了巨变，不再像从前那样开朗热情，转而变得沉默寡言、蛮横粗暴，对资本家恨之入骨，最终枪杀了厂主卡森的独生子哈利·卡森（Harry Carson）。从巴顿性格发展的轨迹来看，盖斯凯尔似乎采用了一种历史的眼光，不是将其塑造为一个静态实体，而是再现了一种过程，揭示出有机物如何在外部环境的影响下发生变化。然而事实是，盖斯凯尔从不相信剧变一说。巴顿并没有获得任何新的个性特征，其内在本质也未发生根本性变化，外部环境只不过揭露了巴顿性格中的不同方面。一切顺利时，巴顿"善的一面胜过恶的一面"（3）；身处逆境时，他"骨子里善良的一面……便消失得无影无踪"，他与所有善良人们之间的"纽带……也中断"了。（21）显然，在盖斯凯尔看来，巴顿或者所有人身上都既有善的一面，也有恶的一面，只不过在不同环境中，某一方可能会暂时性压制住另一方，从而成为性格中的主导因素。因此，即便巴顿后来犯下杀人的大罪，盖斯凯尔也坚持认为他良心未泯。事实上，早在巴顿犯罪之前，叙述者就通过对与玛丽一起共事的女工萨利·利德贝特的性格分析，提醒读者，即使其他方面发生变化，人的灵魂也始终不变：

犹太人和伊斯兰教徒都相信，每个人身上都有一块小骨头，如果我们没有记错的话好像是一块脊椎骨，永远不会腐烂、变质。在地底下一直保持完好直到最后审判日，这可能就是人的灵魂。即使是世界上最堕落的人也同样有这种善缘，总有一天会幡然醒悟，起来战胜他们的罪恶，这是妥善潜藏在人世间一切罪大恶极之人身上的惟一善良品质的标志。（99）

从故事的后续发展来看，这段看似评价萨利的引文，实际是为巴顿精心设计的，不仅为他后来的"堕落"做了铺垫，也为他预先提供了辩词。犯下杀人罪的巴顿并非十恶不赦，在良心的拷问下，他终将"幡然醒悟"，其性格的所谓变化不过是外界环境作用下人性中的善恶因子不断较量所产生的效果。因此，盖斯凯尔在后面的叙事中，不仅借"我真的不知道我在做什么"这句话为其辩护，而且还通过对遭受良心谴责的巴顿外貌变化的详细描写，恳请读者对他大发慈悲："（巴顿）面容憔悴，两颊深陷——就像是个骷髅，却有一种骷髅不能具有的痛苦的表情！只要你见到了他本人，无论你打算怎样制裁他，你都会大起恻隐之心的。"（405）

盖斯凯尔最初把小说名定为"约翰·巴顿"①。谈起巴顿时，她曾这样写道："他（巴顿）是我的主人公，在他身上我倾注了所有的同情。"（转引自威廉斯98）然而，颇具讽刺的是，相信"社会决定论"的盖斯凯尔最终将这位她"倾注了所有的同情"的主人公"碾压"成了"一个生物"（Gallagher，1985：74），一个缺乏个人意志、受制于外界环境的生物。叙述者这样解释巴顿的行为：

他没有从受教育中得到智慧，没有了智慧就等于没有爱，以及它所能发挥的作用。相反，不时会给人们带来害处，他单凭自己的

① 之所以小说后来改用"玛丽·巴顿"，原因在于约翰·巴顿不只是一名普通工人，还是宪章运动的积极分子，其阶级立场非常鲜明。把他的名字用作书名，似乎表明作者支持工人运动，其批判的矛头将直指当权的资产阶级。与约翰·巴顿不同，玛丽·巴顿只是一位成天陷入恋爱纠葛之中的时装店的学徒，她对当时的社会现实既不敏感也不关心，采用她的名字作为小说标题会大大减弱作品的批判锋芒。

判断力行事，而他的判断力又往往是一个极大的错误。

　　没有受过教育的人的言谈行为，依我看如同弗兰肯斯坦一样。这个怪物集多种人类的本能于一身，只是没有灵魂，不能分辨善恶……为何那些人把他们造成这副德行，一个强有力的怪物，却没有得到安定和幸福的内在因素？

　　约翰·巴顿参加了宪章派，又成了共产主义者，那便是人们所说的危言耸听，专擅空想的那类人。没错！只要有空想就比什么都强，这证明他还有灵魂的存在，不光是一个肉欲的动物。（190）

以巴顿为代表的缺乏教育的一类人，被类比为弗兰肯斯坦这样一个悲剧性的"没有灵魂，不能分辨善恶"的怪物。虽然盖斯凯尔紧接着在后文解释巴顿的暴力行为恰恰证明了他还有"灵魂"，不只是一个"肉欲的动物"，但这种修正的目的不过是缓和前面那种过于严厉的说法罢了。在盖斯凯尔眼中，以巴顿为代表的工人阶层与一群缺乏思想、没有灵魂的生物并无多少区别。在外界环境的影响下，他们很有可能失去理智，参与革命暴动，成为"宪章派"或"共产主义者"。盖斯凯尔为巴顿等人贴上"宪章派"或"共产主义者"的标签，很容易让人想起博物学家们往往依据他们预先构设好的分类框架来给自然物进行分类和命名的做法。预设的本质揭示出博物学无法容纳历史变化或转型的保守性。可以说，身为中产阶级的盖斯凯尔采用了一种传统博物学家的眼光来审视工人阶级，她对巴顿的塑造符合静态的博物学模式，而非动态的历史模式。

盖斯凯尔同样透过博物学家的视角来观察女主人公玛丽·巴顿。当巴顿和约伯分别讲述了各自的伦敦之行后，我们注意到：

　　她（玛丽）坐在小板凳上，头枕着父亲的膝盖，睡得香甜极了，就像个婴儿似的，她的呼吸轻柔得就像小鸟从树叶编织的鸟巢窜出窜进发出的声音一样。她那半闭半开的嘴唇红得像冬天的浆果，映托着她那洁白如玉的肌肤，时而泛起层层的红晕。眼睛下面便是乌黑发亮的睫毛，细嫩的脸上点缀着金黄色的头发，那满头的金发密密麻麻，就像鸟巢一样温暖而柔软。她的头可以埋在里面。
她的父亲得意地揪起一小缕柔润的鬓发，把它尽量拉直，仿佛要炫
耀它的长度和光彩似的。（122）

在这段文字中，盖斯凯尔详细描绘了玛丽睡着后的样子，她的呼吸
像小鸟进出鸟巢时那般轻柔，嘴唇如冬天的浆果般红润，满头的金发则
象鸟巢那样柔和温暖。很明显，这里采用的喻体"小鸟""浆果""鸟
巢"都是博物学的研究对象。那么，盖斯凯尔为何要在此安排玛丽睡
着，同时还使用大量博物学词汇来形容她睡着时的模样呢？联系上下文
就会发现，在这段文字之前，巴顿和约伯刚刚谈及了各自去伦敦的情
况。对于伦敦议员粗暴拒绝工人们请愿的行为，巴顿痛恨得咬牙切齿。
然而，为避免激化阶级矛盾，盖斯凯尔有意让巴顿拒绝再现当时的情
景，"我真不愿意提起这件事……我不愿意再谈到它了"（131），并借
约伯去伦敦接回孙女的故事将敏感的政治话题转向别处。玛丽睡着的情
节进一步将小说重心从社会领域拉回到家庭领域，那些用来描绘她的博
物学词汇更是让读者直接走进了安宁祥和的自然世界，人类世界那些纷
繁复杂的政治斗争暂时被抛之脑后。看到女儿鸟巢般柔软的头发，内心
充满仇恨的巴顿也受到了感染，"得意地……把它尽量拉直，仿佛要炫
耀它的长度和光彩似的"。显然，博物学话语的使用能够有效消解巴顿
故事中强烈的政治内涵。

除了在描绘玛丽的外貌时使用了与博物学相关的词汇，盖斯凯尔也
在塑造该人物时借鉴了博物学家的认知方法。小说多次提及玛丽的美貌，
强调她和埃斯特姨妈外貌上的相似性。外貌特征的遗传揭示出社会发展
的一致性和持续性，确保了一个缺乏变化的静态世界。① 看到女儿玛丽的
长相酷似那个沦落风尘的埃斯特姨妈，巴顿非常担心，因为"外表极为
相似，那难免就会联想到命运将会有相似的可能"（141）。巴顿将外表与
命运挂钩的思维模式与传统博物学家将事物外在特征与其内在本质等同

_____

① 除了提及玛丽和埃斯特的长相相似之外，叙述者也借艾丽斯之口提到了威廉与其父亲
相貌的相似。

起来的认知方式非常相似。事实上，小说中具有这种博物学认知的不止巴顿一人，埃斯顿显然是该认知的受害者。她爱上了一个"潇洒漂亮，为人热情"（179）的军人，然而，正是这个漂亮热情的年轻人最终抛弃了她，她也因此沦为风尘女子。可以说，巴顿对玛丽的担忧并非毫无道理，后者也曾和埃斯特一样，具有重视自然物外在特征的博物学分类倾向。看到杰姆·威尔逊（Jem Wilson）粗犷贫穷，哈利·卡森帅气富有，玛丽便拒绝了前者的求婚，一心想嫁给后者。叙述者暗示要不是她后来幡然醒悟，很可能会和埃斯特一样，成为该博物学分类倾向的受害者。

最先促使玛丽意识到外表很可能无法反映真实内在的是约伯的孙女玛格丽特（Margaret）。玛格丽特穿着朴素，相貌也很平凡，但唱起歌来却像变了个人似的。看到她那种"藏在内心深处的力量在她的外表却丝毫没有流露出来"，玛丽觉得简直是"一桩咄咄怪事"。（38）显然，玛丽那种将外在特征与内在本质画等号的博物学家认知受到了挑战。这种全新的认知为她后来认清卡森本性，最终选择嫁给杰姆做了铺垫。尽管盖斯凯尔塑造巴顿父女时使用了博物学的语言和分类原则，但从玛丽和埃斯特两人的不同命运来看，她对传统博物学的认知模式并非没有一丝保留态度。

值得注意的是，虽然小说最终呈现出一片和谐的景象，但其内部却存在一个强大的潜流，暗示出另一种截然不同的社会形态。在充满控制力的故事情节和它设法控制的破坏性力量之间始终存在一种张力。工人杰姆取代富家子小卡森，成为玛丽的丈夫，确保了社会的稳定性，但盖斯凯尔对玛丽的思想转变处理得过于草率，让人难以信服。在描绘玛丽和小卡森的关系时，小说的内在冲突尤为激烈，两人的关系似乎对传统有机社会等级结构的自然性和合理性提出了质疑。有时，叙述者会谴责这种人压迫人的阶级制度：小卡森被玛丽拒绝后，恼羞成怒，甚至"威胁"她，"无论她愿意不愿意嫁给他。她都是他的人……他也不怕别人的白眼和品头论足，即使玛丽的名声受损"（194）。但另一些时候，叙述者似乎又意识到玛丽之所以会受卡森吸引，恰恰是等级社会的产物。玛丽一心想嫁给富家子卡森，除了和埃斯特姨妈的"言传身教"有关之外，也和父亲对有钱人的"深恶痛绝"有关（87）。埃斯特和巴顿似乎代表了两种相互冲突的看法，前者想借婚姻步入上层社会；后者则对上层阶级始终抱着仇视的态度。然而，这两类看似相反的观点，却都是等级社会下的产物。它们形成一股合力，共同推动着女工玛丽去主动接近富家子卡森。盖斯凯尔一方面谴责富家子卡森对女工玛丽的威胁行为，但另一方面又意识到两人的恋爱关系恰恰是等级制度下的必然产物。

不管怎样，上面提到的这些矛盾和冲突最终被吸纳进一个静态的博物学分类框架中。小卡森的死亡意味着玛丽想借婚姻步入上层社会的幻想破灭，下层女性本来有望借此改变自身地位的可能性遭到抵制，影响社会等级秩序的潜在威胁得以消除。小说结尾处，我们看到，嫁给了工人杰姆并随其移民到加拿大的玛丽一边"朝着城镇的方向眺望，等着自己的丈夫收工回家"（451），一边倾听着儿子小约翰欢快的叫嚷声。从已经转变为妻子和母亲的玛丽身上可以看出：无论身在何方，传统价值观永远不会发生改变。

盖斯凯尔对约伯·李的塑造同样揭示了她的静态博物学认知。约伯除了是一名普通的织工，还是一名对博物学有着非凡热情的业余博物学家。当巴顿一心指望宪章运动能够从根本上改变穷人的贫困状况时，约伯则将自己工作之余的所有时间和精力用于研究那些"用钉钉死的昆虫"，阅读那些"晦涩难懂的书籍"。（41）从两人迥然不同的结局来看，虽说工人领袖巴顿是盖斯凯尔心目中的"悲剧英雄"，但业余博物学家约伯却是她更为欣赏的对象。

牧师乔治·巴克兰（George Buckland）曾在其为穷人布道的第四份报告（1837）中指出，博物学这类具有理性的娱乐活动"必然优于任何其他改良道德或智力的措施"，博物学家们"对植物学、动物学和所有科学的兴趣……与道德和宗教情感密切相关"。（Buckland，1837：15）① 巴克兰暗示，博物学研究是提升工人阶级智力、改良其道德品行的最佳途径。这一看法得到一贯重视教育的唯一神教精英分子盖斯凯尔的响应。②

---

① 巴克兰是曼彻斯特家庭传教协会任命的第二位向穷人布道的牧师。

② 盖斯凯尔对教育的重视，参见 P. Stoneman，"Gaskell, Gender, and the Family"，in J. L. Matus，ed.，*The Cambridge Companion to Elizabeth Gaskell*，Cambridge：Cambridge University Press，2007，p. 134。

织工约伯高尚的道德品行和卓越的分析判断能力显然和他的博物学爱好密切相关。他提倡自由贸易，反对政府干预的经济主张就根植于他观察到的社会具体现实，是他对博物学经验主义原则的具体应用。

　　自强不息、自学成才的约伯与塞缪尔·斯迈尔斯（Samuel Smiles）笔下那些奋斗不止的自助者们具有高度的相似性。斯迈尔斯在其代表作《自助》（*Self-Help*，1859）中描写了生活在利兹地区的一群年轻人，他们生活极端贫困，却没有怨天尤人、自暴自弃，而是积极向上，利用业余时间主动学习阅读、写作、算术、地理等知识（iv）。和斯迈尔斯的自助者一样，约伯从未被贫困压倒，而是在工作之余认真学习，积极从事博物学研究，最终凭借掌握的博物学知识，成功进入中产阶级职业精英分子文化圈，实现了与后者的自由交流。玛丽得知恋人杰姆被指控为杀害小卡森的凶手后，向约伯求助，后者称自己认识一名律师，可以请他为杰姆辩护："我就认识一个律师……他对昆虫也是情有独钟，心地也善良。我们俩只要有多余的昆虫标本就互相交换。我相信，这次只要我开口，他绝不会拒绝，一定会伸出援助之手。"（296）相同的博物学爱好使工人约伯有机会结识中产律师切希尔（Mr. Cheshire），使地位低下的贫苦工人得以接触他们本来难以接近的法律体系。约伯身上表现出的阶层跨越似乎表明盖斯凯尔采用了那种强调时间、进步的历史发展观，背离了博物学的静态化观察模式。然而，需要指出的是，即便约伯看似能够与中产精英打交道，但直至小说最后，他依旧是一名贫困工人，其经济地位没有发生任何实质性的改变。更有甚者，他甘于贫困，还乐在其中，压根没有考虑过如何改变这一境况。

　　事实上，像约伯这样的情况在当时并不少见。斯迈尔斯在著作《苏格兰博物学家托马斯·爱德华兹传》（*The Life of a Scotch Naturalist：Thomas Edward*，1876）和《罗伯特·迪克：瑟索的面包师、地质学家和植物学家》（*Robert Dick：Baker of Thurso，Geologist and Botanist*，1878）中描写了爱德华兹和迪克这样一群热爱科学研究，却又一辈子甘于平庸的工人博物学家。不过，值得一提的是，这两部著作是斯迈尔斯意识到《自助》中的一个重大缺陷之后完成的。《自助》始终强调，自强不息与提高身份地位或者说一种向上的社会流动性之间并不存在必然联系，对后者的寄望不仅会让人们忽视对自助伦理本身的关注，而且也与自助伦理观背道而驰。有趣的是，斯迈尔斯在书中列举的那些自助者们却无一例外都是在科学、文学或艺术领域卓有建树的人：地理学家休·米勒（Hugh Miller）、诗人弥尔顿（John Milton）、风景画家威廉·特纳（J. M. W. Turner）等。① 意识到这一矛盾后，斯迈尔斯不得不这样总结道："但是，自我教育不一定会让你像上面列举的大人物那样出人头地、功成名就。事实上，在任何时代，才能非凡的人大多都从事着最平凡的职业。"（Smiles，1859：261）因此，在后来为爱德华兹撰写的传记中，斯迈尔斯刻意强调了他的贫困状态："（他）曾是一名鞋匠，现在依然是。他和贫困斗争了将近三十年。他正是那种为科学而非靠科学而活的人。"（ibid.：v）斯迈尔斯最后得出结论：热爱科学的同时又能淡泊名利，才是真正的自助精神。从这一逻辑出发的话，我们只能从象征的层面理解工人阶级博物学家们凭借知识所实现的阶层跨越。博物学知识的确有助于他们进入更为庞大的科学群体中，但不足以保证改善其经济状况，提高其阶级地位。换言之，他们身上体现出的这种"虚构的社会移动性"（Coriale，2008：351）根本无法触动现存的等级制度。

不仅如此，接受了博物学训练的约伯具有较强的理性思维能力，更容易在思考社会问题时偏于保守。无论是提倡自由贸易，还是恳请厂主同情工人，都体现了他对现有社会秩序的信念。小说结尾时，约伯对厂主卡森（Carson）说了这样一番话：

> 最让我们痛心的是你们……从未想法设法去救救那些有时象枯萎病一样蔓延在工业区的灾难……纵然他们迟迟拿不出解决问题的办法，甚至最终也想不出来。最后只对我们说："苦命的人们，我们心里也为你们感到不幸。可我们已经作了我们所能做的，我们实在是无能为力了。"那样，我们对老板们心存感激，不再企望别人的帮助，自己去和痛苦贫困拼搏。（443）

---

① 斯迈尔斯在书中还提到了包括瓦尔特·司格特（Walter Scott）、威廉·科贝特（William Cobbett）、伊萨克·牛顿（Isaac Newton）、约书亚·雷诺兹（Joshua Reynolds）等人在内的其他自主精神典范。

　　这段话似乎暗示，资产阶级无须采取实际行动去消除工人的苦难，只要在言语上加以抚慰，后者便会感恩戴德。资产阶级几乎不费吹灰之力便获得了工人阶级的顺从。①

　　显然，给巴顿贴上静态的分类标签，让玛丽无法借婚姻实现阶级跨越，以及赋予约伯一种"虚幻的社会移动性"，盖斯凯尔成功地将工人们收编进了静态的博物学框架中，把他们塑造成了一个个静止不动的生物标本。

　　盖斯凯尔保守的意识形态观除了反映在人物塑造上外，也反映在小说中那些无关故事情节的"非叙事"文本中。当下的小说批评家们往往认为，小说情节承担着表现作家意识形态观的主要任务。在研究小说的吸引力时，理论家们热衷于讨论我们在阅读中通常会体验到的诸如悬念、焦虑和不确定性等各类情感——彼得·布鲁克斯（Peter Brooks）所谓的那种"推动文本读者持续前进"的欲望（Brooks，1985：35）。从心理学角度来看，小说的魅力在很大程度上与小说叙述（主要指情节）能操控读者欲望的能力相关。由此，弗雷德里克·詹姆逊（Frederic Jameson）、南希·阿姆斯特朗（Nancy Armstrong）和玛丽·普维（Mary Poovey）等批评家得出结论，小说的情节能对读者产生召唤，将其形塑为意识形态主体，因而，小说并非无功利的纯美学产物，而是意识形态传播的重要载体，具有明显的政治功能。

　　和上述重视小说情节政治性的批评家不同，阿曼帕尔·加查（Amanpal Garcha）在其著作《从小品文到小说：维多利亚小说的发展》（*From Sketch to Novel：The Development of Victorian Fiction*）中指出，小说里那些与情节无关的"非叙事"文本同样具有美学和意识形态性（Garcha，2009：3）。在分析《克兰福德镇》时，加查指出，小说的叙事风格舒缓平静，反映了盖斯凯尔希望摆脱女性职责束缚的诉求，表达了她对个人理想和自身利益的向往和追求。虽然克兰福德镇是一个过时、独特、与世隔绝的社会，但它的宁静和缺少变化却彰显了一种对"女性的永恒性"（ibid.：204）始终抱有幻想的现代化思想，揭示出盖

---

　　① 梅丽莎·肖布认为，盖斯凯尔呼吁阶级之间要有同情心，其实质就是要求工人阶级自我规训。参见 Melissa Schaub，"Sympathy and Discipline in Mary Barton"，*Victorian Newsletter*，Vol. 106，2004。

斯凯尔对现代资本主义意识形态的认同和支持。基于加查的观点，本书认为，《玛丽·巴顿》中的"非叙事"文本同样具有明显的意识形态性，折射出盖斯凯尔害怕变化，渴望维持社会现有阶级秩序的保守政治观。

作为一部所谓的"工业小说"，《玛丽·巴顿》本该出现许多紧张激烈的矛盾冲突和扣人心弦的故事情节。但在阅读时，我们却发现强调时间变化和历史发展的故事情节频繁地被加查所谓的"非叙事"文本，尤其是大段描述自然风景的文字打断。① 更值得注意的是，小说的整个故事情节都被含纳进小说首尾对永恒的静态的自然景色的描绘中。小说开始时，读者的注意力就被曼彻斯特周围的一片田园风光吸引，及至小说结尾处，读者的注意力又被重新拉回风景描写中，不同的只是英国本土风景被置换为英属殖民地加拿大的风景。② 盖斯凯尔对自然事物所表现出来的浓厚兴趣不由得让人想起有着相同爱好的博物学家。

小说开篇，盖斯凯尔花了将近三页的篇幅细致描绘了曼彻斯特郊外一片被当地人称为"青草田"的田野：

> 田野里贯穿着一条公共走道，直通二里外一个小村庄。这些田地尽管又平坦、又低洼，再说，又没有林木的幽胜（要知平原旷野本来全靠林木点缀风光），却自有一种令人留恋的地方；即使是一个山区的居民，离开了那忙乱嚣扰的工业都市不过半个小时，来到这平淡无奇，却是十足田园风味的农村，也会觉得城乡之间自成一种对照，不禁心向神往。这里到处可以见到黑白相间的老式农舍，农舍边上还盖着横七竖八的披屋，好像还和目前的邻近城市人口生在两个完全不同的时代，过着两种完全不同的生活。在这里，随着

---

① 比如，在向中产阶级读者介绍新兴的工人阶层时，盖斯凯尔常会在文中添加脚注，解释工人们所说方言的意义和来源，以免中产阶级读者误将他们看作一群粗鲁笨拙的人；当盖斯凯尔意识到自己在处理罢工、劳资纠纷、工会等敏感话题时，经常以叙述者身份直接参与问题讨论，并急于澄清自己的阶级立场（W. A. Craik，1975：10）。

② 自16世纪始，英法殖民者先后侵入加拿大。1763 年的"巴黎条约"使加拿大正式沦为英属殖民地。1926 年，加拿大的"平等地位"得到英国承认，获得外交独立权。1931 年，加拿大成为英联邦成员国，议会获得和英国议会相同的立法权，但直到 1982 年，加拿大议会才获得立宪、修宪的所有权利，正式成为一个独立国家。

季节的变换，你可以见到收麦割草、耕田耘地等庄稼活儿，城里人看来都十分新奇有趣；那些被机器声和喧扰声震得耳聋眼花的技工，也可以跑来听听各种富有乡村情调的声音——牛羊的吽叫，挤乳妇的叫唤，以及鸡鸭在旧谷场上唧唧啄啄的声音……农舍的门廊上长满了玫瑰花，四周的园子里只见许多变野的药草和花木，这些全是好久以前种在此地的，当时这园子可说是邻近唯一的药圃，培植着各式各样的花草——玫瑰花、薰衣草、藿香、香油树（放在茶里用的）、石南、石竹、爬墙花、葱蒜和茉莉，杂乱地丛生在那里，好不热闹。(3－4)

　　盖斯凯尔笔下的农村具有"十足的田园风味"，与曼彻斯特构成鲜明"对照"：城里到处充斥着喧闹的机器声，乡村则充满丰富多彩的声音；城市发展迅速，乡村却似乎没有任何变化。诚然，乡村的季节会发生变化，但始终是周而复始不断循环的有序变化，那些庄稼活儿也只是随着季节的变化发生相应的稳定变化。农舍园子里的药草和花木是"好久以前种在此地的"。乡村和城里的人们好像"生在两个完全不同的年代，过着两种完全不同的生活"。虽然故事背景是 19 世纪三四十年代，但曼彻斯特郊外的乡村却仍保留着工业革命以前的古老样子。

　　艾米·金认为，盖斯凯尔描述的"青草田"不是一处逃离城市生活的世外桃源，而是艾丽斯·威尔逊采摘药草的地方，是一处医治社会疾患的场所。尽管爱丽思非常怀念她在青年时期就离开的乡村，但她并未一味地沉溺在这种感伤的怀旧情绪中，而是积极投身到当下生活中，运用她在乡间获得的草药知识，为居住在城市里的劳工们服务。对于金来说，这里的乡村描写并非指向过去，而是朝向现在和未来，具有一定的进步意义（King，2003b：257）。不能说金的分析丝毫没有道理，但她却忽略了小说对艾丽斯去世前状态的精心刻画。艾丽斯的确如金所言，努力摆脱感伤的怀旧情绪，积极参与社会生活，成为爱心和同情心的化身。但不可否认的是，艾丽斯在临死前忘掉了周围的一切，不再关注他人，只顾快乐地沉浸在自己的幻梦中。这种无意识、无记忆和无知觉的状态类似于人初生时的状态，此时主体还无法将自身与自我完全区分开来。换言之，艾丽斯最终返回到生命的原初状态，完全处于一个缺乏变化的绝对静态的世界中。从这个意义上来说，尽管"青草田"是艾丽斯为治病救人前去采草药的地方，象征着希望、未来和变化，然而随着艾丽斯衰老、失聪、最终陷入一种快乐的无意识状态，"青草田"则相应地成为过去的象征，代表了"失去的阿卡迪亚……一片只能在假期或怀旧的梦境中见到的失乐园的风景"（Lansbury，1975：25）。①

盖斯凯尔追忆过去，留恋往昔，试图抵制变化的愿望同样在小说结尾那片加拿大的自然风景中得到揭示。如果说英格兰本土代表黑暗、冲突和变化，那么英属殖民地加拿大则象征着光明、和谐和永恒。那处木头制的"长长的矮矮的房子"周围是一片"原始森林"，这个房子"被一大大的花园围绕着，一株参天大树遮住了房子的一角。在花园的尽头是一大片果树林。满眼金秋时节的风光，景色壮丽，令人痴迷。玛丽站在大门口，朝着城镇的方向眺望，等着自己的丈夫收工回家"（451）。曾经充满矛盾和变化的现代社会已让位于抵制时间变化的"伊甸园"，曾经那个追求自我、具有浪漫主义精神的玛丽也已变成了温顺驯良的"家中天使"，等待丈夫回家的她和亘古不变的自然风景融为了一体。事实上，故事结尾在小说开始时就得到了暗示。玛丽和母亲同名，揭示了社会发展的一致性和持续性，预示着她必然会像母亲那样，成功地过渡到家庭女性这一"自然"类别。当她成为妻子这一"自然"形式时，从前的苦难生活就会被抹除得一干二净。小说结尾时，那些令人不安的个人主义因素，那些可能会对这种呈现出静态、持续性的画面或者说宁静的乡村生活带来威胁的破坏性因素，都被有意识地压制了。小说最终恢复到了一种没有任何进步的和谐状态。

《玛丽·巴顿》是盖斯凯尔的首部小说，也是一部涉及劳资冲突的社会小说。作为初涉文坛的女性作家，盖斯凯尔尚未建立起自己的叙事声音。如果她完全采用现实主义手法，很可能会"'激化阶级矛盾'，从而失去大批中产阶级读者"，那么"它本可以借调和阶级矛盾来为自

---

① 艾尔斯妮·亨森（Elthne Henson）持相似看法。参见 Eithne Henson, *Landscape and Gender in the Novels of Charlotte Bronte, George Eliot, and Thomas Hardy: The Body of Nature*, Wensley: Ashgate, 2011, pp. 5–6。

身树立文化上的道德权威的机会就会随之丧失"。（Lesjak，2006：31）
维多利亚时代影响力广泛的博物学话语是盖斯凯尔用以解决上述矛盾的
重要手段。艾米丽·布莱尔（Emily Blair）在考察博物学技巧与维多利
亚作家所青睐的现实主义之间的关系时指出，现实主义对细节的强调
"表达了对自然世界和社会世界中那些细微结构的敬意"，与此同时，
"当整个世界变得愈发不受控制时，现实主义代表了一种维持世界秩序
的方式"。（Blair，2005：586）博物学认知方式和描绘技巧不仅帮助盖
斯凯尔实现了她想要如实描述客观世界的愿望，也让她获得了"维持世
界秩序的方式"。盖斯凯尔借鉴了仅记录自然物外在形式，不关注其生
命实际进程的 18 世纪官方博物学，将巴顿等工人描述成可供其中产阶
级读者观察和审视的静态标本。她对自然风景的详尽描绘除了揭示出她
与博物学家共同的兴趣爱好之外，也反映了她借描述性文字抵制情节叙
事，借永恒抵制变化的愿望。盖斯凯尔害怕变化，渴望维持社会原有秩
序的保守政治观可见一斑。

第二节 《妻子和女儿》：比较解剖学和英雄话语

盖斯凯尔的最后一部长篇小说《妻子和女儿》（*Wives and Daughters*，
1866）常被划入"田园小说"范畴。如果我们对其创作背景稍作了解，
或许会得出完全不同的结论。小说故事发生时，"还没有通过《选举法
修正法案》"（盖斯凯尔，2013：2）[①]。小说出版没多久，第二次改革法
案通过。众所周知，这两个时期都面临着"如何理解在工业、城市经
济不断发展的情况下，传统的等级制度逐渐让位于社会阶级制度"
（Boiko，2005：86）的问题。实际上，盖斯凯尔对阶层的思考贯穿
《妻子和女儿》始末。

小说开头，盖斯凯尔就向读者介绍了一个井然有序的等级体制：
"伯爵是该地的领主……他和全家上下都由镇上善良的居民供养……镇
上的居民祖祖辈辈都为托尔斯庄园的卡姆纳家的长子投票，如今这地方

---

① 出自该书的引文，本节再次引用则统一仅标注页码。

人人还按世代相传的老规矩办，投卡姆纳老爷的票，全然不把政治观念这种怪物放在眼里"（2－3）。卡姆纳家族是该镇的实际统治者，镇上居民对他们一家俯首帖耳、唯命是从。倘若有哪个竟敢挑衅伯爵的权威，反抗其意志或与其政见不合，卡姆纳伯爵夫人"便会惊得目瞪口呆，同时会毛骨悚然地想起法国的无套裤汉，那是他们青年时代听说的妖魔鬼怪"（2－3）。霍林福德镇显然是一个等级分明的英国乡镇。在这里，少数人得到了多数人的尊重和拥护。

不过，随着故事的发展，该镇的社会等级观念逐步弱化，民主意识和平等观念开始出现。在小说的叙事安排中，博物学（具体到这部小说中，主要是比较解剖学）是引起这一变化的关键性因素。作为一种社会性活动，博物学有助于促成不同阶层的人实现社会交往。卡姆纳伯爵的长子霍林福德少爷（Lord Hollingford）、乡绅哈姆利老爷的次子罗杰·哈姆利（Roger Hamley）和镇上的吉布森医生（Doctor Gibson）分属不同阶层，但是对比较解剖学的共同爱好使他们都成了"欧洲学术界"（29）的一部分。尽管吉布森医生和霍林福德少爷地位悬殊，两人却能"一见如故"（31）。在吉布森医生的新婚家宴上，罗杰对吉布森先生给他讲的一篇骨骼比较学方面的文章"产生了极大兴趣"，而刊登这篇文章的某家外国的科学学报正是霍林福德少爷"给他这位乡村医生朋友寄过"（241）去的。在叙述卡姆纳家举办的舞会时，盖斯凯尔安排霍林福德少爷与从未谋面的莫莉跳了支舞，并借前者之口谈到了罗杰新近发表的文章。罗杰"刚刚在某家科学期刊上发表了一篇论文，引起了极大关注，因为论文意在驳倒一位法国大生理学家的某个理论"（270）。小说在后文提到，罗杰在论文中表达了对博物学家乔弗里·圣·希莱尔观点的支持。[①] 显然，这里的"大生理学家"就是大名鼎鼎的居维叶（Georges Cuvier）。在小说中，乔弗里正打算去拜访霍林福德少爷，顺便见见写了那篇文章的年轻博物学家——罗杰·哈姆利。

值得注意的是，博物学（比较解剖学）不仅是不同阶层人物得以平等交往的一个重要媒介，也是盖斯凯尔用以区分霍林福德镇居民的主

---

① 秭佩先生的中译本中将其译为乔弗瓦·圣海勒拿。本书选取常用译法乔弗里·圣·希莱尔。

要分类工具（Boiko，2005：95）。博物学和小说叙事之间的关联性主要表现在以下几个方面：首先，博物学著作《动物世界》（*Le Regne Animal*）在文中被多次提及。其次，盖斯凯尔本人在小说中提出了这一类比，并拿自己开了个玩笑。当哈里特小姐（Lady Harriet）将布朗宁姐妹（Miss Brownings）分别称为"佩克西和弗拉普西"时，莫莉鼓足勇气对她说道："小姐阁下一再说起那类人——就是说我是其中一员的那一层人，仿佛你谈论的是一种奇怪的动物。"（143）① 有意思的是，盖斯凯尔和哈里特一样喜欢将人比作动植物，但她却借莫莉之口嘲弄了这种做法。最后，同时也是最值得注意的一点是，博物学家的主要工作是依据被观察对象的"可见特征"对其进行分类，而盖斯凯尔在小说中也格外重视对人物身体特征的对照式描绘。莫莉和辛西娅两姐妹以及罗杰和奥斯本两兄弟相貌上的鲜明对照就是最为典型的例子。初入托尔斯庄园的莫莉"长着黑头发，黑睫毛，灰眼睛，脸色苍白"（17），而刚从法国学习回来的辛西娅"漂亮高挑……脸上的表情丰富多变……她的微笑恰到好处，小嘴一撇更是迷人……一双眼睛生得美丽，但眼神似乎少有变化。……那双长眼睛灰颜色，生得庄重，上下睫毛深黑，不像她母亲的睫毛，是浅黄色，缺乏生气"（194）。同样，小说也有意在罗杰兄弟的相貌之间进行对比。在父亲哈姆利老爷的眼中，奥斯本"像他母亲"，而且"生来一张细皮嫩肉的女孩子脸，瘦长体型，手和脚也像个女人那么小"；相比之下，罗杰则是个"黑里透红、大块头、粗手笨脚的小伙子"。（62）莫莉第一次见到兄弟俩时也注意到，奥斯本"生得很漂亮，一副懒洋洋的样子，从外表看几乎和他母亲一样虚弱，两人长得也真像……他的穿戴无可挑剔"（148）；而罗杰则是个"身强力壮的高个头青年，给人的印象是力量有余而风雅不足"（74）。

　　盖斯凯尔常将人物的外貌特征和其社会身份勾连起来。比如，叙述者是这样描述吉布森先生的："那身骨头架子上没有一盎司多余的肉，高挑细瘦的身材就容易造就绅士派头。……灰黄脸色和黑头发本身就显

---

① 佩克西和弗拉普西是特里默夫人（Mrs. Trimmer）的《知更鸟的故事》（*Fabulous Histories，or The Story of the Robin*）中的一对小知更鸟的名字。

得与众不同……他的苏格兰血统给了他那种带刺的尊贵派头。"（31）
卡姆纳家的地产代理人普林斯顿（Mr. Preston）"相貌很英俊……身体
由于进行体育锻炼变得舒展柔软"，由于他在体育方面的才能出众，
"他得以进入较高层次的社交圈子，比他按常规进入的社交圈子要高
得多"。（136）

　　不过，盖斯凯尔用类似比较解剖学的描述方法来描写人物的外在特
征，将其与地位相挂钩，并不是要强调传统那种按照等级地位来进行分
类的正确性。相反，她对那些标志社会等级的符号予以了嘲讽。就像在
动物王国里，苍蝇可能被误认为蜜蜂一样（132），在社会领域里，身
体特征也会误导人。哈姆利老爷就曾和莫莉说过这样一番话："我不敢
说一个外乡人要是看见我，就一定会看出我是个堂堂乡绅，长这么个大
红脸，手大脚粗的，身材也这么厚实。"（62）在描写克斯黑文夫人时，
叙述者这样写道：她"相貌平常，脸上是一副古板严厉的表情……她的
声音低沉单调——下层人要是声音如此，就会被称作粗俗生硬。然而这
样的贬义词语不可能用在库克斯黑文夫人身上，她是伯爵和伯爵夫人的
大女儿"（11）。显然，单凭相貌根本无法判断一个人的阶级身份。①

　　因此，在给人物标本进行分类时，盖斯凯尔会像博物学家那样，除

---

　　① 盖斯凯尔很有可能在此借机讽刺当时颇为流行的"颅相学"。苏黎世的约翰·卡什
帕·拉瓦特尔（Johann Kaspar Lavater，1741－1801）的"颅相学"试图通过测量人的面部特
征来探知他们的精神状况和性格，因为他相信人的精神和身体是一个整体，密不可分："人的
美丑与其道德高低成正比。品德高尚的人，必然相貌堂堂，而心术不正的人，面目必然丑陋
可憎。"（Lavater，1840：99）及至19世纪，这种将外貌与道德相关联的思维模式仍然大行其
道。拉瓦特尔的《颅相学》于1804年首次被翻译成英文后，在整个19世纪一版再版，赫伯
特·斯宾塞（Herbert Spencer）就是此类观点的拥趸。他曾于1854年在《领导者》（Leader）
上发表了一篇题为"个人仪表美"（"Personal Beauty"）的文章，声称自己从不相信那种将品
德美与外在美割裂开来的观点。他认为情感（sensibility）能对外貌和骨骼产生巨大的影响。
他还特地围绕"丑陋"发表了这样的看法："如果丑陋的三大主要特征——前额后倾，下颌突
出，颧骨巨大——总是很明显地表现为一种智力缺陷……而且随着种族和个人智力的提升，
这些特征也慢慢消失。那么，难道我们不该认为所有此类相貌特征都意味着智力缺陷吗？"
（1883：392）斯宾塞进而得出结论："那些讨人喜欢的相貌反映了内在的完美；反之亦然。"
（ibid.）斯宾塞等人的看法在当时众多小说家的作品中也得到了反映。然而，对于盖斯凯尔来
说，这种将相貌与品德挂钩的做法并不可信。无论是《玛丽·巴顿》中的哈利·卡森、《露
丝》中的贝林汉，还是《妻子和女儿》中的普雷斯顿，他们无一不是相貌俊美却道德败坏之
人。在盖斯凯尔看来，外在特征具有欺骗性，并不可靠。

了观察客体的外在特征外，还会描述其行为特点。辛西娅美丽迷人，但举止轻佻，曾与普雷斯顿私定婚约；莫莉缺少魅力，但端庄得体、待人真诚。不过，这种分类方式同样存在问题，和相貌一样，行为也会指向不同阶层（Boiko，2005：96）。嫁给吉布森医生不久，克莱尔就注意到新婚丈夫的许多"粗鄙"行为：他竟然爱吃她最厌恶的奶酪；为了不耽误出诊时间，他宁愿待在离马厩很近的厨房里吃饭。克莱尔对此很不满："说真的，吉布森先生，把你的相貌和作风与你的趣味相比较，叫人惊讶不已。你看上去可是个堂堂绅士。"（159）显然，按照举止是否优雅来判定人的等级身份，同样不大可靠。

　　要想对他人做出正确判断，盖斯凯尔暗示需要一种"乔弗里式的眼光"，这种眼光"超越了视力所及之处……具有心灵的想象力"。（qtd. in Boiko，2005：97）1830 年 2 月中旬，法国著名博物学家乔弗里·圣·希莱尔和居维叶在研究院周会上围绕物种的进化展开了一场激烈的论战。① 该论战长达约两个月，影响深远，"产生了超越书本和实验室的社会意义"（Boiko，2005：92）。居维叶是严格的经验主义者，他根据自己观察到的事实，得出结论：动物王国的四大类（即脊椎动物、有节肢动物、软体动物和放射状动物）之间没有任何联系，各物种间的关系是静态的、不变的（Lewes，1854：172）。然而，强调抽象思维的乔弗里认为，动物之间存在动态的进化关联。无脊椎动物进化为软体动物，软体动物接着又进化为脊椎动物。在乔弗里看来，居维叶重事实、轻理论的倾向无法从根本上把握科学的本质，因为"事实只是科学的基本组成部分，而科学的本质……是思想"（Appel，1987：6 – 7）。② 乔弗里进一步指出，"比较解剖学不应仅仅局限于描述和分类，而应借

---

　　① 希莱尔和居维叶都是法国 18、19 世纪著名的博物学家。乔弗里曾经任职于法国植物园自然史博物馆，担任教授一职，和拉马克是同事。1794 年，乔弗里邀请当时名不见经传的居维叶来与其共事（Lewes，1854：164 – 166）。两人一开始还是好友，但随着两人在研究方法和观点上产生的分歧越来越大，他们逐渐疏远，甚至发展到了水火不容的地步。两人于 1830 年 2 月中旬，展开了一场长达将近两个月的激烈论战。

　　② 乔治·刘易斯也赞成这种将本质置于事实之上的观点，他曾引用拉普拉斯（Laplace）的"毋庸置疑的论断"，即"如果人们仅仅致力于收集事实材料，那么科学就会成为刻板的命名（sterile nomenclature），永远都无法解释自然的伟大法则"。（qtd. in Shuttleworth，1984：182）以此捍卫自己的科学假说观。在刘易斯看来，只追求事实的做法会将科学引向歧途。

助抽象思维，成为一门真正具有'哲学性'的学科"（Ibid.：4）。

正是基于这种哲学性的思辨意识，乔弗里既不关注各部分的形态，也不看重其功能，而是强调各部分之间的联系———一种"'相似性'，或者恒定的结构关系"（Ibid.）。早在论战之前，乔弗里就在其著作《解剖学的哲学》（*Philosophie Anatomique*，1818）中提出过"构造统一"（unity of composition）概念，认为存在一种基本设计，从中可以导出所有的脊椎动物（法伯，2017：45）。也就是说，虽然各类脊椎动物外形不同，但它们的骨架和器官却共享着一套独立于其功能的结构一致性，"无穷多样的有机体有着相同的构成原则：所有的多样性中包含着一个类别"（Lewes，1854：176）。

在其同时代的许多人看来，居维叶和乔弗里之间的这场论争，就是事实与观念之争，或者分析与综合之争（Appel，1987：7）。由于居维叶对解剖学细节和逻辑的把握更胜一筹，而乔弗里很难找到相关事实证据来支持自己有关统一结构的推测性论断，这场辩论最终以居维叶胜出而告终。尽管如此，乔弗里重精神、轻物质的思维方式由于契合了有机论思想，得到包括歌德在内的众多知识精英的支持。[①] 乔弗里强调不同动物的解剖结构之间存在关联的"哲学式解剖学"方法"成为法国和英国生物科学不可或缺的组成部分"（ibid.：3）。

本书认为，乔弗里相信不同动物的解剖结构之间存在一致性的"构造统一"思想为盖斯凯尔强调不同阶层，尤其是中产阶层和贵族阶层之间的联系提供了重要的理论支撑。乔弗里那种"超越了视力……具有心灵想象力"的解剖学方法则为盖斯凯尔构想合理的分类标准提供了独到的视角。只有具备这种想象力，才能抛弃相貌、举止等传统等级标识，

———————————

① 歌德这样评述道："乔弗里·圣·希莱尔长久以来就是我们的一位有力的同盟者……乔弗里介绍给法国的那种研究自然的综合法今后再也不会被抛弃掉了……今后在法国自然科学研究中，精神会驾驭物质了。我们由此可以窥测出神工鬼斧创造这个世界的一些规律了！如果用分析法，我们就只研究物质的一些个别组成部分，而感觉不到一种精神气息在规定每一组成部分的发展方向，凭一种内在规律去限制或制裁每一种（对既定方向的）背离，如果不是这样，那还有什么和自然打交道的基础呢?！"（歌德，2006：230）朱光潜先生认为，歌德在科学上反对分析法而宣扬综合法，是18、19世纪西方科学界乃至一般思想界的一个重大转变，也就是后来被称为机械观到有机观的转变。有关朱光潜先生对歌德思想的评价，参见引文该页的脚注部分。

意识到内在的品格才是给人物进行分类的理想标准。① 在《妻子和女儿》中，盖斯凯尔对"真诚""热爱工作"等品行的褒扬响应了托马斯·卡莱尔的英雄崇拜及工作福音思想。

卡莱尔的改革思想对当时的知识界精英产生了巨大影响。爱略特（George Eliot）曾说过："这代人中几乎没有一个高尚而活跃的灵魂不曾受过卡莱尔的影响，因此可以说，如果没有卡莱尔，在最近十年到二十年里，英国所有的作品都会是另一番模样。"（Byatt and Warren，1990：344）与卡莱尔关系密切的盖斯凯尔更是直接受到了前者思想影响，在《妻子和女儿》中塑造了众多卡莱尔式的英雄人物。②

受工业革命和法国大革命的双重影响，19 世纪的英国社会危机重重。面对这样一个精神信仰和道德观念日益受到腐蚀、英雄极度匮乏的机械时代，一心想要重建社会秩序的卡莱尔开始大声呼唤时代"英雄"的到来。他将拯救社会的希望寄托在神灵英雄、先知英雄、诗人英雄、教士英雄、文人英雄和君王英雄这六类英雄身上，希望整个社会能在他们的领导下，重新恢复对神圣天意（providence）的信仰，进而恢复原初的秩序和正义。③ 卡莱尔在《论历史上的英雄、英雄崇拜和英雄业绩》中将"真诚"视为所有英雄人物的共性特征：

> 在我看来，真诚是伟人和他的一切言行的根基。如果不以真诚作为首要条件，不是我所说的真诚的人，就不会有米拉波、拿破仑、彭斯和克伦威尔，就没有能够有所成就的人。应该说，真诚，即一种深沉的、崇高而纯粹的真诚，是各种不同英雄人物的首要特征。（卡莱尔，2010：53）

---

① 伊森指出，"品德，尤其是那种在家里表现出来的性格特点"是盖斯凯尔在《妻子和女儿》中"关注的焦点"（Angus Easson，1987：xviii）。

② 有关盖斯凯尔与卡莱尔的渊源，参见陈礼珍《盖斯凯尔小说中的维多利亚精神》，商务印书馆 2015 年版，第 36 页。

③ 卡莱尔对秩序和正义的追求以及对理想秩序的思考颇有点类似于柏拉图有关理想国设计理念。只不过柏拉图所想象的完美政体是哲学王领导下的贵族等级制，而卡莱尔心目中的理想秩序则是以英雄人物为首的贵族制政体。

内心"真诚"的英雄们，卡莱尔注意到，已经对世界产生了巨大影响，"虚伪的形式主义、粗俗的边沁主义和其他缺乏英雄气概的无神论的不真诚正在明显地甚至迅速地衰落"（卡莱尔，2010：208）。在不久的将来，卡莱尔相信："这世界会重新转向真诚；成为一个有信仰的世界，英雄辈出的英雄世界！"（卡莱尔，2010：208）

卡莱尔曾为一位在历史上名不见经传的次要作家著书立传，写了一部《约翰·斯特林的一生》（*Life of John Sterling*）。卡莱尔为斯特林立传，倒不是因为认可其文学成就，而是欣赏他那孩童般的美好心灵。虽然斯特林一生犯过不少错，但他始终以诚待人，"全部的行为方式都具有人情味儿，都有利于社会交往"（转引自殷企平，2009：89）。在卡莱尔看来，富有人情味的行为方式或者说真诚的待人方式有助于建立起良好的社会交往关系。换言之，能否拥有良好的社会交往关系也是检验一个人是否真诚的重要标准。那么，什么才是卡莱尔心目中理想的社会交往模式呢？卡莱尔在该传记中明确指出："人际关系意味着自律、活泼、明智、服从和协作"（转引自殷企平，2009：89）。也就是说，"自律、活泼、明智、服从和协作"这五大品质是真诚的具体表现，是确保良好人际关系的必要条件。

卡莱尔把重建社会秩序的希望寄托在内心"真诚"的英雄人物身上的做法得到了同样热衷于社会改革的盖斯凯尔的响应。早在创作《南方与北方》时，盖斯凯尔就塑造了约翰·桑顿（John Thornton）这样一位内心"真诚"且具有领导魄力的卡莱尔式"英雄"。[①] 就《妻子和女儿》这部小说而言，也有好几位卡莱尔式的英雄：既有吉布森医生这样的中产英雄，也有霍林福德少爷这样的贵族英雄。不过，形象最为鲜明的英雄人物当属男主人公罗杰·哈姆利。

在描写罗杰时，叙述者常提及其平庸的相貌和粗鄙的举止。在小说的主要场景中，罗杰的光芒几乎总被英俊潇洒、气度非凡的哥哥奥斯本·哈姆利遮盖。除相貌举止上的先天不足外，罗杰也和卡莱尔笔下的

---

① 有关桑顿的卡莱尔式英雄特质的相关分析，请参阅 Pam Morris, *Imagining Inclusive Society in Nineteenth-Century Novels：The Code of Sincerity in the Public Sphere*, Baltimore：John Hopkins University Press，2004。

斯特林一样，时不时会犯些小错误。比如，在安慰因父亲再婚而伤心不已的莫莉时，他所提供的建议只能说是"相对正确"。就爱情问题而言，他则犯了更为严重的错误，爱上了虚荣肤浅的辛西娅。尽管如此，这些都不妨碍他成为小说的男主人公。罗杰和其他包括霍林福德少爷在内的科学界人士被叙述者统一描绘为"模样古怪"，但"心地淳朴"（simple）（31）的一类人。帕姆·默里斯（Pam Morris）指出："simplicity和 sincerity 词根相同，意义相近，都指缺乏修饰。"（2004：48）罗杰不善自我修饰，意味着他愿意展示真实自我，淳朴而真诚。除了直接用"淳朴"一词来描述罗杰外，叙述者还透过莫莉的观察视角表达了自己的态度。莫莉一开始被相貌英俊的奥斯本吸引，不过后来她承认，与先前那个"气质高雅"的奥斯本相比，自己更喜欢如今这个愿意坦诚待人，"变得淳朴了些"的奥斯本（186）。当哈姆利太太责怪罗杰不会安慰人，"待人接物不如奥斯本那么亲切细致"，显得"有点粗"时，莫莉应道："那我就喜欢粗。粗对我好。粗叫我深深感到——啊，哈姆利太太，我深深感到今天上午太对不住爸爸了！"（105）显然，在莫莉眼中，奥斯本的高雅气质和"亲切细致"，远比不上罗杰的"淳朴"、粗犷或者说真诚。

莫莉意识到，罗杰直陈他人错误的真诚做法有利于她认清自我，有助于她成长。如果说一个人和外人打交道时，很可能会表现得比较虚伪，那么他在家里的表现，盖斯凯尔暗示，则能如实反映其内在品德。虽然奥斯本和哈姆利老爷这对父子之间有着难以跨越的感情鸿沟，罗杰却能同时与他们两人保持良好关系，并且自始至终扮演着协调人的角色。他既忠于奥斯本，为其婚姻保密，又关爱父亲，总能在关键时刻为其分忧。卡莱尔的"自律、活泼、明智、服从和协作"这五大反映真诚的品质在罗杰身上得到了完美的体现。在剑桥学习期间成功获得高年级数学学位考试甲等奖学金的罗杰无疑具有极强的"自律"精神；考虑到哈姆利家的祖宗家业法定传给"合法婚姻所生的男性继承人"（317），"明智"的罗杰便敦促这位懒散的哥哥赶在孩子出生前和他那位信奉天主教的法国妻子分别在英国教堂和罗马天主教堂举办婚礼，以确保婚姻的合法性；和父亲相处时，罗杰始终秉承"服从"和"协作"

的原则。霍林福德少爷邀请罗杰去他家和乔弗里会面，哈姆利老爷误以为是政治陷阱，坚决反对罗杰前往；奥斯本私下劝罗杰不要听从父亲意见，以免耽误前程。可罗杰宁愿不去，也不想违背父亲意愿。罗杰的"服从"让哈姆利老爷心情大好，最后竟主动催促他去赴宴。相比之下，奥斯本完全有悖于卡莱尔的真诚标准。他缺乏"自律"，做事不"明智"，背着父亲与一位法国女仆私定终身，并因此荒废学业；婚姻上的秘密使他失去了年轻人本该有的"活泼"；他拒不"服从"、拒不"协作"的态度让哈姆利老爷失望透顶。显然，相貌平庸、举止粗鄙，但内心真诚的罗杰，才是盖斯凯尔心中的英雄人物。

当然，盖斯凯尔塑造英雄人物时，并未全然照搬卡莱尔的理论构想。诗人是卡莱尔心目中的一个重要英雄类别。然而，在《妻子和女儿》中，真正的英雄人物却不是诗人奥斯本，而是博物学家罗杰，盖斯凯尔这样安排很可能是受了当时主流期刊的影响。

19 世纪 50 年代末到 60 年代早期的大量期刊，尤其是博物学期刊，大肆鼓吹博物学的道德功用，宣称博物学实践有助于提升人的道德品质。刘易斯在发表于《康希尔杂志》（*Cornhill Magazine*）上的系列文章《动物生活研究》（"Studies in Animal Life"）的第一篇中，邀请读者随他一起去研究大自然中那些"大多数普通人尚未发现、意识或者注意到的各种生命形式"（Lewes，1860）。针对一般人可能会问的问题，"难道青蛙和寄生虫，蠕虫和纤毛虫值得人们的注意吗？"刘易斯的回答是："我承认，它们的确没有行星那样壮观，但它们离我们更近，和我们更亲密，我们很容易见到它们，因而于我们而言也就显得更为重要。"（Ibid.）对于刘易斯而言，能从看似微不足道的事物中发现意义就是一种道德行为。他在《海滨研究》（"Sea-Side Studies"）的一篇文章的结尾处指出了博物学研究的道德功用：

> 很明显这些研究加强并提升了我们对于自然那种难以言传的壮美和无限性的感知。许多文章已经雄辩地指出，研究自然、亲近自然并对相关现象进行思考，能对人的心灵产生积极的影响。……这类实践在谴责我们傲慢、装腔作势等愚蠢行为的同时，也教导我们

做事要认真，要有淳朴的真诚态度。（Lewes，1856：317）

在刘易斯看来，博物学具有道德净化功能，它能让人摒弃"傲慢""装腔作势"等行为，并获得"认真""淳朴"等品质。刘易斯曾在《威斯敏斯特评论》（*Westminster Review*）上发表过一篇赞扬法国博物学家乔弗里的文章。他在文中提到："高尚的生活，远大的理想以及丰硕的成果，所有这一切都在提醒我们要关注乔弗里·圣·希莱尔。"（Lewes，1854）在刘易斯看来，乔弗里之所以值得关注，除了与其卓越的科学成就有关，也与其"淳朴温和""谦逊低调"以及"慷慨的自我牺牲精神"（Ibid.）等品格密不可分。几年后，盖斯凯尔在小说《妻子和女儿》中，不仅将罗杰安排成博物学家，而且还让他成为乔弗里的支持者。盖斯凯尔对《威斯敏斯特评论》杂志非常熟悉，她很可能读过刘易斯评价乔弗里的那篇文章。乔弗里的"温和""谦逊""自我牺牲"，尤其是"淳朴真诚"的特点，几乎都在博物学家罗杰身上得到了体现。

"真诚"是盖斯凯尔的英雄人物的首要品质。不过，仅有真诚还不够，工作能力也非常重要。在 19 世纪的维多利亚时代，由于"大工业给国家带来了巨大的社会财富"，英国人开始"重新审视劳动的意义……传统的贵族寄生虫生活开始遭到人们的厌恶与唾弃"。（杨金才，2002：47）顺应时代潮流，当时的英国文化圈兴起了一种新的观念："把工作视为生活方式，以崇敬的态度对待它。"（殷企平，2013：41）卡莱尔是这一思潮的领军人物。早在第一部小说《拼凑的裁缝》（*Sartor Resartus*）中，卡莱尔就强调了工作之于人的重要性："人觉得他是生而为人，他的天职就是干活劳动。你能给他们的最好礼物就是工具。"（卡莱尔，2004：91）在"持久的肯定"一章的结尾，卡莱尔更是借主人公托尔夫斯德吕克之口大声呼吁人们创造一个新的世界："创造！创造！……什么是你内在的极限，就将它发挥出来。起来，起来！无论什么事，你的手发现要干，就要全力去做。今天你就要工作，因为夜晚到来了，那时什么人都不能工作"（卡莱尔，2004：182）。卡莱尔鼓吹的这种工作福音在《文明的忧思》（*Past and Present*）一书中得到了更为直接而明确的表达：

> 劳动是崇高的，甚至可以说是神圣的。一个愚昧至极的人，哪怕他忘记了自己崇高的职责，只要他踏实认真地投入到工作中，他就是有希望的。相反，懒惰散漫的人，属于他的永远都是绝望……这个世界的最新"福音"是，了解你所要做的工作，并认真地投入到工作中去。"认识你自己"，你那个可怜的自我已经将你折磨得太久，我相信，你永不会"认识"你自己！不要把"认识你自己"当成任务，你本是不可认识的个体，还是先认识你能够做些什么吧。（卡莱尔，2011：40）

苏格拉底的"认识你自己"这句至理名言在此被卡莱尔直接改写成了"认识你的工作"，只有工作才能帮助人认清自己的本质。不仅如此，工作还能让人获得尊严和幸福。卡莱尔指出："拥有一份工作的人是幸福的，有了工作，他就有了生活目标……只要工作就有了好的开始，它便从他内心深处唤醒了一切高尚的品质——使他得到一切知识，包括对自我的认识以及许多其他的知识。"（卡莱尔，2011：42）对卡莱尔而言，工作既是获得幸福的必要手段，也是认识自己、理解世界的重要途径。

在《妻子和女儿》中，盖斯凯尔也不遗余力地强调了劳动的价值，讽刺贵族式的懒惰和散漫。① 吉布森医生就是一个热爱工作，坚信"职业高于一切"（154）的人物。度完蜜月刚回到家的吉布森一听说有个老病号病危，就胡乱吃了点东西，决定立刻去探望他。对此，他的新婚妻子克莱尔相当不满，对莫莉抱怨道："我认为你亲爱的爸爸在这个刚到家的晚上可以把拜访克雷文·史密斯先生的事往后拖一拖嘛"，而认

---

① 盖斯凯尔几乎在其所有的长篇小说中都强调了劳动的价值。劳动既有助于玛丽·巴顿、盲女玛格丽特以及玛蒂小姐等人实现自立、自强，也是堕落女性露丝得以获得救赎的重要手段。作为不得不外出工作谋生的中产阶级的代言人，盖斯凯尔反复鼓吹劳动的实用和文化价值，旨在树立自身阶层积极正面的形象，提升其社会地位。另外，盖斯凯尔也试图为自己的写作正名。小说创作本身也是工作，她并没有逃避女性应该承担的责任。

同爸爸价值观的莫莉毫不客气地回应道："克雷文·史密斯先生不能把要死的事往后拖。"（155）与热爱工作的吉布森相比，克莱尔则羡慕贵族安逸闲适的生活方式。无论是在卡姆纳家做家庭女教师时，还是在管理自己的学校时，克莱尔始终厌恶工作："真不知我是不是得一辈子这么累死累活地为钱折腾？这样下去不是个办法。结婚才是顺天理合人情的办法。结了婚所有的难活有丈夫干，做妻子的坐在客厅里当太太。"（85）在克莱尔这里，婚姻成了她借以逃避工作的手段，其中的可悲和讽刺意味不言而喻。

　　吉布森夫妇对待工作的态度截然相反，哈姆利兄弟同样如此。罗杰·哈姆利不仅专业成绩优异，获得了剑桥大学高年级数学学位考试的甲等奖学金，而且他在博物学上的成就也不容小觑。剑桥大学没有博物学这门课，但罗杰却凭着对博物学的爱好和追求，成功获得霍林福德少爷的奖学金资助，得到了出国考察的机会。叙述者称，罗杰具有一双"明亮锐利的眼睛"（100），能从看似普通的自然世界中发现许多常人难以察觉的东西。普通人往往只看到一样东西，而他却"见了二十样"（61）。即便是那些"看上去不起眼"的"花草或昆虫"，罗杰都知道，它们是"经过千辛万苦才长成眼下那个样子的"。（100）显然，罗杰也具备乔弗里那样的超验式眼光，能够"超越视力"，看到眼睛永远无法看到的东西。这种异乎寻常的能力，无疑和他长期不懈的努力与坚持密不可分。事实上，以罗杰为代表的博物学家，几乎从来都是人们心中的勤奋典范。① 乔弗里就是一位著作等身的博物学家。他曾专门为另一位法国博物学家布封写了一部传记。布封的著书生涯始于 1749 年，在此后的 55 年间，共完成了 44 部著作（艾伦：44 – 45）。布封著作数量的确惊人，但他的这种勤勉和认真却是几乎所有专业或业余博物学家所共有的。作为第一个穿越阿比西尼亚地区的欧洲人（404），罗杰自然也属于这一传统（Boiko，2005：99）。

　　相比之下，哥哥奥斯本懒惰而散漫，他不但自己不愿去找工作，甚

---

　　① 　重点参阅大卫·艾伦的《不列颠博物学家》第四章"维多利亚时代的背景"中第 86 页至 112 页。

至有时还会抱怨"一门心思想要找工作"的罗杰:"你为什么要赚钱?是我们占你的太多了吗?我真是无地自容。可是我又有什么办法?只盼给我找个职业,我明天就上班干。"(319)叙述者指出,他"太懒,没劲头保持着独立的良知"(319)。奥斯本本性善良,但他贵族式的慵懒行事风格时常会麻痹他的良心。他的确说想去工作,但也只限于说说而已,从未像罗杰那样付诸行动。知子莫若父,哈姆利老爷很清楚罗杰"喜欢比较主动、比较冒险的生活……干哪行都可以",而奥斯本要不是因为是长子,根本"无力在世上奋斗求生。要叫他安心从事一门职业,那就像要剃头刀砍木头一般!"(233)相较于父亲的评价,奥斯本本人的心理活动更能揭示出他的工作价值观:

> 即使我进了圣殿法学会或林肯法学会学律师,也得有钱支撑两三年时间。我总不可能参军领薪维持生计吧,再说我也讨厌当兵这一行。其实干哪一行都不好——我听说过的行当中恐怕没一行我能真正成为其中一员的。也许我还是受"升职"比干哪一行更合适。可是做了牧师便得每星期都写布道辞,也不管有没有可说的,还有可能注定只和卑微下贱、没有教养的人打交道!(233)

奥斯本急缺钱用,却不想着赶紧找工作,而是挑三拣四,犹豫不定。他的行为正应了卡莱尔的那句话"你那个可怜的自我已经将你折磨得太久,我相信,你永不会'认识'你自己!"陷于自我之中的奥斯本不明白自己的当务之急应该是"了解你所要做的工作,并认真地投入到工作中去",就连他最喜爱的诗歌,他都无法做到全身心投入,不是像卡莱尔提倡的那样去"创造",而是一味跟着潮流走,不停地"模仿"他人。(234)当辛西娅嘲笑他作为诗人,却连玫瑰什么时候开花都不清楚时,奥斯本也承认自己"不过在理论上说说罢了"(281)。显然,奥斯本徒有诗人之名,他和卡莱尔崇尚的那类"真诚且有深远的洞察力"(王守仁、胡宝平,2012:159)的诗人有着本质的区别。奥斯本最终因心脏病去世。他的英年早逝进一步证明了卡莱尔所谓的"懒惰散漫的人,属于他的永远都是绝望"这句话的正确性。

在分析英格兰现状时，卡莱尔将当时英国出现的各种危机归咎为社会对时尚、财富和地位等外在事物的追求，对善良、勤奋和诚实劳动的抵制。他曾哀叹"老工业领袖，即所谓的上层阶级、富人、贵族等"已经逐步堕落为"游手好闲的领袖"。（Ulrich，2004：64）卡莱尔在《文明的忧思》中指出，随着工业资本主义的发展和自由放任的经济政策的实施，会出现一批以实业家为代表的"新兴而自然"的贵族。这些新贵族，也就是"具有超凡智能、智慧、才华、高尚和勇气"的英雄人物，将取代旧贵族，成为"工业领袖"（转引自阿诺德，2002：69）。显然，卡莱尔眼中的真正贵族，不再是那些由出身和血缘关系决定的旧的土地贵族阶层，而是新兴的资产阶级精英们。从上面的分析来看，过分讲究穿戴、注重礼仪、渴求财富，却厌恶工作的奥斯本无疑是卡莱尔批判的旧贵族代表，而朴实庄重、真诚淳朴、极富智慧和才华的罗杰则是他褒扬的新兴的资产阶级精英。

叙述者在介绍贵族霍林福德少爷时，没有强调其爵位，而是突出了其真诚的品格和卓越的工作能力："镇上人知道这位严肃认真、举止有点笨拙的领土继承人了不起，因富有智慧而极其受人敬重。"（28）莫莉注意到，"智慧而博学的"霍林福德少爷跳舞时非常"愚钝"，和她道歉时却"简明诚恳"。（270）前文提到，因为对比较解剖学的共同爱好，吉布森医生、罗杰能够和霍林福德少爷自由平等地进行交往。事实上，叙述者同样表明，真正将他们联系起来的是其身上的英雄特质。吉布森医生和霍林福德地位高低有别，却能"一见如故"，因为两人"靠的是互相尊重，心灵相通"。（31）在吉布森医生眼中，罗杰不仅才能"出众"，更难得的是他"还具备应有的淳朴和孝心"。（332）

显然，盖斯凯尔具有乔弗里那样的"心灵想象力"。她在给霍林福德镇居民分类时，将内在品格，而不是外貌举止、继承权等传统等级标识作为其分类标准。通过将乔弗里强调联系、统一的"构造统一"概念和卡莱尔的英雄构想结合起来，盖斯凯尔巧妙地将中产阶层和贵族阶层联系了起来。原先由贵族、士绅和新兴中产阶层构成的霍林福德镇，如今只包含两类人：待人真诚、热爱工作的英雄和其他非英雄们。《妻子和女儿》对英雄品德，而非财富或社会地位的强调，清晰地表明了已在一定程度上取得文化权威的盖斯凯尔试图借文学想象"打破土地贵族阶层世袭封闭的政治体制",以期为部分掌握知识、文化资本的资产阶级精英谋求"传统土地贵族阶层社会地位"的政治诉求。(陈礼珍,2015:27)

综上可知,盛行于维多利亚时代的博物学为盖斯凯尔思考阶级问题提供了叙事策略,相互冲突的分类法帮她实现了不同时期的政治诉求。如果说盖斯凯尔在创作之初,借强调空间秩序的官方博物学把工人阶层描述成可供中产阶级读者审视的静态标本,从而为自己树立叙事权威,那么她在已获得一定文化权威的创作晚期,则借助强调联系和统一的比较解剖学话语,突出了中产阶级和贵族阶层的关联性,同时通过引入卡莱尔的英雄崇拜和工作福音思想,批判了那些讲究仪表、贪图安逸的旧贵族,大大提升了中产阶级的文化影响力。盖斯凯尔常因她对劳苦大众的深切同情而为世人称道。然而,从博物学视角审视其文本,就会发现她的同情本质上是对传统社会等级秩序的维护,她始终是资产阶级利益的坚定捍卫者。

第二章　开花叙事与盖斯凯尔
小说中的性别话语

　　尽管维多利亚小说有时也会涉及家庭之外的社会问题，但"基本都是围绕家庭生活，尤其是罗曼蒂克式的爱情和婚姻展开"（Spencer，1993：95）。盖斯凯尔的小说也不例外。虽然她的小说题材相当广泛，但恋爱或婚姻叙事贯穿其创作始终，是其小说研究中不可或缺的重要组成部分。本章主要论述盖斯凯尔小说中的婚恋叙事。维多利亚时代的人们坚持清教徒式的生活准则，从不公开谈论"性"。因此，对于那些偏爱婚恋题材的现实主义作家们而言，怎样既不违背世俗道德观，又能取得现实主义效果就成了他们首要考虑的问题。艾米·金（Amy. M. King）在《开花：英国小说中的植物学俗语》（*Bloom：The Botanical Vernacular in the English Novel*，2003）一书中对上述问题进行了探索。金指出，19世纪以简·奥斯丁、乔治·艾略特以及亨利·詹姆斯等人为代表的经典小说家们从林奈植物学性体系中找到了突破口，纷纷在其创作中引入"开花叙事"（bloom narrative）。他们将植物"开花"（bloom）与年轻女性正在发育（"blooming"）的身体这类自然事实（puberty）和有关她们婚恋的社会事实（marriage ability）勾连起来，借植物"开花"影射年轻女性的身体特征和婚姻状况。小说家们用植物修辞隐喻女性的社会化过程，"在植物生长发育的自然事实和人类婚姻的社会事实之间建构对比关系"（King，2003a：4），旨在探讨可能引发的社会性后果。虽然金在书中并未提及盖斯凯尔，但从后者作品中频繁出现的植物意象和大量的风景描写以及贯穿小说始终的婚恋叙事来看，林奈植物性系统同样对盖斯凯尔的婚恋叙事产生了巨大的影响，为其再现年轻女性的性意识及婚姻状况提供了重要的话语支持。

随着林奈植物学的通俗化，自然逐渐被赋予性的含义，成为一个被性化了的自然。在林奈植物学的影响下，18世纪其他自然研究领域，如风景美学和园林美学，也出现了类似的分类和认知方式：依据人类各种与性相关的行为——卖弄风情、恋爱和生育等——来给风景、植物进行分类。盖斯凯尔在小说中对"花季少女"这一类别的建构和定义与上述科学分类模式有着密切关联。这类分类学科既强调总体化描述，也注重个性化描述。比如，林奈的双名法既包含植物的属名，也包含它的种名。在如画风景理论中，每一次对风景的观察都要依赖"如画美"这一概念，而每一处风景又是"如画美"概念的个体实例。盖斯凯尔小说对"花季少女"（the blooming girl）的描写同样遵循了这一总分式再现模式：她们既属于"花季少女"这一总的分类体系，又具有各自的特性。比如，《妻子和女儿》中的莫莉·吉布森（Molly Gibson）和辛西娅·柯克帕特里克（Cynthia Kirkpatrick）同属花季少女这一群体，但两人的性格却迥然有别。当然，这种总分式的描述方式并不仅限于林奈植物性体系、风景美学和园林美学，但盖斯凯尔小说中大量的植物意象和大段的风景描写表明，这类学科对于我们理解小说家如何再现花季少女有着非常重要的意义。

上述分类学科对盖斯凯尔再现花季少女婚恋状况的影响，主要表现在其小说中的三个方面：花园、如画风景和花季少女。盖斯凯尔小说中的花园，花朵或风景绝不是无意义的自然背景，它们常常暗含一种性叙事。比如，花园通常不只是一个普通的自然空间，更是一个植物学意义上的性隐喻存在的场所，是一个带有性意味的社会空间。盖斯凯尔时常有意识地把大多数爱情叙事设置在户外，用一种被性化的风景来影射在某种程度上可称之为"自然的"妙龄少女们。克莱克（W. A. Craik）曾指出，盖斯凯尔"对季节、天气和身体活动等有着华兹华斯式的毫不虚饰的热情"（1975：257–258）。除借用花园、风景这类带有性含义的自然物来暗示花季少女们的性吸引力之外，盖斯凯尔还采用多种方式来描绘她们日渐成熟的女性身体。她时而借用如画美学中的常用术语来描绘女性身体，时而依据如画美学中的改良原则在女性身体和改良风景之间建立类比关系，借风景改良活动来影射恋人间的情爱关系，试图表明，正如改良风景是人为的非自然行为一样，男性对女性身体的改良也是一种忽略女性真实存在的暴力行为。此外，盖斯凯尔还直接借用林奈通俗植物学中的"开花"（bloom）及其同源词来表现花季少女们的身体吸引力及其婚姻状况。当这类词被用来形容某个花季少女时，该少女往往很快会进入婚恋叙事中。尤为值得注意的是，盖斯凯尔不仅借"开花"及其同源词来表现处于婚姻框架中的女性的性吸引力，还探讨了林奈所谓的"私密婚姻"中存在的性吸引力。总之，本章主要探讨下列近似于合并的关系：风景和女性身体之间的关系以及身体、自然与社会之间的各种变更（alterations）关系。值得注意的是，盖斯凯尔在借鉴上述自然学科的修辞话语进行婚恋叙事的同时，也通过自己的文学想象对后者做了适度的拓展和修正。

第一节　《露丝》："私密婚姻"叙事

《露丝》（*Ruth*，1853）是盖斯凯尔继《玛丽·巴顿》之后创作的第二部长篇小说。和《玛丽·巴顿》一样，《露丝》也是一部旨在呼吁民众关注当时社会问题的"慈善类小说"（philanthropic novel）（Uglow，1993：337）。在该小说问世前，已有多部英国小说对"堕落女性"（fallen women）① 或私生子表现出了极大的兴趣。② 不过，盖斯凯尔却是"19世纪英国首位把堕落女性当作主人公进行描写的作家"（Easson，1979：114）③。特莎·布罗德茨基（Tessa Brodetsky）也认为，

---

① 在维多利亚社会文化语境中，"堕落女性"有广义和狭义之分。广义的"堕落女性"泛指一切有婚外性行为的女子，包括未婚被奸或者婚后出轨的女性，她们失去女性贞操，在宗教和道德层面均遭人非议；狭义的"堕落女性"则指娼妓。（陈礼珍，2015：42）本书在广义范围内使用该词。

② 比如，菲尔丁笔下的汤姆·琼斯（Tom Jones）和狄更斯的奥列佛·退斯特（Oliver Twist）都是私生子。1860年，安东尼·特罗洛普（Anthony Trollope）交给萨克雷（Thackery）一份小说清单，上面的所有小说都"对孩子的身世给予了极大的关注"（Trollope，1951：78）。

③ 事实上，早在19世纪40年代初，弗朗西斯·特罗洛普（Frances Trollope）就已经在《杰西·菲利普斯》（*Jessie Phillips*，1842－1843）中将"失足女性"作为其主人公，揭露了新贫法中有关私生子的条款给未婚母亲带来的巨大苦难。有关《露丝》与《杰西·菲利普斯》的对比，参见 Joseph Kestner，*Protest and Reform：The British Social Narrative by Women*，*1827－1867*，London：Methuen，1985。

《露丝》对文学传统的最大的背离就是让"堕落女性"成为小说主角（1986：41）①。

早在小说出版前，盖斯凯尔就已预见到自己极有可能会因小说涉及的话题招致非议，但她义无反顾，觉得自己有义务通过写作让民众了解那些违反了当时性道德规范、遭受社会不公正待遇的"堕落女性"的生存状况，有责任揭露当时社会制度的伪善性，挑战维多利亚社会为男性和女性道德行为设立的双重评判标准。正如克罗尔·兰斯贝里所言，在盖斯凯尔的所有小说中，对传统道德规范抨击得最为猛烈的就是《露丝》（Lansbury，1975：24）。

盖斯凯尔创作《露丝》时，计划以三卷本而非连载的形式出版。因此，该小说的情节安排相较于以连载形式出版的《玛丽·巴顿》来说更为紧凑，女主人公露丝·希尔顿（Ruth Hilton）的故事始终处于小说中心位置，其他人物的故事则围绕这一主线依次展开。学界通常将小说分为两大部分，第一部分讲述贫苦的裁缝女工露丝被富家少爷亨利·贝林汉（Henry Bellingham）诱骗失身的故事；第二部分叙述露丝如何重新寻求信仰，试图改过自新并最终获得道德救赎。就故事情节而言，小说第一部分照搬了"诱惑与堕落"的老套情节，似乎落入传统堕落女性叙述的窠臼。相比而言，小说第二部分则在一定程度上挑战了传统叙事。露丝并未成为"那个阶层（受诱骗的女性）的典型"，没有按惯例被送入收容所，最后在不为人所知的情况下悲惨地死去。与传统叙事手法相反，露丝在他人帮助下，经受了种种磨难，并在精神上重获新生。不过，细读之下就会发现，在情节看似老套的第一部分，仍然不乏耐人寻味之处：在讲述露丝如何违背维多利亚时代传统女德而自甘堕落的过程中，盖斯凯尔使用了大量浪漫化的风景描写，"行文不见任何有碍体面观瞻之处"（陈礼珍，2015：47）。作者为何在一部反映严肃社

---

① 与盖斯凯尔同时代的美国作家纳撒尼尔·霍桑（Nathaniel Hawthorne）在其代表作《红字》（*The Scarlet Letter*，1850）中也描写了一位未婚母亲海斯特·白兰（Hester Prynne）。不过，《红字》中的女主人公海斯特在小说开篇便承认其犯有通奸罪，读者的注意力随后便转移到悔罪的亚瑟·丁梅斯代尔（Arthur Dimmesdale）牧师身上。相比而言，《露丝》的同名女主人公自始至终处于小说的中心地位。

会问题的小说中，插入这类轻松欢快的场景呢？有关风景的描写对于理解全书主旨有何重要意义？

事实上，已有部分学者注意到这一现象。布里安·克里克（Brian Crick）认为小说中出现的大量花朵意象"契合了浪漫主义表现人物纯洁的传统"（1976：90）。菲丽西·波拿巴（Felicia Bonaparte）认为盖斯凯尔采用神话故事的叙事框架，将露丝塑造成了植物女神珀耳塞福涅（Persephone），以区别于基督教社会中的堕落女性（1992：89）。上述学者从浪漫主义或神话角度所做的阐释皆有一定道理，但也容易丧失风景含义的复杂性。帕特西·斯通曼（Patsy Stoneman）就对此类一味强调花朵纯洁含义的观点表示不满。她指出，《露丝》中的花朵意象的确有时象征着纯洁，但更多时候则被赋予了强烈的性色彩（2006：66）。遗憾的是，斯通曼对此未做深入探讨。本书认为，林奈的植物性系统对于理解《露丝》中的风景，尤其是花朵的含义具有重要意义。

前文已提到，在林奈对植物分类之前，文学作品中的"开花"和其同类词只是描述性词汇，并不具备叙事功能。它们或被用来形容女性的纯洁天真，或被用来描述女性的身体，暗指"非法的性"。到了18世纪晚期，随着林奈体系的流行，植物学变得日益通俗化，花朵是植物性器官的科学事实逐渐成为人尽皆知的一般性常识，花朵中蕴含的"性"意义得到了凸显。林奈将花朵类比为婚姻的做法进一步"净化"了性本身的非法含义。此后，小说家们开始突破此前的禁忌，将"开花"和婚姻叙事结合起来，正大光明地使用该词来表征女性身体所具有的"合法的"性吸引力。身处这一文化语境中的盖斯凯尔同样如此。不过，值得注意的是，她突破了之前作家仅在合法婚姻框架下表现女性性吸引力的传统，开始表现婚姻之外的"堕落女性"的性吸引力。通过将露丝类比作无意识的花朵，并将她和贝林汉的性爱行为置于林奈的"私密婚姻"范畴中，盖斯凯尔不仅如实再现了两性间的性吸引力，满足了她一心坚持现实主义理念进行创作的愿望，而且还借助这种"婚姻"将两性欲望自然化、合法化，表现了露丝的纯洁和无辜，从而在最大限度上博取了读者对她这类"堕落女性"的同情和"谅解"。

盖斯凯尔在叙述《露丝》时，不仅像博物学家那样精心记录自然季节的变化，以呈现故事的发展进程，还使用了大量与博物学相关的（尤其是花朵）意象。此外，她还借鉴了博物学家的写作风格。故事开始时正值冬天。露丝在梅森太太裁缝铺帮工。她一出场就表现出和其他帮工的女孩不一样的特点。别人利用这短暂的半个小时好好放松一下，她却"像一只鸟儿"那样跳到窗前，"凝视"着冬夜的白雪和月光（5）。在这个冰雪覆地的晚上，其他人都感到"严寒、凄凉"，露丝却在"一股强烈的冲动"之下，差点就要"抓起一条围巾，裹在头上，到外面去，欣赏那壮丽的景色"（5-6）。如果说"严寒和凄凉"的雪夜隐喻了传统女性不能僭越的性道德规范，那么"凝视"着白雪和月光，一心想去外面"欣赏"美景的露丝身上则存在打破这一性道德规范的潜能。然而，被比喻为"鸟儿"的露丝注定无法真正理解外面或真实或隐喻的风景，她只能沦为他人欲望的客体。

出于本能，露丝选择坐在屋里最暗最冷的地方。在那里，她可以一眼就看到客厅墙上挂着的一幅画，上面"都是些使人百看不厌的花环，奢华之盛，难以形容"，由于画得相当逼真，露丝几乎觉得能"闻到它们的芳香"，听见"玫瑰花，紫色和白色的丁香花树枝，漂亮的、有着一缕缕金色长丝的金莲花树枝"在风中"发出沙沙的声响"，甚至"看到了早年在她家里生长、开放、凋零的姐妹花"。（7）① 露丝敏锐的感知力和混淆现实与幻想的浪漫主义倾向在这段文字中得到了表现，她似乎已化身为传统浪漫主义诗歌中的女主人公。然而，下文紧接着补充道：

> 除了这些，还有献给圣母玛利亚的洁白、庄重的百合花——蜀葵，白藓，舟行鸟头，三色紫罗兰、报春花；凡是在可爱的旧式的乡村花园里竞相怒放的鲜花，镶板上应有尽有，画在那优美的簇叶中，但并不是我刚才一一列举的那样杂乱无序。（7）

值得注意的是，文字一向简洁的盖斯凯尔在此处不厌其烦地列举了

---

① 此处的英文原文是 rose，译文是蔷薇花。该书译者有时将 rose 译为蔷薇，有时译为月季，有时又译为玫瑰。为统一起见，本书统一采用"玫瑰"这一译法。

各类花朵，并在句末特意提到画中的花朵并不像她本人描绘的那样"杂乱无序"，似是在提醒读者注意她本人的存在。因此，有必要认真分析这段话的内涵。首先，盖斯凯尔对不同颜色、不同形态花朵的详细描绘和对秩序的关注很容易让人想起博物学家们所热衷的分类和描述工作。其次，博物学著作者们往往采用一种强调"多样性和差异"的"混杂式的"（miscellaneous）的写作风格，"将不同事物并置在一个有限的空间中"，以取得让读者"惊叹"的效果。（Whitaker，1996：85，87）这种"混杂式"的写作风格同样体现在上引文字中。盖斯凯尔既描写了文学传统中象征爱情的"玫瑰花"，也提到了象征纯洁的"百合花"，甚至还刻意强调"百合花"是"献给圣母玛利亚的"，是"洁白、庄重的"。这段文字似在暗示喜爱这幅画的露丝既是"玫瑰花"，也是"百合花"，她身上既带有潜在的性意味，也包含了纯洁的因素。盖斯凯尔借鉴博物学家们"混杂式"的写作风格，旨在通过对露丝身上充满矛盾的复杂特性的强调，挑战那种将受诱惑的女性不加区分地视为淫荡的、邪恶的"堕落女性"的传统偏见，试图唤起读者对这种特异性的"惊叹"，并进而对其产生同情和理解。最后，"我"字的突然出现让读者猝不及防，此前还沉浸在作者流畅叙述中的读者一下子被唤醒，意识到自己刚才一直置身于虚构的小说世界中，而非真实的现实世界。盖斯凯尔在此运用了类似于后来所说的元小说技巧，似在提醒读者关注自身的存在，不要轻易将故事与现实混淆，不假思索地对故事中的浪漫叙事产生认同，误将露丝视为传统浪漫主义诗歌中的女性。[①] 如果将上述几点结合起来思考，我们便会发现，盖斯凯尔似在暗示读者，我们不应该被文字中的浪漫主义表象所蒙蔽，而应该从她的细致描述和分类中意识到博物学这一重要的存在，并从博物学，尤其是植物学分类体系这一框架中来理解小说。

不同季节的花朵在画中被并置在一起，暗示了这是一个伊甸园般的天堂。然而，需要指出的是，伊甸园仅存在于快乐的过去，邪恶伺机渗

[①] 绍尔指出，露丝是典型的"浪漫主义女主角"，是"华兹华斯式的大自然的女儿"，而"这一点恰恰导致了她的堕落"，这是盖斯凯尔对浪漫主义自然美诗学理念的"坦率批评"。（Schor，1992：60，67）

入其中。也就是说，伊甸园随时面临覆灭的危险（Henson，2011：7）。充满浪漫主义想象，一心想进入这个花海般天堂世界的露丝注定会遭遇不幸。

奉梅森太太之命，露丝和其他几名女工一起去舞会当差，为跳舞的小姐太太们修补破损的衣服。在那里，她第一次见到了一个没有贫困，没有烦恼的世界："多漂亮的场面啊！……像仙女头上的花环……花香飘溢在空中……悠扬动人的音乐，竞相怒放的鲜花，车载斗量的珠宝，形形色色的优雅的举止，千姿百态、色彩缤纷的美好的事物。"（16）那些快乐的舞者在露丝看来就像是"没有任何忧伤与哀愁，好像属于另外一种人类。他们可曾遏制过自己的一个愿望，或一个要求？……眼下，对她和她一类的人来说，是冷彻肌肤的仲冬……冬天对她们又意味着什么呢？"（19）露丝有关贫富差异的思考很容易让人想起隔着药房橱窗向里张望的约翰·巴顿。不同的是，巴顿对这种差异无比愤慨，而年轻的露丝心里却充满了对富人的欣羡之情。从小说的后续发展中得知，正是这种对富人生活的幻想和急于摆脱自身贫困和痛苦的愿望导致了她后来的不幸。不过，盖斯凯尔并没有苛责露丝，甚至还对她抱有极大的同情心。浪漫主义幻想至少能让露丝暂时逃离令人窒息的生活空间。

然而，值得注意的是，盖斯凯尔始终对露丝身上体现出来的浪漫主义特质保持着戒备之心。[1] 虽然她有时会将人物浪漫化，但更多时候她会有意识地要求读者进行经验主义式的观察。因此，我们看到，露丝后来被贝林汉抛弃，正感到伤心欲绝时，"几只黑脑袋的野山羊在路旁静静地啮着青草"，而她迎面碰上的许多人正"心情怡悦、悠闲自在"地往家走，"有的发出低低的笑声，有的脸上露出恬静的微笑，还有的面对魅力的夏夜发出一阵阵感叹"。（101）显然，外部环境丝毫没有受到人物情绪的影响。[2] 将外在环境与人物情绪割裂开来的做法反映了盖斯

---

① 除了绍尔意识到盖斯凯尔的反浪漫主义倾向外，陈礼珍也指出，小说《露丝》是"19世纪前半期浪漫主义思潮与反浪潮主义思潮的博弈在盖斯凯尔身上留下的清晰尾流"（2015：40）。有关盖斯凯尔小说中的浪漫主义冲动的论述，参见 Donald Stone, *The Romantic Impulse in Victorian Fiction*, Cambridge, MA：Harvard University Press, 1980。

② 虽然盖斯凯尔在其小说和故事中有时会在季节和人物情绪之间建立对应关系，但她的现实主义倾向也使她意识到人类生命和季节之间的关系常常相互冲突，而非和谐一致（Duthie，1980：27–28）。

凯尔的现实主义创作倾向，这种传统经验主义者的观察方式使她看到了"私密婚姻"这一此前被很多作家忽视的事实。

林奈将植物的开花比作"婚姻"，并依据植物的花朵或性别能否被人的肉眼观察到这一标准，区分出"公开婚姻"和"私密婚姻"两个类别。由于显花植物的数量远远多于隐花植物，林奈重点论述了"公开婚姻"，对"私密婚姻"则一带而过。林奈的这一做法在小说中得到了回应。以奥斯丁为代表的传统小说家总是热衷于描写合法的"公开婚姻"，却不愿意再现"私密婚姻"。在他们的小说中，"开花"及其同源词汇始终与合法的性相关联。虽然小说中除了女主人公外，也会有其他花季少女，但该类词往往只被用来描述步入合法婚姻的女主人公。也就是说，"开花"是合法恋爱（林奈所谓的"公开婚姻"）框架中性爱维度得以表现的主要方式。和这类传统小说家不同的是，盖斯凯尔似乎并不满足于仅仅再现合法婚姻。在《露丝》中，她积极探索了"私密婚姻"中两性间的性欲望，拓展了林奈植物性话语的叙事范围。盖斯凯尔将露丝和花朵或风景联系起来，借这类在林奈植物性体系中充满性意味的意象影射露丝的性吸引力。另外，她也直接使用"开花"或者花朵等词来形容她的美貌。值得注意的是，这类词除了具有描述功能外，还具有叙事功能。露丝花朵般的容颜吸引着贝林汉，这也直接推动了小说的发展进程。

贝林汉陪同舞伴邓肯布小姐去缝补衣服，露丝接待了他们。露丝看到这位绅士对其娇美的舞伴的魅力和姿态那样迷醉，不由地受了感染。[1] 为遮掩笑意，她赶紧低下头去，不料这个举动却引起了贝林汉的注意。他开始仔细打量这个年轻女孩，只见她"穿一身齐到喉咙的黑衣服，优美的脑袋低着，全神贯注地缝着衣服，与那个无礼、活泼、矫揉造作的姑娘……形成了显明的对照"（17）。邓肯布小姐对露丝傲慢无礼，贝林汉心有不忍，顺手送给她一朵山茶花。跳舞时，贝林汉还不时

---

① 阿德拉·平奇和帕特西亚·法拉都认为情绪传染与"同情"相关。参见 A. Pinch, *Strange Sits of Passion：Epistemologies of Emotion*，*Hume to Austen*，Stanford，CA：Stanford University Press，1996；Fara，P.，*Sympathetic Attractions：Magnetic Practices*，*Beliefs*，*and Symbolism in Eighteenth-Century England*，Princeton，NJ：Princeton University Press，1996。

朝露丝这边张望。当他看到"那个身材颀长，满头金发……的姑娘"胸前还带着那朵"洁白无瑕"的山茶花时，他跳得更欢快了。（19）显然，贝林汉第一次见到露丝就被她的顺从、谦卑，尤其是美貌吸引住了。在他眼里，露丝就是那朵"洁白无瑕"的山茶花。随着林奈体系的出现，植物学变得日益通俗化，花朵和性被等同起来。对于贝林汉来说，山茶花般的露丝无疑极具吸引力。至于露丝，她也对彬彬有礼、温柔可亲的贝林汉产生了好感。只不过这种情感，她还没意识到，也太不了解。当天晚上，露丝梦到"那人向她献上一束又一束的鲜花"（20）。山茶花和"一束又一束的鲜花"象征着两人之间难以言传的欲望。Bloom 的同源词汇——山茶花，既隐喻了露丝的美貌，暗示了她和贝林汉的性欲望，也构成了盖斯凯尔的重要叙事手段，推动着小说的恋爱情节向前发展。

一天，露丝出门办事，刚巧碰到贝林汉救起一名落水的孩子，便和他一道护送孩子回家。道别时，贝林汉再次被露丝的美貌吸引了："眼下，他又一次强烈地感受到露丝那迷人的美姿。他几乎不知道自己在说什么了。他如此惊讶地陷入对她的艳羡之中……贝林汉觉得她的脸蛋越发漂亮了"（26 – 27）。虽然盖斯凯尔并没有使用与"开花"相关的词汇，但是露丝的性吸引力从她"迷人的美姿"和"漂亮的脸蛋"中体现出来。"陷入到对她的艳羡之中"的贝林汉压制不住想要再见她的冲动，便有意留下几个金币，要求她照顾那个孩子，并恳请她得空时把孩子的情况告诉他。露丝花朵般的美貌显然是重要的叙事手段。在贝林汉的不断要求下，露丝一次次地外出陪他散步，两人间的恋爱情节由此展开。

散步是情侣间共同参与的重要活动之一，也是带有情色意味的恋爱在婚姻叙事的再现框架内得以叙述的重要方式。散步的细节常常暗示了浪漫主义爱情之间的细小差异，这样的例子在奥斯丁小说中比比皆是。在《劝导》里，那些在乡间散步时被年轻姑娘挽着手臂的男性往往后来都成了她们的恋人。只有当玛丽·穆斯格罗夫（Mary Musgrove）的丈夫无法忍受妻子的暴躁脾气时，才会在散步时甩掉她的胳膊（巧妙地暗示了两人的婚姻危机），而温特沃斯（Wentworth）对安妮·艾略特

(Anne Eliot)的微妙感觉（他仍然爱她却也不愿原谅她）也能从他宁愿让散步后感到疲倦的安妮乘坐他姐姐的马车，也不愿去搀扶她这一细节中体现出来。《理智与情感》中的玛丽安（Marianne）散步时不慎弄伤脚踝，刚好路过的威洛比（Willoughby）送她回家。两人身体上的吸引和随后的恋爱也在散步中得到暗示。和奥斯丁一样，盖斯凯尔在表现男女的情爱关系时，同样没有忽略对散步场景的描写。① 在描写露丝和贝林汉的散步场景时，盖斯凯尔有意识地掺入了大量风景描写和植物意象，并将植物的生长、季节的变换和人的心情勾连了起来。

　　一开始出于对那个落水孩子的关心，单纯善良的露丝接受了贝林汉再见一面的请求。后来，贝林汉又故意向露丝打听一幅画的情况。再后来，露丝愿意陪他走一小段路，向他诉说早年的幸福生活。她开始觉得自己先前的忸怩实在无礼，怎么会觉得和"贝林汉先生这样一个和蔼可亲的好人一块儿走路竟像做了错事似的"（42）。不知不觉地，露丝喜欢上了这样的散步。当她和贝林汉一起走在开满鲜花的乡村小路上时，露丝梦中见到贝林汉不停地向她抛洒花朵的场景最终变成了现实。

　　盖斯凯尔采用了博物学家那种经验主义者的观察方式来描写两人的交往过程，将散步的场景和季节的更迭变换紧密地联系起来。露丝平时要上工，只有周日可以休息。于是，每到周日，他们便会一起去附近的乡村散步。"一周接着一周"后，他们的关系变得日益亲密，同样，"一个星期天接着一个星期天"后，"去年那棕色的、被风吹成一堆堆残枝败叶中，又长出了报春花那嫩绿、卷曲的枝叶和灰白的、星星般的花朵。到处可见的金色的白屈莱把路边那细细流淌的小溪两边点缀得辉煌灿烂"。（43-44）露丝的母亲早逝，监护人对她不管不问，社会礼节方面的教育对她而言完全缺失。因此，即使她本能地感到和贝林汉单独外出好像有哪里不对劲，可是当她漫步在"早春二月那令人心旷神怡的美景里"时，她早就"忘记了所有的疑虑和尴尬"（43），甚至同意让贝林汉陪她回密尔翰的老家。在和贝林汉的交往中，露丝的情感无疑

_____

　　① 除了《露丝》之外，《玛丽·巴顿》《南方与北方》以及《西尔维娅的恋人》等都有大量的户外散步场景，隐喻性地暗示了散步本身带有的情色意义。

经历了巨大的变化，而这种情感变化完全体现在散步这一活动中，她最初的不安和担忧到最后完全变成了喜悦和快乐。

随着林奈植物学的通俗化，自然逐渐被赋予了性的含义，成为一个性欲化的自然。在林奈植物学的影响下，如画风景美学、园林美学等自然研究领域也开始借用人类社会中的现象，尤其是与性相关的各类行为（比如卖弄风情、恋爱以及生育）来描绘自然。因此，提到花园或风景，往往会让人联想到性，身处其中的未婚少女的性吸引力也由此得到揭示。描写露丝和贝林汉两人的密尔翰农庄之行时，盖斯凯尔就通过对花园和如画风景的细致描绘，巧妙地再现了"花季少女"露丝的美貌和性吸引力。

在两人到达一个能俯视密尔翰农庄的小山岗时，叙述者透过露丝的眼光对整个农庄的风景作了一番描绘：

> 眼下的密尔翰农庄正寂静、安宁地躺在它那午后的荫影里。这是一幢建造前缺乏周密考虑，随后又不断修修补补的屋子。反正这一带有的是建筑材料，因而每一位后来的房主都发现有必要做些补建或改建的工作，最后便成了这图画似的、参差不齐的一大片——零零落落的光线和荫影——就整体上来说，给人以一个完整的"家"的印象。它那所有的山墙和凹角，到处都长满和爬满了嫩绿的玫瑰和葡萄藤。(48–49)

从这番叙述中，我们发现盖斯凯尔将如画美学的一些审美原则和词汇运用到了她的小说创作中。如画美学要求审美与实际事物分离开，观者需要寻找一个特定的角度来观看和欣赏风景。① 俯瞰密尔翰农庄的小山岗就是这样一个理想的观景点，能够让露丝、贝林汉以及读者将密尔翰农庄的全貌尽收眼底。这段文字中不仅包含了诸如"改建""参差不齐"以及"光线和荫影"等如画美学中的常用词汇，甚至直接将农庄

---

① 卡尔松通过对如画运动的考察发现，18 世纪的旅游者们大都采用一种"克劳德玻璃"，这是一种小巧而带色彩的凸透镜，主要用来固定视角，便于观者在适当的距离观赏风景，像观看艺术品那般观看景观——去追寻如图画般的风景。（卡尔松，2006）

形容为"图画似的"。如画美学理论家威廉·吉尔品（William Gilpin，1724 – 1804）在《论版画》（*Essay on Prints*，1768）中将"如画"（picturesque）一词定义为"一个表达绘画中令人愉快的特定之美的术语"，后来在他的《三篇论文》（*Three Essays：On Picturesque Beauty*，1792）中，进一步指出"如画"就是"不规则性"和"粗犷"的结合，"简单与多样的愉悦结合"，或者是优美与崇高的结合，并将其具体定义为"质地的皱叠或粗糙、奇特、多变、不规则、明暗对照，以及那种刺激想象的力量"（转引自管少平、钟炎，2016：66）。密尔翰农庄那些躺在"零零落落的光线和荫影"下的"参差不齐"的房屋无疑具备吉尔品所谓的如画特质，因而被叙述者直接描述为"图画似的"。

吉尔品认为，如画美的眼睛不仅善于从整体上审视自然，也会检视自然中的"部分"（Gilpin，2001：26）。盖斯凯尔的叙事中同样蕴含了这种从整体到局部的观景方式。在对密尔翰农庄进行了全方位审视后，叙述者便跟随露丝和贝林汉进入农庄，描绘了其中引人注意的"部分"景象。穿过杂乱的花园，露丝看到"前门上一只蜘蛛织下了一片蜘蛛网"（49）。想到父亲的尸体从这里抬出去后，可能再也没有人从这里走过，露丝心里充满伤感。再往里走，客厅里的摆设一件件呈现在眼前，如今却已变得物是人非："从前那些日子里，这客厅可是一个欢乐的房间……过去那擦得锃亮、宛如明镜、时时映出火花来的栎木铲形板……现在都已褪色、潮湿了……这已经成了往事……露丝觉得她的现实生活只是一场梦。"（51）

在吉尔品眼中，废墟、茅舍具有典型的如画美特质。[①] 盖斯凯尔对废弃的衰败的农舍的精心描绘，同样表现出她的如画美倾向。看到曾经熟悉美好的家园如今几乎成为废墟，露丝不由地悲从中来，摔倒在地上。贝林汉看她如此冲动，很不高兴，赶忙把她带到屋后的小花园中。不过，当贝林汉看到露丝在"花丛里闲逛、寻觅着心爱的灌木和幼苗时"，他刚才的不满很快就变成了对露丝的"艳羡"。（53）如画风景理

---

① 吉尔品认为，凋敝破败的寺庙与城堡会增加"如画"的画面效果，探寻"如画"美景的眼睛总是更偏好那些优雅的古建筑遗迹、废弃的塔、哥特式拱门、城堡的遗址和寺庙。经过岁月的洗礼，这些建筑、废墟变得像自然一样值得崇敬（Gilpin，2001：46）。

论家尤维戴尔·普莱斯（Uvedale Price）常用形容女性的词汇来描绘风景。他曾指出，如画风景具有一种"未加约束的凌乱，有时稍显不太稳重，几近卖弄风情"（Price，1988：357）。露丝在灌木丛这一内涵丰富的风景空间中自由穿梭，同样带有一种调情意味。虽然她"根本不在乎那双盯着她看的眼睛，一时间也不曾意识到那双眼睛的存在"（53），但贝林汉早已被她轻盈的体态和妩媚的面容深深地吸引了。

英国18世纪著名画家威廉·荷加斯（William Hogarth）曾在《美的分析》中指出，和所有其他自然界物体相比，人体包含最多的蛇形线，因而也是最美的。它的美就"来自这些线条"（Hogarth，1810：57）。在认真比较了许多女子胸衣或紧身衣的图片后，荷加斯思考为什么某些波浪线要看起来更美，他尤其关注第四号线条：

> 第四号是由一些准确的波状线组成的，因此也是最佳形状的紧身衣。在一件好的紧身衣上，每一条线都应是如此弯曲的，因为当整个紧身衣从背后拉紧时，它就的确成了一个内容多样的外壳，而它的表面无疑就是美的形式。因此，如果我们从紧身衣后面的系带处引一条线，或拉出一条带子，使之绕着身体下转到紧身的前边，那么，这条带子就会形成一个完美、准确的蛇形线。（Hogarth，1810：49）

荷加斯指出，人体的"骨头几乎都不是直线条的"；紧身衣"准确的波浪线"会将人体塑形为"完美、精确的蛇形线"（ibid.：55，49）。大自然中的很多事物，比如植物、花朵、树叶、蝴蝶翅膀上的图案、贝壳等，都包含了大量的曲线。不过，荷加斯认为，最美的要数人体和风景中的线条。这些线条"除了因其多样性给人眼带来愉悦外，并没有什么用处"（ibid.：16）。为了弄清蛇形线①为什么会比其他线条更令人赏心悦目，荷加斯考察了大量博物学的研究对象——自然物体（尤其是花

---

① 蛇形线是如画美学区别于法式园林风格最为明显的标志。如画美学强调不规则和多样性等，而尊崇古典主义风格的法国园林则突出轴线、对称、比例和主从关系等。

朵、贝壳等)①。他发现"被叶子遮盖起来的那种类似贝壳的东西（人骨头）才是最美的装饰物"（ibid.：55）。这种东西之所以成为荷加斯眼中"最美的装饰物"，主要在于它们能满足他追求"微妙（intricacy）的欲望"，而这种在如画理论中体现为追求多样性和不对称的欲望实际上是包括人在内的所有动物的本能，"热爱追逐，纯粹为了追逐而追逐，源于我们的本性……动物喜爱追逐，很明显是出于本能……猫不惜冒着丢掉猎物的危险，一遍一遍地和猎物玩着追逐的游戏"，人眼在"追逐"曲线时最能获得快感正是这种"热衷追逐"的本能使然。（ibid.：24）这种线条，荷加斯写道，尤其是花园中蜿蜒的小路或者河流的蛇形线，"会指引着眼睛肆无忌惮地追随"（ibid.：25）。

　　贝林汉对露丝的欣赏直接与她在自然世界中的活动有关。当露丝"在繁盛、茁壮的灌木那自然、优美、摇曳的行间窜进窜出"（53）时，贝林汉之前的不快早就烟消云散，取而代之的只有对身处风景之中露丝身体的一种渴望和爱恋。露丝的活动空间是灌木丛这一自然场所，其中的隐含意义源于18世纪晚期对自然的关注。18世纪晚期出现的分类法以及当时的如画、园艺理论都将自然与欲望联系了起来，而露丝就属于这种表达语境。"摇曳"着的灌木丛以及在其中"窜进窜出"的露丝都带有荷加斯所言的最美的蛇形线，这种带有挑逗意味的线条不断地逗弄着观景者贝林汉，指引着他的"眼睛肆无忌惮地追随"，并从中获得身体上的愉悦和快感。虽然露丝在主观上并未试图挑逗贝林汉，但她在灌木丛中不断进出的举动却产生了挑逗的效果。如画理论常将风景美类比为女性美，正如风景能够获得观赏者的赞赏，身处花园中的女性也有获得赞赏的权利。她似乎也像风景那样提醒观赏者注意她身上的线条、身材，甚至邀请观赏者以一种愉悦而肆意的方式去追寻她，去观看她如何在那片风景中漫步。虽然盖斯凯尔无法明言贝林汉的性欲望，但她凭借自己对如画美学中的词汇和审美原则的熟稔，不仅巧妙地将露丝和她身处的带有性欲化特征的风景联系起来，恰当地再现了露丝身体的性吸引

---

　　① 由于"自然事物（比如贝壳和花朵）提供了无穷尽的选择"（Hogarth，1810：39），荷加斯重点考察了自然事物等博物学研究对象上面的线条。鸢尾花因为线条多样，被荷加斯称为美丽的花朵，而缺乏曲线的蓟花在他眼中则显得不那么美。

力，而且还成功地将风景的形式审美原则与爱情叙事结合了起来。①

在与贝林汉一起散步被梅森太太撞见并被当场解雇后，露丝吓得不知所措，贝林汉趁机将其带往伦敦。小说对露丝失身一事只字未提，仅在两人随后的威尔士之行中给予了暗示。② 囿于当时的写作传统，盖斯凯尔无法直接再现男女之间的性爱生活，于是便借描述自然影射了这一行为。小说将两人结合的地点设置在威尔士康威地区的一片树林中：

> 他们选的那条路通往山腰的一片树林，他们步入树林，树荫使他们很快活。开始那树林普普通通，没什么特别，但不一会儿他们就进入了山顶的密林深处，在那儿站定，朝下看着树梢，树梢在他们脚下轻轻地摇动。那儿有一条陡直朝下的小路，他们就顺着这小路下山。那一块块突出的岩石，使人觉得就像踩在石阶上似的。他们的散步变成了跳跃，跳跃又变成了奔跑，最后他们回到了山下的平地上。平地上笼罩着一层朦胧的绿色；此刻正是正午寂静的时分；小鸟静静地栖息在荫凉的树叶丛中。他们朝前走了几步，来到了一个被树荫遮盖着的环形池塘边，几分钟前，那些树的树梢还在他们的脚下哩……在这树林深处，高大的树木已经触到了俯视着大地的朵朵白云……（79）

这段文字同样体现了如画审美原则。叙述者首先叙述两人进入树林，接着叙述他们怎样来到了平地，如何到达池塘边，最后又对池塘边的场景进行聚焦，这一由远及近，从整体到部分的顺序契合了如画美的

---

① 盖斯凯尔曾在短篇故事《拉德洛夫人》中提到过荷加斯。荷加斯等人书中的版画是她了解以前画家的主要途径（Easson，1979：26）。盖斯凯尔熟悉并热爱绘画艺术，有关她和前拉斐尔派画家的联系，参见 G. H. Cumiskey，*Elizabeth Gaskell：The Function of Illustration in the Novels and Short Stories*，Ph. D. dissertation，University of London，1994；Alan Shelston，"Elizabeth Gaskell，Dante Gabriel Rossetti，and Wordsworth"，*Notes and Queries*，Vol. 46，1999；Katherine Ann Wildt，*Elizabeth Gaskell's Use of Color in Her Industrial Novels and Short Stories*，Lanham，MD：UP of America，1999。

② 盖斯凯尔经常去威尔士拜访她的叔叔塞缪尔·霍兰德（Samuel Holland）。她的新婚蜜月也是在威尔士度过的。盖斯凯尔将露丝第一次性爱体验的场所安排在威尔士，或许和她自己的类似经历相关（Bonaparte，1992：93）。

观察原则。事实上，这片树林所在的康威地区是威尔士最富盛名的如画美景区之一，亨利·维格斯泰德（Henry Wigstead）认为在那里"适合入画的素材俯首即拾"，而吉尔品也承认，"一处既崇高又优美的风景的恰当要素，包括流水、突起的地面、长满树木的河岸以及城堡，全都被集中到了康威"（安德鲁斯，2014：169）。盖斯凯尔笔下的这片风景不仅包含吉尔品提及的"流水、突起的地面、树木"等诸多如画风景元素，而且吉尔品所谓的"奇特、多变、不规则、明暗对照，以及那种刺激想象的力量"等如画特质也在露丝和贝林汉对树梢的观察中得到暗示。乍看之下，树林没有特别之处，但进去后不一会就发现先前看到的树梢已经在他们的脚底下了。林中的道路曲折蜿蜒、变化莫测，不断"刺激"着露丝和贝林汉的"想象"，也"刺激"着读者的"想象"。

除了借鉴如画理论描绘风景之外，盖斯凯尔对笔下人物露丝的描述也呼应了"改造风景"这一体现如画风景理论的实践活动。贝林汉采摘睡莲返回后，一句话没说，便将采来的花儿朝露丝头上插，"露丝穿着白衣服，与周围的绿树相互辉映；她脸上奕奕生辉，犹如六月的玫瑰；美丽的脑袋两旁各自垂着一朵又白又大的花儿，如果说那一头棕发有点儿乱，这种乱反而使她显得更秀雅"（80）。从先前洁白的山茶花到现在的六月玫瑰，露丝自始至终都被贝林汉视为自然界中的花朵。既然她是花朵本身，那么她的美无疑自然天成，然而，贝林汉却又无法克制住想要"改造"她的冲动，在她头上插了两朵"又白又大的花儿"。贝林汉对露丝的欣赏和改造和人类"改造风景"的活动一样，都体现了一种明显的悖论："人类一方面想要发现未经人类触动过的大自然，但是，一旦发现了这样的大自然，人又无法克制想要去'改善'它的冲动，哪怕只是在想象中。"（安德鲁斯，2014：1）露丝的头发有点儿凌乱，但这种凌乱，却让贝林汉觉得她更加俏丽。无论是"改造"，还是"凌乱"所体现出的"反对称"审美观，都表明从小生活在有着"古老的画廊"和布满"小路，平台和喷泉的花园"（42）里的贝林汉不自觉地用如画美的眼光审视和改造风景中的露丝。这种美学理念强行将人类的视角加诸自然之上，"使观者不由自主地在审美过程中对自然本来的面目视而不见"（陈娇娥、何畅，2016：45）。换言之，为了集中呈现如画般的场景，贝林汉有意忽略了露丝本来的真实，一味按照自己的方式来打造理想中的女性形象。

如果说贝林汉采用如画美的眼光审视和改造身处如画般风景中的露丝，那么一直充满浪漫主义幻想的露丝同样对身边真实的自然视而不见，心里想到的只有贝林汉的快乐。贝林汉将睡莲插在她的头上，露丝"温顺地听凭他给她做着皇冠，睁着可爱的双眼，宁静安逸地朝上打量着他"，看到他"就象一个孩子在玩着一个新的玩具那样兴奋"，她便感到无限快乐与满足。（80）虽然读者很清楚贝林汉只是将露丝当成一个能给他带来快乐的玩偶，但对单纯、痴情的露丝来说，贝林汉的快乐就是一切，至于她自己的感受，她却从未想着去细细体会。正因如此，即使她听从了贝林汉的话来到水边欣赏自己靓丽的容颜时的确体会到了一种满足感，但"就像看见其他漂亮的东西一样"，她从没想到它与自己有什么关系，她"只存在于感觉、沉思与爱恋之中"。（80）缺乏自我意识的露丝恰恰契合了贝林汉对她的想象，她与自然界的花朵并无二致。

笼罩着这片树林的浪漫主义氛围在该章之前的一章中就得到了表现。天气不好，贝林汉不愿出门，而一向热爱大自然的露丝便独自出去散步，在路上碰到了经常来威尔士旅游的牧师本森先生（Mr. Benson）。本森对威尔士很熟悉，便给露丝当起了导游。在一处篱笆边上，本森指着一丛毛地黄，向她讲述了当地关于这种植物的传说："威尔士人会告诉你，这花儿是献给仙女的，它有能力辨认出她们，以及一切经过这儿的精灵，当她们打这儿飘过的时候，它便毕恭毕敬地向她们鞠躬行礼。"（75）这里提及的仙女很容易让人想起奥维德（Ovid）笔下的风景。不过，值得注意的是，虽然本森有关毛地黄的传说极富浪漫主义色彩，但我们同样可以从博物学的角度来审视他的故事。卡蒂·威特泰克（Katie Whittaker）在其有关博物学珍藏品文化的一篇文章中说过："加上一些陌生而精彩的故事，普通的事物也能成为值得注意的珍奇物品。"（Whittaker，1996：78）也就是说，"陌生而精彩的故事"与博物学研究并不冲突，甚至还能让那些可能会被博物学家忽略的普通事物变成他们眼中的"珍奇物品"。①

---

① 本森先生的神话故事显然让普通的植物毛地黄变成了露丝眼中的"珍奇物品"。盖斯凯尔对露丝故事的精彩叙述，也让一名原本普通的"堕落女性"成为文学宝库中的一枚"珍品"。

此外，叙述者几乎就是以博物学家的口吻在描述毛地黄，"在挂满蓓蕾的枝干底部，有几朵深红色的花儿正从绿色的花苞里绽开"（74）。从这一角度思考，我们就会发现，露丝和贝林汉漫步其间的树林除了是仙女们可能经过的地方外，也是生长着各种植物的地方。在对露丝和贝林汉散步所处的自然空间——树林做了详细的描绘后，叙述者看似随意地将目光转向池塘边的婆婆纳："在最浅的水里或池塘里以及池塘四周，长着婆婆纳，但出眼看去，几乎不见花朵，树木投下浓重的绿色荫影。"（79）虽然在那一片树林中有水的地方差不多都长着婆婆纳这样的植物，但它们的花朵却在树木"绿色荫影"的遮盖下，几乎无法被看见。乍看之下，这段文字稀松平常，但只要对林奈植物学稍作了解，读者便能体会这段话的含义。在林奈等植物学家眼里，花朵是植物的性器官。由于蕨类、苔藓类以及藻类植物的花朵或者说性器官无法被肉眼观察到，林奈将它们统一纳入"私密婚姻"类别下。虽然婆婆纳不同于上述三类植物，但叙述者对它们的花朵/性器官很难被看到这一事实的强调暗示出露丝和贝林汉两人之间隐蔽的性爱行为，而这也呼应了该章开头的那句诗"大地与天空的婚礼"（76）。小说似乎表明，露丝和贝林汉虽然没有遵从人类社会的习俗举办婚礼，但其性爱行为就和婆婆纳开花一样，符合大自然的生长规律，也等同于大地与天空之间那种自然意义上的"婚姻"。①

---

① 事实上，除盖斯凯尔之外，也有不少作家将植物的自然婚姻类比为人类的性行为。艾略特就是其中一位。菲利普·费舍尔（Philip Fisher）曾在分析《亚当·比德》（*Adam Bede*，1859）中的唐尼（Donnithorne）和赫蒂（Hetty）林中相会的场景时指出，艾略特的小说"有意用自然背景来象征隐秘的关系"（Fisher，1981：46）。的确，艾略特有意识地在人物所处环境中描写了苔藓类、蕨类等典型的隐花植物，并反复提及："林子里没有齐整的青草和平展的砂石路，只有狭窄的、低凹不平的泥土小路，路边稍稍长着些苔藓"；"金色的阳光慵懒地流连在树顶的枝叶上，只是偶尔从这里那里掉落下来，洒在紫色的小路和微带青苔的路旁"（Eliot，1985：129）。赫蒂在穿过猎场的那一段路时，走得很急，生怕碰到园丁克雷格先生，当她"平安地到达橡树林，走在蕨丛之中，她真是松了一口气"（ibid.：134 – 135）。和合法的公开婚姻相比，树林中发生的私密婚姻似乎更让赫蒂感兴趣，杉树林中的蕨丛和青苔那隐蔽而自然的婚姻显然影射了赫蒂和唐尼之间无法被人察觉到的性行为。艾米·金认为"有着'秘密婚姻'的妙龄女郎在爱略特的《亚当·比德》被创作出来前从未进入现实主义小说的再现视阈中"（King，1985：105），但本书认为该结论不是很全面、客观。事实上，盖斯凯尔早在1853年发表的小说《露丝》中就开始尝试将奥斯丁等传统作家避而不谈的私密婚姻作为其创作主题。诚然，熟知博物学的艾略特似乎更有意识地将隐花植物直接写进小说，用以暗示人物间的秘密婚姻，但无视盖斯凯尔经验主义者式的观察和文学创新是有失偏颇的。

在维多利亚时代，性欲常被认为是最典型、最危险的原罪（Stoneman，2006：67）。然而，在信奉唯一神教的盖斯凯尔看来，原罪之说纯属子虚乌有（ibid.：66）。盖斯凯尔有意将露丝与贝林汉的爱情描述为林奈意义上的"私密婚姻"，意在表明两人的性爱行为虽未得到社会认可，却是一种自然事实。在早前和贝林汉散步的一个场景中，露丝想到："多怪啊，我竟会觉得今天下午这迷人的散步并没什么问题……我根本没做错什么；可却觉得心虚……可是我还得感谢上帝，从这次迷人的散步中得到了幸福，亲爱的妈妈常说，这样的散步对我们来说是无害而有益的乐趣。"（43）这种"迷人的散步"从社会世俗观点来看，当然不会"无害而有益"——事实上，露丝正受到诱惑，她会生下一个私生子，余生将不得不接受世人的指责。但是，在这个不受基督教控制的自然世界中，露丝的确如她自己所言，"根本没做错什么"。"露丝就是自然本身，自然世界就是露丝。"（Bonaparte，1992：91）"只存在于感觉、沉思与爱恋之中"（80）的露丝从未将她那在世人眼里超凡脱俗的美貌和自身联系起来，她不清楚人类世界的观念和看法，就像"玫瑰花""山茶花"以及"百合花"也从来不会思考自己在人类世界中象征着什么一样。虽然露丝和贝林汉发生了性爱关系，但在盖斯凯尔笔下，她和花朵一样纯洁。在林奈的植物世界中，花朵的性和纯真相互依存，并不矛盾。这意味着，花朵般的露丝也不该因为有了性爱行为就被贴上人类世界的"堕落"标签。小说始终坚持将露丝和贝林汉的性爱关系理解为林奈意义上的"私密婚姻"形式，而不是传统文学中有关诱惑和堕落的传统叙事。①

尽管盖斯凯尔对露丝和贝林汉两人的情感持理解的态度，然而，一贯秉承现实主义写作理念的盖斯凯尔非常清楚，他们不为世俗眼光所认可的亲密关系很难维持。因此，在让两人相处了短暂的几天后，她便安

---

① 盖斯凯尔的意图和方法对后来的托马斯·哈代产生了深远的影响（V. Sanders，2005：57）。哈代采用了相似的叙述手法让苔丝躲到大自然中逃避社会责难。不过，值得一提的是，两人对女主人公的再现方式不尽相同。哈代笔下的苔丝总是透过社会视角来审视自己，因此从未想过为自己的罪行开脱；而盖斯凯尔却有意让读者走进露丝内心，采用露丝自己的眼光来看待她。

排贝林汉患病离开伦敦，草草结束了他们的关系。紧接着，小说第二部分的叙述风格发生剧变，不仅此前的浪漫描写突然消失，而且露丝的性格也变得克制起来，小说"剩下六分之五的篇幅讲述的都是露丝被引诱之后如何承受精神惩罚、寻求信仰庇护、试图改过自新，以及最终怎样为自己和儿子获取到救赎"（陈礼珍，2015：47）。从小说整个布局来看，盖斯凯尔似乎更热衷于表现私密婚姻所产生的后果，而非私密婚姻本身。

　　遭贝林汉抛弃后，无家可归的露丝被本森牧师搭救，并被本森姐弟带回了他们在艾斯克莱顿的家。如果说在叙述露丝和贝林汉的恋爱过程时，盖斯凯尔将这一事件置于林奈植物学"私密婚姻"类别之下，既强调花朵的性含义，又突出其纯洁的意义，那么当她描写生活在基督教社会中的露丝时，似乎有意彰显了花朵的纯洁意义。在本森姐弟和其仆人萨利（Sally）的影响下，露丝身上那种"怠惰的野性"（Uglow，1993：330）似乎被成功地驯服了。在本森家的客厅里，我们看到，露丝母亲以前最喜爱的"茉莉花长长的枝梢带着芬芳的百花几乎要钻到房间里来了"，而此前盛开在六月大自然中的极具诱惑力的玫瑰花此时也被带进屋内："本森小姐正往一只老式的花瓶里插花，身旁白色的早餐桌布上摆着一束新鲜滋润的玫瑰花。"露丝来到本森家的当天晚上，萨利无情地剪掉了露丝那"乌黑发亮"的卷发，任由"头发慢慢落到地上，在空中飘荡（就象下垂的白桦树的树枝）"。女性茂密的头发在文学传统中常常带有强烈的性暗示，萨利剪掉露丝的头发显然是为了遏制她的"野性"。① 在本森家住了一年后，露丝有一天发现，"原来幼嫩的茉莉花现在已深深地扎了根，并开始萌发新枝。玫瑰花是她来之后本森小姐种下的，现在已散发着芳香"（201）。露丝不停地在儿子身边撒下花瓣，用"玫瑰花叶"（202）触碰他的小脸蛋。显然，无论是露丝母亲最喜爱的茉莉花、本森小姐种下的玫瑰花，还是露丝逗弄孩子的玫瑰花叶都开始和家庭生活联系起来。当小列昂纳多六岁时，叙述者借萨利

---

　　① 有关维多利亚社会如何想象女性头发的论述，参见 Elisabeth G. Gitter，"The Power of Women's Hair in the Victorian Imagination"，*PMLA*，Vol. 99，No. 5，1984。

之口对露丝的外貌做了一番评价："她那光滑润泽的皮肤就像盛开的百合或玫瑰,虽不太引人注目,却显示出她的健康完美。"(218)百合和玫瑰已不像小说第一部分那样带有强烈的性暗示,它们在此仅表达露丝的身体逐渐恢复了健康。

从这一大段叙述来看,花朵中的性含义似乎已被清除,露丝似乎也经历了一次道德洗礼,发生了彻底的转变。不过,盖斯凯尔清醒地意识到,如果故事止步于此,她势必会重新陷入"堕落与救赎"的传统叙事模式,就好像先前堕落的露丝此时获得救赎,她身上令人恐惧的野性已被驯服。然而,在盖斯凯尔眼里,露丝就和林奈体系中的花朵一样,纯洁与性从来都是相伴共生。性从未真正远离露丝,它只是暂时受到了压制。一旦碰到合适的契机,她就会像花朵那样炽烈地绽放。没多久,贝林汉重新登场,只不过这次他的身份换成了为布莱德肖先生(Mr. Bradshaw)拉选票的唐尼先生(Mr. Donne)。这位唐尼先生很快发现,布莱德肖家的漂亮女教师旦巴艾夫人(Mrs Denbigh)就是他曾经抛弃的露丝。看到她依旧如花般美丽,唐尼又一次心动了,并决定向她求婚。① Bloom 的叙事功能得到再现。虽然盖斯凯尔相信林奈语境中的露丝与贝林汉的"私密婚姻"合乎自然法则,露丝没有犯错,但这并不意味着她当初的选择是正确的。进入社会后的露丝在与本森等人的交往中慢慢获得了认识事物本质的能力。第一眼见到唐尼,露丝痛苦地意识到他就是贝林汉。更令她痛心的是,她心中那个温柔多情的贝林汉竟是个自私冷酷的人。他"无情,自负,对别人漠不关心……眼睛只盯着与自己有关的事情"(300)。因此,当贝林汉向她求婚时,露丝坚决地拒绝了他。然而,她的内心却在激烈挣扎:"列奥纳德的父亲是一个坏人,我确信无疑,可是,可怜的上帝,我爱他,我不能忘记——我不能!"她的痛苦和矛盾在盖斯凯尔对自然界的描写中得到体现:"她把一半身体支出窗外,探向寒夜之中。狂风在呼啸着……雨点打在她身上,这反倒使她清醒了许多。一个万籁俱寂的夜晚不会象狂风骤雨

---

① 为保护露丝,本森先生隐瞒了她的真实身份,谎称她是寡妇旦巴艾夫人,并推荐她到乡绅布莱德肖家担任家庭教师。

那样给她带来安慰……"（284）这段文字表明，此前一直虚心接受本森等人道德教诲的露丝没能完全摈弃自身的性欲望，她身心分裂的状态几乎是以弗洛伊德的方式得到揭示。更让资产阶级卫道士们恐惧的是，小说最后，露丝竟然主动去护理身患伤寒的贝林汉，并受他"感染"而死，以一种隐喻的方式满足了自身的性欲望（Matus，2007：56）。高烧退去但仍说着胡话的贝林汉朦胧中看到了露丝，他不停地发问："睡莲在哪儿？她头上的睡莲哪去了？"（468）在威尔士时，贝林汉曾采来几朵睡莲插在露丝的头上，他此时提到的睡莲显然带有性的指涉。随着贝林汉的出现，花朵此前看似被遮蔽和净化的性含义再次浮现。

斯通曼认为《露丝》中存在一个重大缺陷，即盖斯凯尔一开始极力为露丝的过错辩护，但最后却安排她以死赎罪，并将其归咎为作家"矛盾的意识形态"，认为盖斯凯尔自己也不知道"女性的性是正当的还是邪恶的"。（Stoneman，2006：65）但是，如果我们将盖斯凯尔的叙事置于林奈植物体系框架中来理解，就会发现作家一开始对露丝纯真的强调和后来让她为贝林汉而死这两个叙事之间并不矛盾，因为她始终坚持将露丝和林奈意义上的花朵联系起来，既突出了其纯洁的意义，也没有抹杀其暗含的性意味。

从"私密婚姻"的角度来理解露丝与贝林汉的关系，也有助于我们重新理解小说的主题。如果说露丝等同于林奈意义上的花朵，那么小说就并非如某些批评家所说的彰显了"堕落与救赎"这一主题，既然露丝从未堕落，她便无需得到救赎。事实上，小说更多是围绕着教育和社会责任展开。[①] 教育似乎并未让露丝获得更多理性和常识，直到小说最后，露丝也不比小说开始时更为明智，她依然是那个甘愿为了情人而牺牲自己的露丝。不过，进入社会生活的露丝在与他人的交往中逐渐学

---

① 盖斯凯尔信奉的唯一神教一向非常重视教育。唯一神教政治理论家约瑟夫·普利斯特里（Joseph Priestley）就指出，认为人的幸福与否和有无接受教育之间有着密切关系："事实上，我们很少看到一个人长大成人后，他的脾气和习惯有什么大的变化。在他所处的环境和生活方式中，只有进行一场彻底的革命，才能产生影响……因此，我们整个生存的幸福或痛苦，在很大程度上取决于我们开始进步的方式。"（qtd. in Ruth Watts，1987：50）信奉卫理宗教，而后又皈依国教的特拉弗斯·马奇（Travers Madge）曾对此表示不屑："他们（唯一神教徒）的工作是教育，而不是劝诫他人皈依。"（Herford，1867：93）

会洞察事物本质的能力。当她发现贝林汉并非一个道德高尚的人之后，坚决地拒绝了他的求婚。如果说此前的露丝在贝林汉眼中不是娇艳的花朵，就是他试图驯服的"小动物"（36），那么如今的露丝则通过拒婚，将自己从这些自然化的魔法中解放了出来。

然而，颇具讽刺意味的是，露丝拒绝成为贝林汉眼中的花朵，却成了盖斯凯尔笔下的花朵。为挑战有关堕落女性的传统叙事，唤起读者对她们的同情，盖斯凯尔借林奈植物性话语体系，在表现露丝性吸引力及性欲望的同时，也极力表现其心灵的纯真。但是，被类比为植物的露丝不具备反思能力，缺乏独立自主的女性意识，成为传达作家思想的道德载体，这就与盖斯凯尔要提升女性地位以及要如实塑造真实人物的愿望发生了冲突。①

不管怎样，盖斯凯尔在《露丝》中凭借自己对林奈植物学、如画风景美学以及园林美学等自然学科的熟悉，巧妙地借用这类学科中的修辞话语影射了露丝的性吸引力和她与贝林汉之间的性爱关系，使小说既"包含了纯粹的真实"，又"净化了这种真实"（qtd. in Easson，1991：316），基本实现了她要诗意地表现真实的创作愿望。盖斯凯尔将露丝和贝林汉的性爱行为置于林奈所谓的"私密婚姻"框架中，极大地凸显了露丝的纯真，有力地挑战了有关"堕落女性"的传统叙事。通过将传统作家避而不谈的"私密婚姻"引入小说，并把传统意义上的"堕落女性"设定为小说的女主人公，盖斯凯尔极富创造性地拓宽了"开花"的叙事范围。

第二节　《南方与北方》："公开婚姻"叙事

学界常将《南方与北方》视为盖斯凯尔继《玛丽·巴顿》之后的又一部"工业小说"。批评家们大多将关注点放在工业问题上，他们常常围绕小说结尾处盖斯凯尔为解决劳资冲突所提供的方案是否合理展开

---

① 刘易斯·梅尔维尔（Lewis Melville）在纪念盖斯凯尔百年诞辰的一篇文章中指责她笔下的人物"玛丽·巴顿和露丝·希尔顿缺乏个性"（qtd. in V. Sanders，2005：275）。

讨论。① 然而，部分学者指出：在这部小说中，工业问题并非盖斯凯尔的兴趣所在。霍普金斯（A. B. Hopkins）就是其中典型代表：

> 《南方与北方》是盖斯凯尔夫人有关工业主题的第二部小说，但和《玛丽·巴顿》不同的是，该小说中的工业问题只是次要问题。作者的兴趣主要在于塑造人物。这是一个有关成长的故事，是两个中心人物观点和态度不断得到调整的故事。事实上，这部小说可以被看成维多利亚时代的《傲慢与偏见》。（Hopkins，1971：139）

霍普金斯将其比作《傲慢与偏见》，有利于纠正那种几乎将《南方与北方》等同于劳动关系指南的研究倾向，同时也能提醒读者，盖斯凯尔的创作初衷不一定就是要写一部所谓的"工业小说"。波顿海默也反对从"工业小说"角度来理解《南方与北方》，她认为该部小说只是试图"在社会和个人变化之间进行类比"，并没有侧重谈论工业或爱情问题，因此既不该被归为"工业小说"范畴，也不能被称为"爱情小说"（Bodenheimer，1988：34）。不过，从《南方与北方》与《傲慢与偏见》在情节架构以及男女主人公性格发展轨迹方面的高度相似性来看，爱情和婚姻无疑是贯穿小说始终的一个核心主题。本书拟探讨盖斯凯尔如何再现了恋爱情节中的两性关系这一问题。

如前所述，林奈植物学和如画风景美学给自然赋予了强烈的性色彩。林奈植物学主要研究植物，尤其是花朵的有性繁殖，并将其类比为人类婚姻，而如画美学着重研究自然风景，并有意在自然风景与女性颇具性吸引力的身体之间建立类比关系。也就是说，在对自然进行再现的方式上，林奈植物学与如画美学颇为相似，两者都将自然事物（花朵或

---

① 许多批评家都对盖斯凯尔的解决方案提出批评。比如，约翰·卢卡斯（John Lucas）指出，盖斯凯尔在《南方与北方》中并没有试图改变那种将不同阶级隔离开来的社会结构，以建立一个无阶级的社会，她只是和其笔下人物桑顿一样，希望"处于不同阶层的个人"能够实现"实际的个人交往"，因此她想要促成劳资双方和解的梦想只能是"灰色的"。（1966：205）对这一问题进行讨论的其他相关文献包括：Arnold Kettle，"The Early Victorian Social-Problem Novel"，in Boris Ford，ed.，*From Dickens to Hardy*，Harmondsworth，1960；Coral Lansbury，*Elizabeth Gaskell：The Novel of Social Crisis*，New York：Harper and Row，1975。

风景）与人类活动（卖弄风情、恋爱及生育等）联系了起来。本书认为，这种融自然事实和社会事实于一体的再现方式同样出现在《南方与北方》中。无论是对花季少女玛格丽特身体特征的描述，还是围绕其少女期、成熟期及婚姻阶段展开的恋爱叙事，都会使人联想到这种再现方式。只不过林奈植物学和如画美学借人类社会的语言再现自然世界，而盖斯凯尔则有意通过对自然事物（风景、花朵或女性身体）的描述，影射人类世界中与性相关的恋爱、婚姻等活动。

小说开篇，女主人公玛格丽特·黑尔（Margaret Hale）的兴趣、个性在盖斯凯尔围绕如画美学主题展开的叙事中得到揭示。在亨利·伦诺克斯（Henry Lennox）（一位倾心于她的伦敦律师）的一再请求下，从小就搬去伦敦和肖姨妈（Mrs. Shaw）一家生活的玛格丽特描述起故乡赫尔斯通（Helstone）：“那儿有一座教堂，附近草地上还有几所房屋——实际上只不过是村舍——墙上长满了蔷薇。”（盖斯凯尔，1994：14）[1] 还未等她说完，伦诺克斯就立刻补充道：“而且一年四季开花，尤其在圣诞节的时候——这就补足了你的这幅图画。”约翰·巴雷尔（John Barrell）曾指出，受克劳德·洛兰（Claude Lorrain，1600－1682）和尼古拉斯·普桑（Nicolas Poussin，1594－1665）等人影响[2]，18 世纪的风景画家们在描绘风景时“往往会采用相同的观察方法和描述语言”，因而很难在不同风景之间做出区分，“某处风景常被纳入既定的风景模式框架中，从而成为泛风景（*universal* landscape）的一部分”（7）。玛格丽特所提到的“教堂”“村舍”以及“蔷薇”都是绘画作品中的常见主题。由于她的描述没能凸显其故乡风景的特异性，伦诺克斯以为她和 18 世纪的那些风景画家一样，在描绘一幅画，而不是真实的地方。伦诺克斯的话一下子就惹恼了玛格丽特，她立刻反驳道：“我可不是在描摹一副图画。我是想把赫尔斯通的实际情形叙说出来。……赫尔斯通象一首诗里——丁尼生的某首诗里——描摹的村庄……我没法形容我的家，家就是家，

---

① 出自该书的引文，本节再次引用则统一仅标注页码。
② 克劳德是 17 世纪法国著名风景画家，其风景画是一种将理想与梦幻结合起来的理想化风景。普桑是 17 世纪法国古典主义绘画的奠基人，他将古典主义的形式美运用到了创作中，在法国绘画史上影响深远。

我没法把它的魅力用话表达出来。"（14）玛格丽特找不到合适的语言来描绘心中的赫尔斯通，她那番类似于风景画家的描述难免让伦诺克斯误解。但是，这段叙事并非强调语言的局限性，而是为了表明两人在"什么是家"，或者说是"女性在家庭中该扮演何种角色"这类问题上存在不同的看法。由于如画风景本身体现了一种"理想美"，玛格丽特对赫尔斯通风景的描述，在伦诺克斯看来，就是建立在"理想美"这一既定标准之上的描述。这种解读很容易让他认为，强调既定标准的玛格丽特必然也会按既定传统女性规范行事，而这也正是打动他的地方。然而，玛格丽特的生气暗示了他的想象完全是错误的。两人的分歧在接下来对话中得到进一步提示。由于玛格丽特坚称她无法描述家里的情形，因为"那不是一件可以谈谈的事"（15），一心想把谈话继续下去的伦诺克斯只好猜测她会在家里做些什么。值得注意的是，他提及的"看书""学习""骑马""乘车""聚会"或者"园艺"等都是传统中产阶级家庭女性惯常从事的活动。① 显然，伦诺克斯总是采用一种传统的眼光来审视玛格丽特，把她和家庭生活紧紧地绑在一起。然而，后者对他猜测的全盘否定，不仅暗示出她的非传统，也意味着他根本不是其理想的婚恋对象。与家庭生活相比，"户外生活"或者说公共生活才是玛格丽特的兴趣所在。即便在这片拥有如画风景的赫尔斯通森林中，她也能实现进入公共领域的梦想："森林里的人就是她的同胞。（她）喜欢使用他们的特殊方言……照料他们的婴孩……跟老年人聊天或者读书给他们听，把……食品送给生病的人吃，不久还决意到学校里去教课……她的户外生活是完美无缺的。"（23）玛格丽特照料婴孩、病人，为老人读书以及去学校教课等行为无不体现了维多利亚中产阶级女性"强烈的善意"（ferocious goodness）（Lansbury，1975：40）。这些行为和叙述者描述其户外生活时使用的"完美无缺"一词表明：伦诺克斯打趣玛格丽特采用风景画家们的眼光审视故乡，而他自己也犯了同样的错误，误将她视为"泛风景的一部分"或者说传统家庭女性中的一分

---

① 在 18、19 世纪的女性行为指南手册中，园艺常被描述为没有风险、适合女性的一项活动。拉贝（Jacqueline Labbe）认为，将女性与园艺活动联系起来，有助于"将女性与外界隔离开来，使她们成为热爱家庭生活、行事得体、'有教养的'家庭主妇"（Labbe，1994：66）。

子。他对玛格丽特"如画式"的错误想象和他求婚被拒有着直接的联系，这类社会事实在随后盖斯凯尔围绕如画风景展开的自然叙事中得到进一步的揭示。

不久，玛格丽特离开伦敦，回到了赫尔斯通的父母身边。有一天，伦诺克斯从伦敦过来拜访她，两人一起出去写生，打算把那些乡间农舍和林地画下来。作画时，玛格丽特嫌帽子戴着太热，便把它取下来，挂在树枝上。两人本来就很熟，加上作画的场合也不正式，她的举动本不会让人觉得有何不妥。然而，对于伦诺克斯这样一个一心想从玛格丽特举动中找到鼓励其求婚的理由的人来说，后者脱掉体现女性端庄的帽子，将其挂在树枝上的举动则带有强烈的性暗示。两人画完后，玛格丽特惊讶地发现身处如画风景中的自己竟成了对方画作的主题。伦诺克斯动情地说道："我由不得不这样。你没法知道这幕景象有多么吸引人。我简直不敢告诉你我往后会多么喜欢这幅画。"（19）与其说伦诺克斯喜欢这幅画，不如说他更喜欢画中的人。如画理论家们常在风景和成年女性的身体之间建立类比关系，风景由此便被"欲望化"了。身处"欲望化"风景之中并因而被视为其中一个部分的玛格丽特，在伦诺克斯那种体现了压制性和情欲化的男性目光的凝视下，不再是个独立的主体，而是"去人物化（dismember）和物体化"的欲望客体（沃霍尔-唐，2008：28）。如画风景本身暗含了"理想美"的审美倾向，和其家乡如画风景融于一体的玛格丽特自然也成了伦诺克斯心中的理想女性——维多利亚时代的"家中天使"①。

除了将恋爱场景设置在带有情色意味的如画风景中之外，盖斯凯尔也有意识地将其安排在花园这类在林奈植物学意义上具有性指涉的场所。在林奈通俗植物学的影响下，花朵是植物性器官的科学事实得到推广，逐渐成了众所周知的一般性常识。提到花，人们很容易联想到性，种满鲜花的花园自然就成为一个"性欲化"的空间。玛格丽特家的花园就是这样一个场所。正是在那里，伦诺克斯向她求婚了。

---

① "家中天使"一词来自英国诗人巴特摩尔（Coventry Patmore）1854 年发表的《家中天使》（*The Angel in the House*）一诗，他在诗中颂赞自己的妻子是家中天使。

午饭后，伦诺克斯提议去花园里吃点水果："没有什么比用牙嚼阳光晒得热呼呼、香喷喷的绷脆、汁多的水果滋味更美的啦。最糟的大不了是等你吃得正津津有味的当儿，大黄蜂竟然会不顾一切地飞来跟你争夺。"（21）梨子、大黄蜂等自然事物看似并无深意，但仔细体会，便会发现这类自然叙事中蕴含着重要的社会叙事。从林奈植物学性体系的角度看，梨子是梨树开花后结的果实，自然带有强烈的性含义。"热乎乎、香喷喷"等形容词也很容易让人联想到玛格丽特充满吸引力的女性身体。当玛格丽特用一片甜菜根叶托着那些梨子来到伦诺克斯面前时，后者"多一半是望着她，而不是梨子"（21），梨子和玛格丽特之间的类比关系得到进一步强调。囿于维多利亚时代保守的性观念，盖斯凯尔不可能对女性的身体及其性吸引力进行直接描写。① 因此，博物学话语便成了她再现人物欲望的理想媒介。从后面的叙事来看，伦诺克斯口中那只"飞来与人争夺的大黄蜂"无疑就是最终赢得玛格丽特芳心的桑顿先生。伦诺克斯将玛格丽特视为家中天使，无法对其行为和性格做出正确解读，自然不会成为后者的理想伴侣，这就为男主人公桑顿的出场做好了铺垫。

和《傲慢与偏见》的男女主人公一样，玛格丽特和桑顿两人在克服了最初的傲慢与偏见后，终成眷属。在马丁·道兹沃斯（Martin Dodsworth）看来，《南方与北方》是一部典型的"成长小说"，男女主人公各自的道德成长是他们和解的关键所在："双方都能认识到对方的善意是建立良好劳资关系的前提，同样，只有消除偏见，明了对方的心意，玛格丽特和桑顿先生才能最终达成和解。"（Dodsworth，1977：18）但是，米希尔·海恩斯（Michiel Heyns）认为，玛格丽特和桑顿从未有意识地要改变自己的性格，与其说他们的和解与道德有关，不如说与"前道德的意志和欲望"（Heyns，1989：84）有关。从表面上看，两位批

---

① 从新近发现的档案材料来看，维多利亚社会关于性和欲望的观念并不像我们认为的那样保守，不过总体来说，维多利亚社会主流文学界始终坚持禁止谈性和欲望的道德写作规范。有关维多利亚时代女性在性方面放纵享乐的文献，参见 Steve Seidman，" The Power of Desire and the Danger of Pleasure：Victorian Sexuality Reconsidered"，*Journal of Social History*，Vol. 24，No. 1，1990。

评家观点相悖，一个强调道德的作用；另一个则突出了前道德的意志和欲望的重要性。然而，这两种观点并不矛盾。海恩斯所谓的"前道德的意志和欲望"恰恰是促成男女主人公"道德成长"的根本原因。[①] 玛格丽特和桑顿，的确如海恩斯所言，都不曾有意识地想改变自己的个性，但两人之间无意识的性欲望却悄然改变着各自的性格，并最终促成他们的结合。

和花园、如画风景这两大修辞体系相比，隐喻恋人间性吸引力的"开花"体系虽不明显，却最为重要，它是这部小说中的恋爱叙事得以展开的主要推动力。与其说"开花"（bloom）是盖斯凯尔表现的主题，不如说是她的再现手法，它始终与婚姻情节紧密地联系在一起。"开花"虽然只是偶尔被用来形容女主人公的容貌和性魅力，不像花园和如画风景那样频繁地出现在小说叙述中，但它同样具有叙事功能，能够揭示出那些最终导向婚姻的过程和行动。

乍看之下，《南方与北方》似乎不太符合"开花叙事"的特点，男女主人公之间的误会、冲突不断，恋情几乎总是以"消极"形式（King，2003a：102）出现。[②] 我们之所以容易得出上述结论，主要原因在于我们的批评传统过分强调婚姻这一社会事实，而忽视了两性间的性吸引力。事实上，盖斯凯尔在这部小说中"对（两性）身体间的强大吸引力有着清醒的认识"（Craik，1975：132），她对男女主人公相遇时某一方（尤其是桑顿）对对方身体产生的意识的精心刻画，似在提

---

① 格莱科曼（Jason Gleckman）在《〈仲夏夜之梦〉，神话和英格兰色情史》一文中指出，诗人斯宾塞在其诗歌《仙后》中探索了情欲的本质，认为情欲能够激发人的道德潜能，提高人的审美能力。受前者影响，莎士比亚在戏剧《仲夏夜之梦》中也表达了类似看法，认为情欲具有让人转而信奉基督新教的潜能。参见 Jason Gleckman，"'I know a Bank…'：*A Midsummer Night's Dream*，fairies，and the erotic history of England"，*Shakespeare*，Vol. 10，No. 1，2014. 对斯宾塞和莎士比亚作品非常熟悉的盖斯凯尔很可能也受到了他们的影响。在《南方与北方》开篇，盖斯凯尔就将伊迪斯比作莎士比亚《仲夏夜之梦》中的王后泰妲妮娅。小说第一部分第二十三章以及第二部分第二章开头的引文就分别来自《仙后》和《仲夏夜之梦》。更重要的是，情欲也是男女主人公道德成长的重要动因。

② 金在分析奥斯丁的《曼斯菲尔德庄园》（*Mansfield Park*，1814）时提出了"消极恋爱"（negative courships）这个概念，指出该小说中的"爱情关系总是以缺失或失败的形式表现出来"。不过，金认为，这种具有社会意义的"消极恋情"能在作家所提供的自然叙事（对包括人体在内的"自然事物"的描写）中得到"补偿"（King，2003a：102）。

醒读者记住以下事实：即使是在暂时被憎恨和厌恶之情遮掩的恋爱关系
中——比如奥斯丁小说《劝导》中的温特沃斯上尉和安妮或者《傲慢
与偏见》中的伊丽莎白和达西之间的关系，男女之间的恋情也能从作者
对他们身体的描绘中得到表征。正如园丁所谓的"反复开花"（repeat
bloomers）①，玛格丽特也经历了两次开花的季节。

从前面的分析得知，玛格丽特不是一名传统的家庭女性，她偏爱思
考生活、工作、金钱、宗教等问题，而且时常就此类问题与他人展开深
入讨论。可以说，在盖斯凯尔的所有女主人公中，玛格丽特最理性、最
聪慧，也最独立。不过，说她善思考、偏理性，并不意味着她完全沦为
作家的思想传声筒。事实上，读者始终能在了解其思想、情感的同时，
切实感受到她的"身体存在"（ibid.：130）。尤其需要指出的是，读者
对玛格丽特"身体存在"的意识常常来自男主人公桑顿的观察视角。
描写伦诺克斯眼中的玛格丽特时，盖斯凯尔仅借助风景、果实等自然事
物来影射其性吸引力，并未详细描绘她的身体。但在表现玛格丽特对桑
顿所产生的吸引力时，盖斯凯尔却不吝笔墨，对前者身体上的感性存在
进行了极为细致的描绘。上述安排无疑契合了"开花"小说典型的叙
事特点，只有在男主人公面前，女主人公才会如花般绽放（bloom），这
也暗示了两人之间可能的恋爱关系。这种体现了性吸引力的开花叙事自
始至终推动着小说的发展。

在叙述玛格丽特和桑顿两人初次见面的场景时，盖斯凯尔就强调了
他们在身体，而非道德或智性上的关联。首次见到玛格丽特的桑顿立刻
意识到她"跟他惯常看到的大部分女郎都不是一个类型"（95）。"类
型"一词表明桑顿在观察事物时具有一种明显的分类倾向。事实上，他
打量玛格丽特的方式和如画美学家欣赏风景的方式颇为相似。如画审美
通常依赖一种既定的理想标准，而桑顿见到玛格丽特的第一反应也是依
据"未婚女性"这一标准来审视她，并将其视为不同于"大部分女郎"
的特殊"类型"："一件黑绸衣服，没有任何装饰或是荷叶边；一条大
印度披肩托垂下来，又长又大地裹住了她（which hung about her in long

---

① 比如，在东半球发现、18 世纪末被引入英国的某些百合花会在春秋两季开花。

heavy folds），她围着披肩，活像一位女皇穿了她的长衣服那样。"（95）如画美的审美原则在这段文字中得到充分体现。"没有任何装饰或荷叶边"的黑绸衣服暗示玛格丽特曼妙玲珑的身体曲线很容易暴露在桑顿的目光下。荷加斯曾在《美的分析》中指出紧身衣"精准的波浪线"会将人的体形塑造成一种"完美、精确的蛇形线"。（Hogarth，1810：55，49）尽管叙述者并未指出玛格丽特身穿的黑绸衣服是紧身的，但绸缎本身的光滑质地无疑会凸显其身体的"波浪线"和"蛇形线"。值得注意的是，玛格丽特在黑绸衣服的外面裹了一条又长又大的印度披肩，似乎想遮掩自己的身体曲线。这一看似随意的描绘实际契合了奈特对"微妙"这一如画审美原则的思考。裹着印度披肩的玛格丽特很容易让人想起奈特在《对趣味原理的分析调查》中提及的圣·詹姆斯（St. James）教堂中的仙女。奈特指出："圣·詹姆斯最美丽的仙女踩着复杂的谜一般的舞步，透明的细布褶使她轻盈苗条的形体展露无疑"，而这就是"美"。（qtd. in Liu，1989：63）仙女在奈特眼里成了美的化身，透明且带有大量褶皱的细布无疑是引发美感的关键。"透明的细布褶"符合如画美学对"微妙"的描述：美丽光滑的、洛可可式的线条一方面将自身完全暴露在充满欲望的注视下；另一方面又极力抵制这种欲望，这些看似"自由随意"的线条，在某种程度上又受到了一定的约束。（ibid.）"透明"意味着观赏者的欲望很容易被勾起，而"褶皱"似又在竭力抵制这种欲望。奈特所理解的那种"微妙"颇有点类似于蕴含在"犹抱琵琶半遮面"的那种"微妙性感"或者"被遏制的欲望"。如果欲望没有受到遏制，而是得到满足，那么就会产生"美"。这种"美"在伯克看来，就是"身体所具备的一种特质，可以唤起爱，或者其他类似的情感"（Burke，1958：91）。然而，和"美"不同的是，具有如画美的事物将欲望与其向往的美好客体隔离开来。在体验如画美的过程中，既能感受到一种强烈的吸引力，又在某种程度上受到抵制。如画美所极力推崇的"微妙"之所以会产生，就源于这种被遏制的欲望。

虽然光滑的黑绸衣服能够凸显玛格丽特姣好的身段，唤起观赏者桑顿的欲望，但又长又厚且带有大量褶皱的印度披肩却在某种程度上竭力抵制这种欲望。① 这种抵制更是体现在玛格丽特那 "女皇" 般的气势上，连 "一向惯于发号施令" 的桑顿先生都给 "镇住了"（95）。刚才还在为耽误了不少时间而焦躁不安的桑顿见到玛格丽特后，却突然安静地坐了下来，开始细细打量她的容颜：

> 玛格丽特无法改变自己的容貌。细小的弯曲的（curled）上嘴唇，丰满的向上翘起（up-turned）的下巴，昂着头的神态，以及充满女性温柔而又轻蔑的气质的一举一动，总给陌生人留下一种傲慢冷淡的印象。……妩媚的姿色完全呈现在他的眼前。圆润白皙的脖子从丰满而轻盈的身材上面显露出来；说话时，她嘴唇上那可爱而又高傲的弧线（curve）不断地发生变化（variation），然而她只是轻启朱唇，嘴唇微微的颤动根本不足以破坏到脸上那种冷漠平静的神情；温柔忧郁的双眸以少女悠闲自在（free）的目光迎着他的两眼。（96 - 97）

兰斯贝里认为盖斯凯尔 "缺乏强烈的视觉意识……她所谓的真实，就是为了更好地呈现人物的内心活动，尽量忽视对其外在形式的描写"（Lansbury，1975：36）。然而，上面这段极具画面感的文字无疑表明她的这番评论有失偏颇。大量如画风景审美的表现性词汇完美再现了玛格丽特的身体特征及其强烈的吸引力。她的身上拥有大量荷加斯眼中的最美曲线——蛇形线："弯曲" 的上嘴唇、"向上翘起" 的下巴、"昂着" 的头以及从丰满而轻盈的身材上显露出来的脖子。显然，玛格丽特身上这些优美的线条使她成了桑顿眼中美的化身。"变化"（variation）是如画审美中的核心审美原则之一，玛格丽特身上不断变化的优美曲线吸引

---

① 服饰本身暗含多重含义，既意味着遮蔽，也体现了暴露；既是邀请，也是排斥；是区隔自我与自我以外世界的边界；意在对观者产生影响，但其究竟能产生何种影响则不得而知；既决定着身体，也决定着自我认知；等等。玛格丽特的服饰同样体现了上述含义。关于服饰的多重含义，请参阅 Elizabeth Wilson, *Adorned in Dreams*: *Fashion and Modernity*, Berkeley and Los Angeles: University of California Press, 1987; Susan Kaiser, *The Social Psychology of Clothing*: *Symbolic Appearances in Context*, 2nd. ed., New York: Macmillan, 1990; Alexandra Warwick and Dani Cavallaro, *Fashioning the Frame*: *Boundaries*, *Dress and the Body*, Oxford: Berg, 1998。

着桑顿的目光，激发出他的欲望和爱慕之情。在描写玛格丽特的目光时，叙述者还使用了"'悠闲自在（free）'这个如画美学中常见的修饰语"（qtd. in Liu，1989：63）。值得注意的是，第一次见到桑顿这位陌生的男性，玛格丽特没有像传统女性表现得那样害羞，刻意躲避对方的眼神，而是以其"少女悠闲自在的目光迎着他的两眼"。"悠闲自在"所体现的那种随意性和毫不拘束之态一方面表现了她的与众不同，另一方面也暗示出桑顿的目光和欲望再次受到了抵制。如果说玛格丽特身上各种优美的蛇形线产生了美感，唤起了桑顿的爱慕之情，那么她那"悠闲自在"的目光以及"轻蔑的气质"则又在某种程度上抑制了这种情感。想到玛格丽特的傲慢和冷淡可能与自己缺乏高雅的举止有关，桑顿不由得生起气来，暗自告诉自己他并不喜欢她，从而补偿她给他带来的伤害。盖斯凯尔透过桑顿的眼光，借如画美学的审美词汇和原则表现了玛格丽特身体的吸引力及抵制力，将海恩斯所谓的"前道德的意志和欲望"之间的微妙较量形象地揭露了出来。

这种"前道德的意志和欲望"之间的较量同样出现在两人的第二次会面中。桑顿去拜访黑尔先生，开始时还在认真听对方说话，但一看到玛格丽特，他就不由自主地被她吸引了：

> 一只纤细的胳膊上带有一个手镯，时常掉下来，落到滚圆的手腕上。桑顿先生看着她把这个麻烦的装饰品推回原处，比听她父亲的谈话还要留神注意得多。看来瞧着她急躁不耐地把手镯推上去，箍住自己细腻的肌肉，然后再注视着它逐渐松开—落下，似乎使他意乱神迷。他几乎可能喊叫出来——"又松开啦！"……她带着一种被迫伺候人的勉强、傲慢的神气把他的一杯茶递给他，不过等他准备再喝一杯时，她的目光立刻便注意到。他几乎渴望请她也替自己做他瞧见她不得不替她父亲所做的事。她父亲用自己的手握着她的小手指和大拇指，把它们用作糖夹子。（123－24）

这幕场景中的情色欲望不仅体现在桑顿对玛格丽特手镯的迷恋上，也体现在他渴望女皇般的玛格丽特能像屈从她父亲那样屈从于自己的幻想：他在这位"被迫伺候人"的女主人脸上看到了一种"勉强、傲慢的神气"。欲望和权力在此被勾连起来。当然，桑顿并未粗俗到一心想让玛格丽特卑躬屈膝地顺从他。他只是觉得后者的顺从"在某种程度上是对他权力的一种赞颂"（Heyns，1989：86）。尽管玛格丽特在此次会面中未能像桑顿渴望的那样"赞颂"其权威，但她也开始不自觉地受到后者的吸引。第一次会面时，桑顿没给她留下什么印象。可现在，她突然意识到自己被他"笔直的眉毛""清朗、真挚、深陷进去的眼睛"、"坚定"的表情、"洁白无瑕的牙齿"，尤其他那孩子般"开朗的微笑"深深地打动了（125）。她"喜欢这种微笑。这是父亲这位新朋友身上她所欣赏的第一件事"。很显然，这也是一种源于身体的吸引力，与道德、智力无关。至此，两人对对方身体的欲望都已得到揭示。不过，就欲望的强烈程度而言，两者有着明显的差异。如果说玛格丽特刚刚还对桑顿产生了一点好感，那么这种好感也在他发表了一通有关厂主权力和威严的言论后消失得无影无踪。桑顿敏锐地觉察到她突然变得傲慢起来。不过，他没有生气，而是希望对方能理解自己的观点。他撇开羞涩，诚恳地谈起了自己的个人生活。在玛格丽特魅力的影响下，一向心高气傲的桑顿不自觉地想要变得谦逊有礼。

当桑顿在自家举办的宴会上见到陪同她父亲前来的玛格丽特时，他再次被她"艳丽的姿色迷住了"（258）。他过去和她握手，他清楚地知道这是他们第一次握手。桑顿记得自己有一次曾主动伸出手，但玛格丽特没有回应，只轻轻地点了下头。事实上，玛格丽特来自南方，并不清楚北方人的握手礼节。然而，不知情的桑顿非常生气，还以为她很傲慢，看不起他。为了表现桑顿对玛格丽特身体的强烈"意识"，盖斯凯尔不厌其烦地提到了两人的握手细节。紧接着，她又对桑顿眼中的玛格丽特做了一番细致的描述：

　　　　他以前从来没有看见她穿着这种衣裳，但是现在看来，这种雅致的服装似乎非常适合她这雍容华贵的身材和高傲安详的面貌，因此她应该总是这样穿戴起来。……他看到了妹妹那种局促不安的样子，她频频用手整理自己衣裳的某一部分，两眼迷茫，东张西望，没有一定的目标。他于是不很自在地拿妹妹的眼睛去跟那双温柔的大眼睛比较，那双眼睛定定地朝前望着一个目标，仿佛从目光中闪射出一种平和恬静的感化力似的。那张弯弯的、鲜红的嘴在她很感兴趣地听她同伴讲话时微微张开，头稍许朝前低下，使头顶心到细腻光滑、象牙一般的肩头形成了一道长长的、曲线分明的线条。亮光照到了乌溜溜的头发上，丰腴洁白的胳膊和纤纤的两手轻盈地合抱着，不过在这种美妙的姿态中纹丝不动。(258)

与初次观察玛格丽特的方式相似，桑顿最先注意到她的着装。金伯利·雷诺兹（Kimberley Reynolds）和汉博·尼古拉（Humble Nicola）在《维多利亚时代的女主人公们：19 世纪文学艺术中女性气质的表征》（*Victorian Heroines：Representations of Femininity in Nineteenth-century Literature and Art*）中指出，女性服饰对维多利亚文化非常重要，这一点在小说中得到了很好的体现，"在维多利亚时代艺术和文学符号学中，服饰是判断德行的可靠依据，能对女性气质中可接受和不可接受的表现作出明确区分"（Reynolds & Nicola，1993：7）。正是通过她们的衣着，女性成了男性观众眼中的客体，她们的性魅力以或纯洁或粗俗的方式得到展现。叙述者有意借桑顿的眼光对玛格丽特和范妮的着装和举止进行了对比。玛格丽特穿着的那件衣裳，在桑顿看来非常"雅致"，完美地衬托出她"雍容华贵的身材"以及"高傲安详的面貌"。相比之下，桑顿根本没留心他妹妹范妮穿了什么，只是注意到她在不停地整理衣裳，东张西望，眼神迷茫。玛格丽特和范妮截然不同的性格特点在此得到揭示。随后，玛格丽特的性魅力进一步在她那"弯弯的"嘴巴以及从头顶心到肩头形成的"长长的、曲线分明的线条"等蛇形线中得到强调。虽然宴会开始后，桑顿没在她身边，也没看她一眼，但"对于她在做什么——或是没在做什么——比对于房间里任何一个别人的行动知道得都清楚"（258 – 259）。

盖斯凯尔对他们两人恋爱情节的描写很容易让人想起奥斯丁在小说《劝导》中对温特沃斯和安妮恋爱关系的描写。后两者的恋爱情节也总以消极的形式出现，但奥斯丁却对两人身体间相遇（physical encounters）

的场景做了细致的描绘。① 从严格意义上讲，这类相遇还不足以算作常规恋情的一部分，但每次相遇都揭示出以下事实：安妮（温特沃斯后来也出现类似情况）始终会意识到对方的在场，对其有着强烈的"身体意识"，并且受到了"性吸引"。（King，2003a：127）当一段恋爱关系明朗化后，恋人身体间隐性的亲密关系和性吸引很容易遭到遮蔽，小说家们也就不大会对他们身体间的相遇场景予以关注。从上面引文来看，盖斯凯尔在表现恋爱关系还未确定的男女之间的交往方面，和奥斯丁的叙述手法颇为相似。

　　如果说到目前为止，玛格丽特和桑顿对另一方身体的本能意识都还未上升到主体意识阶段，那么接下来发生的工人暴动事件则促成了这一过程的实现。② 玛格丽特和桑顿之间的"情感张力在工人阶级受到压抑的情感中得到揭示"（Uglow，1993：377）。玛格丽特在去桑顿家为母亲借水床垫的路上，看到许多工人聚集在一处，气势汹汹地朝桑顿家方向走去。到达桑顿家不久，她发现那些工人已经将房子团团围住，随时准备冲进去，情况十分危急。得知桑顿传唤的军警很快就会赶来对工人实施抓捕，一向同情工人的玛格丽特便劝说桑顿出去同他们和平谈判。桑顿此前还从未想过要这样做。不过，听了玛格丽特的话后，他只稍微犹豫了一下，就走了出去。桑顿很清楚这样做很可能会有生命危险，但他还是受到了本能的驱使。果不其然，他一出去便被狂暴地如同"野兽"般的工人围住，不少人脱下木鞋，准备砸他。情急之下，玛格丽特奋不顾身地冲出去，"张开双臂罩住他，用自己的身子当作盾牌，将那

---

　　① 艾米·金重点分析了《劝导》中温特沃斯和安妮两人身体间相遇的几个关键场景：在玛丽·穆斯格罗夫夫人家会客厅里，温特沃斯和安妮都刻意避免坐到同一个凳子上；两人隔着穆斯格罗夫夫人坐在同一张沙发上；温特沃斯从安妮背上把那个老缠着她的调皮孩子抱走了；温特沃斯为疲惫的安妮安排一辆马车；在19世纪早期因化石（博物学的转喻）而闻名的林姆（那里出产的大量化石吸引了众多博物学家）这个极富表现力的地方，安妮在温特沃斯面前像花朵一样重新绽放，她恢复了往昔娇美的容颜。（King，2003a：124–131）

　　② 从婚姻情节角度来解读罢工场景的研究包括：Pikoulis，John，"North and South：Varieties of Love and Power"，Yearbook of English Studies，Vol. 6，1976；Harman，Barbara Leah，"In Promiscuous Company：Female Public Appearance in Elizabeth Gaskell's North and South"，Victorian Studies，Vol. 31，1988；Rosemarie Bodenheimer，The Politics of Story in Victorian Social Fiction，Ithaca and London：Cornell University Press，1988。

群凶神恶煞的人挡在了外面"（162－163）。众多学者都对这一场景表现出极大的兴趣。尽管角度不同，但他们几乎都谈及了性别或性的问题。① 本书更为赞成道兹沃斯的观点，他认为工人暴动在小说中承担着重要的叙事功能，主要是为了"构建一个带有情色含义的性爱场景"，"暴民的愤怒"其实影射了"玛格丽特内心深处难以克制的性欲望"。（Dodsworth，1977：21，19）也就是说，这一幕看似描写劳资冲突，实则表现男女主人公的情爱关系，工人暴动场景旨在推动男女主人公的恋爱叙事。玛格丽特在众目睽睽之下突然抱住桑顿的举动让两人，尤其是桑顿受到压制的性欲望得到释放。

小说将玛格丽特的冲动行为、桑顿因工人冲撞大门而产生的激烈情绪以及暴民的亢奋联系了起来。充斥着性爱意味的语言既影射了暴民，也指向了男女主人公："玛格丽特直觉地感到，所有的人一刹那后都会鼓噪起来，局势一触即发……桑顿先生的性命也会是很不安全的，——而且再过一会儿，激烈的情绪便会发展到不可收拾的地步，冲垮理性的一切防守，使他们不顾后果。"（286）这段文字描写了玛格丽特见到人群闯进工厂围住桑顿时的感受，但是她冲动的拥抱、撞击、随后的昏厥以及白皙的皮肤上流出的那些将暴民从"恍惚"中惊醒的"深红的鲜血"都有着强烈的性暗示。误将玛格丽特的勇敢行为视为她个人情感流露的桑顿第二天一早便冲动地跑去向她求婚，但他的求婚，对于玛格丽特来说，无异于另一次打击。她认为自己保护他完全是出于正义，也是为了弥补因自己的疏忽而差点铸成的大错。当她发现自己的行为被范妮

---

① 国内学者、盖斯凯尔研究专家陈礼珍从达尔文自由意志学说以及性别研究的角度对玛格丽特的行为进行了解读，认为她"在这个关键场景中用自由意志做出了自己的选择……跨越了女性固有的家庭领域而进入公众场合，直接插手了社会政治事务"，因此"是英国小说史上当之无愧的先驱"。（陈礼珍，2011c：125）从小说叙事层面进行分析的叶则尔认为盖斯凯尔犯了当时工业小说家们的通病，他们"总想描写暴力，有时是出于对暴力行为的怜悯之心。然而，小说在关键时却总是突然转向，开始强调女性的纯真，政治危险的男性人物就这样被置换成了不具有性攻击性的年轻女性，而这也意味着本应反映剧烈变化的动态叙述演变为一种令人心安的静态叙述"。参见 Ruth Yeazell，"Why Political Novels HaveHeroines：'Sybil'，'Mary Barton'，and 'Felix Holt'"，*Novel：A Forum on Fiction*，Vol. 2，1985。赖特认为这一幕有强烈的性暗示。玛格丽特要求他下楼的行为是一种性的挑战，她被石块砸伤，以及血和伤口等意象都暗示着性行为的圆满（Wright，1995：112）。

等人解读为她爱上了桑顿之后，很是痛苦，并不自觉地想要逃避此类暗示。因此，当桑顿错误地选择此时来求婚时，她感到的只有羞辱，并坚称自己那样做不过是出于"女性本能"——"随便哪个不愧于妇女这个名称的女人，都会走上前去，凭她那受人尊重的软弱无力的身分，保护一个正受到许多人的暴力行为威胁的男人。"（314）① 想到他们以前的交往一直都很不愉快，她自然会误以为他的求婚只是出于道义而非爱情，是为了"摆脱一种假想的义务"（313）。维多利亚女德观认为，纯真的女孩不会意识到自己的性吸引力，所以任何求婚都会让她惊讶。女孩也绝不该承认自己爱上了谁，除非这个男人能给她一个恰当的理由（Crow，1971：63）。玛格丽特想不出桑顿爱自己的理由，因此他的表白只会让她"畏缩、颤抖"（318）。这场会面留给她的印象类似于"恶梦中的一个妖魔……它在那儿……缩到房间的一个角落里……直瞪着一双鬼眼，留神听着我们敢不敢当着它面告诉别人。我们可不敢，我们是些多么可怜的胆小鬼啊！"（319）哥特式文学显然为盖斯凯尔提供了恰当表现人物惊恐情绪的语言。② 这里的哥特式恐怖意象让人想起弗洛伊德所谓的"暗恐/非家幻觉"（uncanny）③——一种"压抑的复现"（a return of the repressed）。（Jackson，2009：67）暗恐就是人们在生活中碰到的一些难以解释的现象，以离奇古怪的方式将人潜意识中受到压抑的内容复现出来，是"人们在无意识中意识到的重复冲动（compulsion to repeat），这种冲动源自最为隐秘的本能……有足够的力量去忽视唯乐原则"（Freud，1961：xvii – xviii）。玛格丽特在暴动后表现出的羞愧和对性意识的刻意否认揭示了她那始终遭到压制的欲望，该欲望以噩梦这一暗恐的形式得到了复现。可以说，桑顿身上呈现出的男性气质正是引

---

① 皮库里斯（John Pikoulis）认为，"她那样说是诚恳的，因为她的爱没有公私之分"（Pikoulis，1976：184），但从小说后面的叙事来看，玛格丽特的回答是言不由衷的。

② 盖斯凯尔在《可怜的克莱尔》（The Poor Clare）、《老保姆的故事》（The Old Nurse's Tale）等多部中短篇小说中运用了鬼怪、灵异和哥特风格等惊悚元素。参见 Julia Briggs，"The Ghost Story"，in David Punter，ed.，A Companion to the Gothic，Oxford：Blackwell，2000，p. 129。在《南方与北方》中，盖斯凯尔偶尔会套用哥特式恐怖小说的叙述方式再现极端的精神状况。

③ "uncanny"也可以被译为"诡异"或"怪异"。本书依据童明译法。参见童明《暗恐/非家幻觉》，《外国文学》2011 年第 4 期。

起暗恐的真正原因，这种气质既吓到了她，又吸引着她。无论是父亲还是伦诺克斯，都明显缺乏这种气质。虽然玛格丽特出于少女的自尊或者说囿于维多利亚时期中产阶级女子行为道德规范传统，一再否认这种"不能想"，也"不敢想"（305）的性意识，并因此拒绝桑顿的求婚，但这场暴动却也促使她第一次从爱情或性的角度来审视两人的关系。这种意识是推动恋爱叙述继续向前发展的关键因素。

当桑顿坦诚自己求婚是因为爱上了她，而不是出于道义，并声称即便遭到拒绝，也会继续爱她时，玛格丽特却又"因为他支配了她内心的意志力而更为不喜欢他 ……她打了一阵寒战，摆脱了他要忠贞不渝地爱她的这一威胁……她难道没有力量使他气馁吗？她倒要瞧瞧，一个男人这样威胁她是过分放肆而不合适的"（257）。值得注意的是，在描述本该是浪漫甜蜜的求婚行为时，玛格丽特竟使用了"力量""支配""威胁""放肆"等充满强权和暴力的词汇。这类词汇无疑指向了海恩斯所谓的"前道德的意志和欲望"之间的微妙较量。同时，它们也预示着玛格丽特会在后面的叙事中不自觉地利用自己的女性权威，将这种男性的"力量"驯服为一种温顺，从而消除这一"威胁"。①

至于桑顿，这次工人暴动是促使他表白爱情的导火索。第一次见到玛格丽特，桑顿就被她独特的气质所吸引。然而，玛格丽特一直表现出的傲慢让他根本不敢思考情感问题。当他看到为保护她而受伤躺在地上的玛格丽特"洁白的脸"时，桑顿"异常强烈地意识到自己对她的感觉"，并在痛苦中情不自禁地说道："嗳，我的玛格丽特——我的玛格丽特！谁也说不出我多么爱你！即使你像死了……那样浑身冰凉，躺在那儿，你也是我曾经爱上过的唯一一女人！"（290）被爱情冲昏头脑的桑

---

① 玛格丽特对女性权利的强调可以从她对待表妹伊迪斯家孩子的方式中看出来："她总把他带进一间房去，两人在那儿单独较量，她凭着自己的一股坚定的力量迫使他安静下去，一面把她要孩子听话时具有的各种魅力和手段都施展出来。临了，那孩子把他的热烘烘的、满是泪痕的小脸贴到她的脸上，于是她对他又是亲吻，又是抚爱，直到他常常在她的怀里或者靠在她的肩上睡着了。这就是玛格丽特感到最惬意的时刻，因为这种时刻她体验到了一种她认为自己永远不会享有的感情。"（325/727）玛格丽特凭借自己的"坚定的力量"和"各种魅力和手段"成功地驯服了这个性格倔强的孩子，这一场景意味着她日后也能以同样的方式对桑顿产生影响。

顿第二天就去向玛格丽特求婚，结果却遭到冷酷的拒绝。

小说对桑顿被拒后的身体和精神状态进行了细腻的描绘。失恋的痛苦让他"几乎什么也看不见。他感到头晕目眩，仿佛玛格丽特……是一个壮实的女鱼贩子，还用两手狠狠揍了他一顿"，身上疼得厉害，"一种剧烈的头痛，以及脉搏的间歇性的悸动"，但他却怎么也想不起"痛苦的原因，以及它究竟是否理应引起它所产生的后果"。（335）失恋带来的消极情绪让桑顿身心俱疲。吉尔·玛图斯（Jill Matus）认为，盖斯凯尔对身体和精神之间相关性的强调以及对无意识的关注回应了 19 世纪中期精神生理学家威廉·卡朋特（William Carpenter）的思想（Matus，2007：39）。[①]卡朋特 1855 年发表的第五版著作《人类生理学原理》（*Principles of Human Physiology*）中区分了各类意识状态。他自创了术语"无意识精神活动"（unconscious cerebration），用以描绘类似于思考的无意识过程。除了对意识在正常情况下的运作方式做了解释之外，卡朋特还对意识如何被睡眠、梦游以及催眠式的恍惚等精神状态取代，直至发展为躁狂症或谵妄等病理疾病的过程做出详尽的说明（Matus，2007：37）。从上引段落来看，桑顿的精神状态似乎更符合卡朋特提及的"睡眠、梦游以及催眠式的恍惚"等轻微的状态变化，而非"躁狂症或谵妄"等病理疾病。虽然桑顿在此之前一直被描述为拥有非凡自控力的人，但在他被玛格丽特拒绝之后，我们发现他突然像变了个人，几乎完全丧失了自制力：

> 他似乎突然一下垮掉了，他人很乏力，简直控制不住自己的思想。他的思想总浮游到她身上去，把那一幕情景又带回到他的眼前，——不是前一天他遭到的严词拒绝，而是再前一天的那些神态，那些行动。他沿着拥挤的街道呆板地走着，在人丛中挤来挤去，可是始终就没有看见他们，——心头简直是懊丧地渴盼着那一个半小时——她紧紧揪着他、她的心就贴着他的心在跳动的那一个短暂的时刻——再一次到来。（344 – 345）

---

① 卡朋特是盖斯凯尔的朋友，也是一名唯一神教徒。在写给女儿玛丽安的几封信里，盖斯凯尔提到卡朋特在 1851 年作巡回演讲时曾和他们待了一段时间（L146 – 147，831，833）。

桑顿的意志彻底失去了作用。他无法控制自己的思想，它总会不自觉地"浮游到她身上去"。卡朋特讨论那些抽象的精神状态时，一直强调"意志"（the Will）的重要性。在他看来，"意志"就像一艘船的"领航员"，少了它，整艘船就会失去航向（qtd. in Matus，2007：40）。卡朋特对秩序、控制和精神训练的重视契合了强调教育和自律的唯一神教思想。有意思的是，唯一神教徒盖斯凯尔却表现出了对那种不受控制的无意识的兴趣。值得注意的是，桑顿在经受了失恋的打击后，感受能力却增强了。他变得更加"宽厚仁慈"（346），不仅没有因为玛格丽特的拒绝而恨她，反而下定决心"往后还将爱她"（336），甚至开始以"更高尚的本能"（526）对待工人领导希金斯（Higgins）。① 这种"宽厚仁慈"和"更高尚的本能"是促成他和玛格丽特走到一起的关键因素。马图斯认为，桑顿态度的巨大转变"与其说受到了玛格丽特善行的影响，不如说与他自己的激情所产生的神奇效果有关"（40）。在她看来，桑顿的转变源于他自己的"激情所产生的神奇效果"，与玛格丽特无关。然而，为强调无意识的重要性，马图斯却忽略了一个简单的事实：桑顿产生的激情恰恰与玛格丽特本人有关。正是受到后者的吸引，桑顿才会因失恋而痛苦，进而在潜意识里想要依从她的想法行事，以重新赢得她的爱。在小说第二部分，当桑顿给失业的希金斯提供了一份工作后，叙述者这样写道："他很怕承认自己想到她（玛格丽特），是自己这么做的动机。"（527）这句话的含义非常明确。即使桑顿不愿承认，但事实是：他之所以会改变对希金斯的态度，主要原因还是在于他对玛格丽特的爱慕。卡朋特强调意志力对人的重要性，而盖斯凯尔似乎主张，偶尔缺乏自制力，反而更可能促进人的成长。②

---

① 盖斯凯尔曾在写给艾米丽的一封信中谈及了自己在创作桑顿这一人物形象时的想法："我想让他（桑顿）的性格保持一致，既高大、强壮、温柔，同时又是一名厂主。"（qtd. in Uglow，1993：366）

② 当然，盖斯凯并未全盘否定意志和理性控制的重要性。事实上，在《南方与北方》中，激情和理性并非相互对立，而是互为促进。不少评论家都注意到，盖斯凯尔始终对确定性、统一性等表示怀疑，她更倾向于表现事物的复杂性，甚至矛盾性（Hilary Schor）。赖特也在文中指出："我们不断看到绝对性遭到质疑，明确变为模糊，钢铁般的意志变成不堪一击的肉身。"（Wright，1995：11）

　　小说第一部分以桑顿求婚失败收尾，第二部分一开始，叙述者有意将桑顿安排在风景优美的乡间田野中。正是在这里，他意识到自己那种不管不顾的冲动作风实在是"世上最愚蠢的行径"，并下定决心"永远爱她"。（336）桑顿对爱情的执着和对自我行为的反思推动着叙事向前发展。就在求婚遭拒的第二天，桑顿偶然从唐纳森医生（Dr. Donaldson）那里得知水果对黑尔太太有好处，他便将"一束结有最鲜美的果实的紫葡萄，——颜色最鲜艳的桃子，——还带有最新鲜的藤叶"（346）放在篮子里，亲自送了过去。盖斯凯尔在这里一连用了三个"最"来形容水果和叶子，她对这些在林奈植物学中影射了性的自然事物的精心刻画，呼应了上面将桑顿对爱情的思考场景设置在大自然中的叙事安排，这些无疑都是小说开花叙事的一部分，都为这段几乎难以发展下去的恋爱叙事重新得以展开做了铺垫。

　　就在前一天桑顿离开后，玛格丽特想起他眼中的泪水，高傲厌恶的心情开始发生些微变化。这天又看到他给母亲送水果，而这一切就发生在"昨天的那件事以后"，她感到"真太好了"。（348）不过，她没和桑顿说话。黑尔太太嗔怪她有偏见，黑尔先生接口道："我要是有什么偏见，送来这么好吃的水果也会把偏见全打消了……你记得家里花园西面墙角下的那些丛生在一起的红醋栗丛吗，玛格丽特？"（349）父亲的话顿时勾起了她对家乡的回忆：

　　　　她怎么会不记得呀？她怎会不记得那堵旧石头围墙上风吹雨打留下的每一个痕迹，不记得使它显得像一幅地图的那些灰黄两色的地衣，长在缝隙间的那些纤小的老鹳草？过去两天里发生的事情使她心乱如麻。她眼前的整个生活对她坚韧不拔的精神是一个严峻的考验。父亲随意说出来的这几句话，使人回忆起从前所过的美好的时日，不知怎么竟然使她一怔，把缝纫的活计掉到了地上。（349）

　　玛格丽特微妙而丰富的内心情感在这段自由间接引语中得到了诗意的表达。如果说红醋栗丛、灰黄两色的地衣以及纤小的老鹳草等家乡的植物象征着从前的"美好时日"，那么桑顿送来的水果显然指向令她

"心乱如麻"的"眼下"生活。桑顿的种种举动表明，他心胸宽广、不计前嫌，一如既往地爱着她。而她自己，却因为傲慢和偏见，不仅伤害了桑顿，也伤害了自己。一想到他很可能是真的爱上了自己，玛格丽特的内心开始出现波澜。她的自责、懊恼和失落之情都在盖斯凯尔对植物、水果等自然事物的对比性描写中得到再现。

此后不久，希金斯女儿贝蒂（Betty）因病去世。玛格丽特出于善意，邀请希金斯去家里坐坐，希望她那当过牧师的父亲能安慰一下他。希金斯向黑尔先生解释了罢工这件事，指责鲍彻（Boucher）不遵守工会规定，撺掇工人暴动，最终导致罢工失败。接着希金斯又抱怨厂主桑顿竟然没有惩罚鲍彻。对此，玛格丽特提出了异议。在她看来，错误本身带来的惩罚已经相当严厉，桑顿的做法合情合理。看到女儿竟为她一向抱有成见的桑顿说话，黑尔先生笑着对希金斯说道："我女儿可不是桑顿先生的好朋友。"（375）听到这，玛格丽特的脸顿时"红得像一朵康乃馨"。前文已提到，金认为，在林奈植物学性体系出现后，如果小说用"开花"形容某个年轻女性，那么她必然是故事的女主人公，而且很快就会进入婚恋叙事中。虽然小说在这里没有直接用"开花"来描写玛格丽特，但同类词"康乃馨"同样能揭示这一事实：她的脸红和性意识有关。她的脸红得像康乃馨，暗示她最终会接受桑顿的求婚。"开花"的叙事功能在此得到彰显。

小说前半部分，玛格丽特始终占据着道德高地，受到吸引的桑顿不自觉地受到她的女性影响，两人之间的较量以桑顿的骄傲受挫而告终。到了小说后半部分，叙述出现反转。当玛格丽特因保护家人向警察撒谎时，一贯高谈"骑士品质"（490）的她就从道德高地上跌落了下来。玛格丽特一开始还会自我辩解，相信自己有充分的理由撒谎。然而，当她发现桑顿在知道她撒谎的情况下，还利用他治安法官的职权保护她时，内心感到了深深的耻辱。先前的道德优越感一下子消失得无影无踪："她多么不诚实啊！……假如她……很勇敢地就自己的事说出实情……她就不会因为没有信任上帝而在上帝面前自卑自愧了，也不会在桑顿先生的心目中显得品德恶劣、低下了。"（462－463）玛格丽特从道德神坛上的跌落意味着她回到了感性的世界中。① 伴随着耻辱，欲望出现了："他这么持续不断地老出现在她的思想里，这是怎么回事呢？……她干吗要颤抖，干吗要把脸藏在枕头里呢？她到底给什么强烈的情感支配着？"（463）玛格丽特此前一直鄙视厂主桑顿身上那种"物质上的傲气"。然而，颇具讽刺的是，如今的她却成了"精神傲慢的受害者"（Pikoulis，1976：187）。之前，爱情和权力这架天平总会向权力一边倾斜，而现在，爱情则明显占了上风。更具戏剧性的是，她刚意识到桑顿的价值，就失去了他的友谊。桑顿错把玛格丽特的哥哥弗雷德里克（Frederic）当成她的情人，以为她不惜撒谎就是为了保护情人。嫉妒心使他开始疏远玛格丽特。对此，后者并不知情，误以为桑顿因她撒谎而看不起她。后来，玛格丽特偶然获悉了真相，她悲伤地哀叹道："嗳，过去这一年多么不幸啊！我一离开童年就进入了老年。我没有青春——没有少年。少女们的希望对我说来，已经过去——因为我决不会结婚。"（522）失去了爱情的玛格丽特感叹自己从未"青春"过。在此，"青春"这一身体上的自然事实和"结婚"这一社会事实被联系了起来。将自然和社会叙事结合起来的"开花叙事"方式在后文还将持续存在。

　　不久，父亲去世，玛格丽特不得不离开米尔顿，搬去伦敦和肖姨妈一家生活。她和桑顿先前的误会还未消除，此时却又面临分别。这似乎预示着，小说的恋爱叙述会到此结束。然而，值得注意的是，在描绘两人分别的场景时，盖斯凯尔着力刻画了桑顿对玛格丽特身体的意识。这种难以抗拒的性吸引力正是确保日后恋爱叙事得以重新开展的关键因素。当马车驶过来时，桑顿和玛格丽特一起站在门阶上，挨得非常近，"要他们俩不想起骚乱那天的情景，是不可能的"（599）。回想起玛格丽特在工人暴动那天搂住他的情景，桑顿激动得差点就要说出挽留的话了。可是，一想起她在那件事发生后的第二天竟表现得那么冷漠，桑顿立刻失去了勇气。他在心里痛苦地说道："让她走吧，——让她带着她的铁石心肠，她的美貌走吧……让她走吧。不管她多么俏丽，不管她继

---

　　① 虽然从表面上看，玛格丽特和桑顿的内在价值观截然不同，前者始终将同情视为最重要的道德准则；而后者则相信正义和控制力，但两人却有许多共同之处：除了对世界抱有固有不变的看法外，他们都相信理性、反对感性（Uglow，1993：375）。

承下多大的财产，她都会发现要遇上一个比我更真心诚意的人是很难的。让她走吧!"（599）桑顿反复提及玛格丽特的美貌，还一连说了三次"让她走吧"，他内心的爱恋和不舍得到了充分的表现。临别时，两人握了手。桑顿"坚定而平静地握住那只伸出来的手，随后漫不经心地把它放掉，就好像那是一朵凋谢枯萎的花儿似的"（599）。玛格丽特的手在桑顿眼里成了"枯萎的花儿"，这意味着，桑顿痛苦地感到自己已经永远地失去她了。作为小说中的人物，桑顿很难预见事情的未来走向。相比之下，读者却要清醒得多。小说的"开花叙事"（对他受玛格丽特身体吸引这一事实的刻意强调）显然为两人日后再续前缘做了很好的铺垫。

盖斯凯尔在揭示桑顿的内心时，借助了对玛格丽特身体这一自然事实的描写。同样，在表现玛格丽特的内心时，她也精心描绘了自然事实，只不过这次，大自然的如画风景取代了人物的身体。在父亲生前好友贝尔先生（Mr. Bell）的建议和陪同下，玛格丽特从伦敦回到了故乡赫尔斯通（Helstone）。令她伤感的是，故乡早已物是人非："有几棵老树在去年秋天被人砍倒了⋯⋯一所占用公地的人造的简陋、残破的小屋不见了⋯⋯那棵老山毛榉（她和伦诺克斯曾经坐在它的树根上）⋯⋯的树身已经不见了。那个老头儿⋯⋯也早已死了，村舍也早已拆掉⋯⋯"（629）看到各处都发生了变化，曾经熟悉的事物难觅踪影，玛格丽特不由得在心里感慨道：

> 有人搬走了，有人亡故了，也有人结了婚，还有岁月带来的那种种自然的变迁。时光使我们不知不觉从童年进入青年，又从壮年进入老年，到那时我们就像熟透了的果子，落入寂静的大地里去。不少地方也起了变化——这边少了一棵树，那边少了一根大树枝，使从前亮光照不到的地方透进了一道长长的亮光——一条大路经过修整，变狭窄了，两旁岔出去的绿色小路都给圈起来耕种了。这就是所谓巨大的改进。但是玛格丽特却因为失去了昔日的那片秀丽的景色，那种幽暗的角落，以及那长满青草的路边而嗟叹不已。（639）

　　这段话很容易让人想起如画风景理论家们对"改进还是保护"问题的争论。改良者"能人"布朗（Capability Brown）和汉弗莱·雷普顿（Humphry Repton）认为，不对风景加以改良意味着土地所有者放弃了合理使用土地的权利。然而，奈特和普莱斯等人则更欣赏自然本身的野性美。奈特一直致力于"保护"风景，他曾哀叹"错误的改良和虚假的品味"造成了"一种令人难以容忍的巨大浪费"，"那片珍贵而和谐的景色如今早已不复存在"（Knight，1795：313，317－318）。显然，"失去"总是内在于有关如画风景的讨论中。正如吉尔·史蒂文森（Jill. Heydt-Stevenson）所言，如画风景表征了"一个消失不见的自然，和土地之间不复存在的联系以及对自身死亡的意识"（Heydt-Stevenson，1995：53）。和史蒂文森将自然界的如画风景与人对消逝事物的悲悼情感勾连起来的思维方式一样，盖斯凯尔在上引段落中也将"社会变化和人的变化并置起来"（Bodenheimer，1988：34），巧妙地借自然变迁隐喻人的变化。当玛格丽特"因为失去了昔日的那片秀丽的景色，那种幽暗的角落，以及那长满青草的路边而磋叹不已"时，我们知道她之所以哀叹，并不仅仅因为自然美景的消逝，更主要是因为她感到自己永远失去了桑顿的爱。这在随后的叙事中得到揭示。贝尔看到玛格丽特盯着窗外的风景沉思不语，便问她在想什么。她一开始什么也没说，但没过一会就激动地和他谈起哥哥，把自己为何撒谎、桑顿如何误会她的所有事情和盘托出，并恳请他有机会和桑顿解释一下。显然，玛格丽特感叹美景的消逝和她对两人感情的思考密切相关。通过对如画风景的描写，盖斯凯尔含蓄地影射了玛格丽特对桑顿的爱恋之情。

　　赫尔斯通之行结束后没多久，贝尔先生因病突然去世，玛格丽特和桑顿之间的误会无从消除，恋爱叙事被再次延宕。[①] 想到她在这不幸的一年中碰到的所有伤心事，玛格丽特几乎要感到绝望了，这一切似乎再次印证了她曾说过的那句话："我没有青春……少女们的希望对我说来，已经过去——因为我决不会结婚。"不过，坚强的玛格丽特非但没有被

---

　　① 关于盖斯凯尔在《南方与北方》中的叙事延宕，参见 Jerome Meckier, "Parodic Prolongation in *North and South*: Elizabeth Gaskell Revaluates Dickens's Suspenseful Delay", *Dickens Quarterly*, Vol. 23, No. 4, 2006。

苦难压垮，反而以此为契机开始了对自己人生的反思。以前她认为"只要自己立志，就一定可以"像小说中的女主人公那样，"过她们想过的那种高尚勇敢的生活"，而如今，她发现"不只是立志，而且还要祈求"才是"过真正英勇生活的一个必要条件"。（667－668）苦难最终教会她正视自己犯下的过错，"从此永远只说真话，不做假事"（668）。明白了这个道理后，玛格丽特"急于想使自己真诚的本性能在桑顿眼中得到部分的谅解"（668）。与此同时，她自己很快便像某些可以"反复开花"的植物那样，再度"开花"了。

那年秋天，玛格丽特和姨母一家去克罗默度假，海边宁静的生活让她得到了充分的休息，她的体力增强了，容貌也得到了改善。随后来此度假的伦诺克斯也注意到这一点。叙述者指出："正像任何一个具有辨别力（sensible）或理解力的人都可以从她脸上渐渐显出来的神态中看出来的那样。"（673）这种变化也给伦诺克斯留下了极为深刻的印象："大海对黑尔小姐的身体非常有好处，她看上去比在哈利街时年轻了十岁……黑尔小姐的眼睛……那么明亮，而又那么柔和，她的嘴唇……那么红润，那么丰满……她就像，更像赫尔斯通时期的玛格丽特·黑尔了。"（673）"开花叙事"在这段描写玛格丽特外貌的文字中得到充分的体现。为强调她的身体得到了"改进"，盖斯凯尔使用了"辨别力"（sensible）一词。该词是如画风景理论中的常用词，几乎成为如画美的转喻用法（King：130）。虽然"开花"一词并未直接出现，但玛格丽特的性吸引力却通过"年轻了十岁""明亮柔和的眼睛"以及"红润丰满的嘴唇"这类短语得到表现。不仅如此，"开花"的叙事功能也得到强调：重获妩媚容颜的玛格丽特最终会与桑顿步入婚姻。值得一提的是，盖斯凯尔借伦诺克斯之口将玛格丽特身体的康复和容颜的恢复归因于大海这一自然环境。"海滩""海浪""布满卵石的海岸以及"翻腾的波涛"（673）是引起她外表变化的主要自然原因，这一切使她从一个苍白憔悴的人变成一个"看上去年轻十岁的漂亮女人"。林奈无疑与这一场景有着密切关联，自然界在这里不再只是作为影射玛格丽特恢复的美貌及性吸引力的背景出现，而是引起这一变化的直接原因。博物学显然是小说恋爱场景不可或缺的组成部分，为恋爱情节赋予了重要意义。

大海不仅"改良"了玛格丽特的容貌，也进一步"改良"了她的思想。在海边度过的那段时间，玛格丽特把自己经历过的许多事情重新梳理了一番，接着做出了一项重大决定，"有一天她要对自己的生活负责，对自己为生活所做的安排负责"（675）。考虑到她的姨母一提到米尔顿总带有轻蔑和厌恶的口气，玛格丽特的决定无疑对她和桑顿先生的最终结合具有重要意义。

小说快要结尾时，叙事进程突然加快：在和希金斯闲谈当中，桑顿意识到自己错把玛格丽特的哥哥当成了她的情人；继承了贝尔先生大笔遗产的玛格丽特以借贷的名义将部分财产交给了由于不愿进行投机生意，随时面临破产风险的桑顿，两人最终走到了一起。从小说结尾处提到的"那个女人"和"那个男人"（707）来看，他们的幸福与其说和各自的家庭有关，不如说与两人之间强大的性吸引力，或者说真实的爱情有关。盖斯凯尔对这种性吸引力的强调贯穿小说始终，婚姻不过是一个顺理成章的结局。

在明白玛格丽特的情意后，桑顿从他的皮夹里拿出些他珍藏许久的花儿。玛格丽特仔细观察了这些枯萎的花儿后，笑道："这些是赫尔斯通的蔷薇，对吗？我是从这些锯齿形的叶子上认出来的。"（706）在这样一个本该对两人互诉衷肠的浪漫时刻加以充分描写的段落中，叙述者却突然引入博物学话语，这一安排无疑值得重视。蔷薇一方面暗指玛格丽特"那张羞答答的十分俏丽的脸"（706）所表现出的性吸引力；另一方面似乎表明，她会成为花朵所代表的自然世界的一部分，她要"对自己的生活负责"的决心很可能会在日后的婚姻中慢慢消退掉。然而，即使在两人谈情说爱的这个场景中，玛格丽特的意志也得到强调："'你一定得把这些蔷薇给我'。她说，一面稍微使了点劲儿，想把花儿从他手里拿过去。"（707）这里的"一定"以及"使了点劲"意味着，即便在婚后，玛格丽特也绝不会一味屈从于桑顿，放弃对自己命运的掌控。盖斯凯尔很清楚，全然放弃自我意味着死亡，正如她在《露丝》中表述的那样，"只存在于感觉、沉思与爱恋之中"的露丝的唯一结局便是死亡。在其最后一部小说《妻子和女儿》中，盖斯凯尔也借女主人公莫莉·吉布森之口再次重申了这一看法："如果活着只是努力按照别人的爱好办事做人，那就像自杀一般，是非常痛苦的。我看不出这么活着有何结果。与其这么活着，倒不如干脆别活。"（120）虽然在《南方与北方》中，盖斯凯尔极力强调性吸引力的积极意义，暗示这种爱的无意识能促进人的道德成长，但她始终对无意识可能带来的危险保持警惕。因此，我们看到，在小说的结尾处，即便在两人相互表白的甜蜜时刻，盖斯凯尔也不忘借玛格丽特抢夺花朵这一举动来表现她的自我意识。

综上可知，花园、如画风景以及"开花"这一看似不太明显却极为重要的修辞体系不仅被盖斯凯尔用来表征女主人公玛格丽特的性吸引力，而且还具有叙事功能，始终能揭示那些最终导向婚姻的过程和行动。通过将玛格丽特的性吸引力置于婚姻叙事的框架中，盖斯凯尔让她成为弥合公私领域裂缝的关键性人物。正是在她的女性影响下，一度显得冷酷无情的厂主桑顿变得温厚仁慈，劳资冲突这一本来属于公共领域的问题便经由私人领域得到了解决。诚然，这种安排本身，如加拉格尔所言，包含了一个矛盾——小说似乎暗示女主人公的影响力有助于弥合公私领域之间的裂缝，而能让她实现影响力的先决条件却是两大领域的分离（Gallagher，1985：166 - 184）。但是，我们不能因此而无视盖斯凯尔将表征人物婚恋状况的开花叙事和当时维多利亚社会迫切关注的工业问题相结合，意欲模糊公私领域边界的努力和叙事上的创新。

第三节 《妻子和女儿》："消极恋爱"叙事

《妻子和女儿》（*Wives and Daughters*，1865）是盖斯凯尔的绝笔之作。小说接近尾声时，作家不幸病故。虽然故事中断，结局无从得知，但男女主人公罗杰·哈姆利（Roger Hamley）和莫莉·吉布森（Molly Gibson）的爱情终将圆满却是不争的事实。盖斯凯尔去世后不久，最早刊载该部小说的《康希尔杂志》（*Cornhill Magazine*）编者这样评价道："这部小说没有写完，但要增加的内容也不会太多，而且可加的一点事情我们也很清楚。我们知道罗杰·哈姆利会娶莫莉为妻，我们最关心的无非就是这点。的确，再往下讲也没多少事。"（Easson，1991：457）

编者这番话很有道理，但值得我们思考的问题却是：小说中除莫莉之外，还有另一名"花季少女"——辛西娅·柯克帕特里克，且小说大部分叙事都是围绕罗杰和辛西娅的恋情展开，罗杰和莫莉的恋爱叙事则着墨不多。那么，为何包括这位编者在内的众多读者都认为后两者的结合是理所当然的呢？这就是本书试图探究的问题。

　　事实上，莫莉和罗杰的恋爱叙事始终以金所谓的"消极恋情"（negative courtships）这一形式得到再现。金在分析奥斯丁的《曼斯菲尔德庄园》（*Mansfield Park*）时指出，该小说中的"爱情关系总以缺失或失败的形式表现出来：艾德蒙与范妮之间的恋情没有得到再现；艾德蒙和玛丽的恋爱以失败告终；亨利没能赢得范妮的芳心；当玛丽和亨利姐弟不可能成为艾德蒙和玛丽的各自恋人时，恋爱叙事几乎就从小说中消失了"（King，2003a：102 – 103）。恋情之所以被金称为"消极"的，主要因为这种恋情叙事没能在小说中得到明确再现。不过，金进一步指出，奥斯丁对庄园中"'自然'事物（索瑟顿庄园亟待改良的林荫道以及范妮日渐娇美的容颜）的描述"能"弥补"读者无法从"消极恋情"中获得满足的缺憾。（ibid.：103）换言之，奥斯丁在小说中不愿或无法直接再现的恋情却在其对"自然事物"的描写中得到表现。

　　鉴于《妻子和女儿》与奥斯丁的《曼斯菲尔德庄园》在情节和主题等方面的高度相似（Craik，1975：202），金对后者的解读无疑对我们了解前者的婚恋叙事具有重要意义。大量"以缺失或失败的形式表现出来"的"消极恋爱"叙事同样存在于《妻子和女儿》中：考克斯先生（Mr. Cox）还没来得及向莫莉示爱，后者就在毫不知情的情况下被其警觉的父亲吉布森先生送去哈姆利庄做客了；普雷斯顿始终没能追求到辛西娅；奥斯本·哈姆利有一段不为人知的"秘密婚姻"；罗杰与辛西娅之间的婚约最终被解除；罗杰和莫莉之间的恋情没有在小说中得到直接再现等。和奥斯丁一样，盖斯凯尔也频繁借用描绘自然的语言或相关原则来表征她不愿或无法直接再现的恋情。描绘辛西娅、莫莉和罗杰三人之间微妙的情感关系时，盖斯凯尔使用了大量描绘自然的语言和相关原则。"迷人的"辛西娅本可占据小说中心位置，成为女主人公，但盖斯凯尔却将该位置留给了相貌不如她美，道德品质却远胜于她的莫莉。盖斯凯尔在借如画美学常用词汇形容辛西娅美貌的同时，也采用"风景改良"这一体现了如画理论的园林实践活动讥讽了她的道德品行。盖斯凯尔对道德的强调，显然是为了消除辛西娅和莫莉两人在容貌上的差异。随着叙事的展开，盖斯凯尔进一步利用如画美学中的"三角构图"原则来影射罗杰和莫莉之间逐渐产生的情爱欲望。与此同时，盖斯凯尔还赋予林奈通俗植物学中的描述性词汇"开花"一种叙事功能，将它与恋爱叙事结合起来，从而将两性间难以得到表征的性欲望凸显了出来。

得知辛西娅当天要从法国回来，莫莉兴奋不已，不停地向窗外张望。远远看到父亲和辛西娅的身影，莫莉飞快地跑去开门，"只见辛西娅漂亮高挑的身材在门前的亮处（light）晃动，但她的脸背着光（shadow），一时什么也看不清"（盖斯凯尔，2013：194）[1]。进到光线亮堂的客厅后，莫莉一看清辛西娅的容貌，就立刻被她吸引了：

> 也许她算不上五官端正，但她脸上的表情丰富多变，叫人来不及想她的五官。她的微笑恰到好处，小嘴一撇更是迷人，脸上的一台戏全演在嘴上了。一双眼睛生得美丽，但眼神似乎稍有变化。外观上和她母亲很像，只是头发没那么红，对整个肤色影响不大。那双长眼睛灰颜色，生得庄重，上下睫毛深黑，不像她母亲的睫毛，是浅黄色，缺乏生气。（194）

"如画"，在吉尔品看来，就是一种"奇特、多变、不规则、明暗对照，以及那种刺激想象的力量"（转引自管少平、钟炎，2016：66）。盖斯凯尔借莫莉视角观察辛西娅时，不仅采用了如画审美中的"远景、中景、近景"这一景物观察模式，还运用了吉尔品所谓的"明暗对照"原则。辛西娅五官"不算端正"，但表情却"丰富多变"，这些无疑都符合吉尔品"多变、不规则"的如画审美要求。不仅如此，盖斯凯尔还和风景理论家一样，对颜色及线条格外关注，细致地描绘了辛西娅眼

---

① 出自该书的引文，本节再次引用则统一仅标注页码。

睛、头发的颜色以及噘起的嘴巴所产生的美学效果。

接下来，盖斯凯尔采用第三人称叙述方式，对辛西娅的美貌做了进一步如画式的描绘。辛西娅漂亮迷人，魅力十足，拥有一种"无意间把人迷得神魂颠倒的能耐"，这种本领"既不靠美德，也不靠美色，既不靠温柔，也不靠聪明，只靠一点**讲不明、说不清**的气质……这种魅力无法界定……是一种**微妙**的混合物，由多方面的天赋和才气浑然构成，不可能断定每个方面各占多大比例"。（195－196）辛西娅知道自己漂亮，却又不把它当回事，简直是"看上去浑然不自知一般……她的举手投足就像森林中的野生动物一般**无拘无束**（free），气度堂堂"，而她的衣着尽管从**当下的眼光**来看颇为寒碜，但"穿在她身上却合身得体，颜色协调，式样也受她**高雅趣味**的控制，毫不越轨"（196）。①

形容辛西娅气质和魅力的"微妙"一词是如画美学中的一个核心审美概念。叙述者无法找到恰当的语言，只好将其形容为"讲不明、说不清的"。"无拘无束"（free）也是如画美学中常用的修饰词。不仅如此，盖斯凯尔在描述辛西娅的衣着时，还有意突出了如画审美中视角／透视（perspective）的重要性。从作者写作时的眼光看，后者的衣服有点难看。但换个角度，就会发现那身衣服是如此"合身得体，颜色协调"。这显然是对美的重新评价，而这种重新评价完全对应于如画美学中的"视角变换"原则。尤其值得注意的是，观者之所以会改变看法，是因为受到辛西娅那"高雅趣味"的"控制"。毫无疑问，辛西娅的性魅力在如画美学丰富的表现性词汇中得到彰显。

另外，盖斯凯尔对"花季少女"辛西娅和莫莉的再现很容易让人想起"风景改良"这一体现了如画理论的园林实践活动。如画风景改良的一个总体修辞特征就是努力使被改善过的风景看起来像是与生俱来的，丝毫没有人为雕琢的痕迹。不论是"能人"布朗"基于美学清场的乡村改造"，还是雷普顿"改建和翻新式的乡村改造"，都是为了构建一个和谐整体，创造出一种理想化的自然（田密蜜、方茂青，2017：115）。在雷普顿看来，一处经过改良的风景能否称得上完美，完全取决

---

①　黑体为笔者所加。

于这种"欺骗性"（deception）能否被人识破（King，2003a：98）。也就是说，人们越是看不出风景被改良过，风景设计就越趋于完美。风景理论家们对"自然"表象的强调揭示了该理论中的悖论：一方面要按照人类的理想美标准改良风景；另一方面又要使风景看起来像未曾受过人为干预一样。这一悖论同样出现在盖斯凯尔包括《妻子和女儿》在内的"开花"小说中。尽管此类小说的核心主题是对"花季少女"的"改良"——围绕年轻女孩如何在成长过程中日臻完善而展开的社会性叙述，但作品又总是力图表现出她们的自然性，就好像她们的完美与生俱来。

辛西娅是这类女孩的典型代表。她心灵手巧，嗓音甜美，唱起法语歌来也"毫无困难"，完全"是块搞艺术的好材料"。她钢琴弹得好，却对弹琴似乎不太在意。她知道自己漂亮，却又显得"浑然不自知"，举手投足"无拘无束"。她的魅力简直就是"由多方面的天赋和才气浑然构成"（200）。"浑然不自知""无拘无束"以及"浑然构成"所呈现出的自然性，让人感觉辛西娅生来就如此完美，丝毫没有接受后天训练的痕迹。然而，盖斯凯尔对此表示怀疑。莫莉被辛西娅的风采迷住后，叙述者很快指出，"这种魅力和标准的为人准则有矛盾，因为它的根本所在似乎是精妙绝伦的适应能力，能因人而异，更能对千变万化的具体情况具体对待……莫莉会很快明白辛西娅在道德情操上并不怎么样"（196）。不久，莫莉就发现风情万种的辛西娅能巧妙利用自己的魅力周旋于不同男性之间。显然，辛西娅"天然的完美"具有雷普顿谈论风景改良时提到的那种"欺骗性"。叙述者曾借莫莉家的花匠老威廉之口对辛西娅的这种"欺骗性"发表过一番意味深长的评论。老威廉对他的知己朋友莫莉说："哦，小姐，她（辛西娅）可是个世上罕见的年轻女子！她行事能哄得人团团转。到时候我要教她芽接玫瑰——你看着吧，她准一学就会，原因嘛，正是她向来都说自个儿笨。"（206－207）"芽接玫瑰"是对自然事物的"改良"，本质上就是一种"欺骗"行为。叙述者将辛西娅与该改良实践联系起来，其中的用意不言自明。或许我们可以这样说，辛西娅身上表现出的自然性不过是其成功改良自己（通过习得各种才艺）后获得的一种效果罢了。

相比之下，莫莉则显得逊色不少。相貌上，她不如辛西娅漂亮；举止上，她没有辛西娅优雅；才情上，她更是自叹不如。她倒是天天练琴，可总是弹不好；她不会唱歌，对穿衣打扮更不在行。然而，在盖斯凯尔看来，这些都不重要。于她而言，莫莉的真诚才是最可贵的品质，这种与生俱来的真实品质远胜于辛西娅那"浑然构成"的带有"欺骗性"的才情。

盖斯凯尔围绕才能和道德展开的思考很容易让人想起风景改良活动涉及到的一些问题：要不要抹除人为干预的痕迹？如果自然只是建构的，那还值得相信吗？托马斯·维特利（Thomas Whately）曾关注过此类问题，他特别反感人造废墟和阿卡迪亚式的修道院："所有这一切都只是一种再现……其缺陷不在于是否相似，而是这种刻意模仿的行为本身。"（Whately，1770：151–152）从盖斯凯尔对辛西娅的再现来看，她也和维特利一样，对这种"欺骗性"的改良行为非常厌恶。耐人寻味的是，随着故事的发展，莫莉最后也出落成了一个如花似玉的的美少女。虽然她那日益完善的美貌不是促成她和罗杰结合的主要因素，却也是一个不容忽视的重要因素。可见，盖斯凯尔并非反对一切改良，她只是个温和的改良主义者罢了。对她而言，"欺骗性"的改良让人反感，而适度的改良却很有必要。①

除了借如画词汇和改良原则表现"花季少女"的相貌特征、性魅力及道德品行外，盖斯凯尔在表征莫莉和罗杰的情爱关系时还借鉴了如画风景美学中的三角构图原则，巧妙地将恋人间微妙的情感变化和难以描绘的性爱维度揭示了出来。

莫莉和罗杰相遇的场景本来就不多，在仅有的几次会面中，两人也常因为他人的在场无法直接交谈。读者时常发现，出于这样或那样的原因，一方只能默默地站在一旁，对另一方和第三方（往往是其潜在的情敌）进行观察。由于观察者无法与观察对象进行口头交流，后者便成了观察者眼中的"风景"。通过对"风景"的观察和解读，观察者逐渐获

---

① 伊丽莎白·郎兰德注意到莫莉要想成为配得上罗杰的伴侣，必须经过一番改造，因为"性吸引力是通过社会符号刻在身体上的"（Langland，1995：138）。

得对他人和自己内心的认知。该视觉方式的一个心理含义就是三维立体的三角关系有助于恋人测算二人之间的距离。

小说中有两个场景值得注意。一个是在布朗宁小姐家的聚会上，莫莉对罗杰和辛西娅的观察；另一个是在托尔斯庄园，罗杰对莫莉和查尔斯爵士的观察。辛西娅和查尔斯爵士分别成为莫莉和罗杰的替代者。作为读者眼中的"风景"，小说是一个具有三维结构的立体空间。和小说这个立体空间一样，其内部的空间同样是三维的。如果我们用绘画词汇描述由莫莉、罗杰和辛西娅或罗杰、莫莉、查尔斯爵士构成的三角空间①，他们就类似于一副由远景、中景和前景组成的如画风景图②。

在布朗宁小姐举办的私人聚会上，莫莉和辛西娅遇到了罗杰。很久未见到罗杰的莫莉非常高兴，觉得自己能从他那里了解到许多有关哈姆利庄的，尤其是他自己的情况。不过，她的希望很快就破灭了。罗杰一见到辛西娅，就被她迷住了，几乎忘了莫莉的存在。莫莉要给打牌的人端茶倒水，没法过去跟他俩说话，只能远远地望着他们。罗杰和辛西娅于是构成了莫莉眼中的"风景"。只见罗杰正"热火朝天地对辛西娅说话，辛西娅那双温柔的眼睛盯住他的脸，看神情对他说的事情极感兴趣，只是有时候低声搭个话"（215）。莫莉从他们的只言片语中猜到罗杰正在跟辛西娅讲他在剑桥大学的那场考试。遗憾的是，她根本听不到：

> 辛西娅听着剑桥大学的事情，听着那场考试的情况。正是那场莫莉曾迫切想听听的考试，当时却没能如愿，找不到个合适的人回答她的问题。现在遇上了罗杰，正是她一直看作能满意地回答她那些问题的人，又正在全面详细说她想知道的情况，她却没法过去听。她使出全部耐心调整好一小笔一小笔筹码，还要以赌牌仲裁人

---

① 雷内·吉拉德（Rene Girard）指出："这里所说的三角不是一种格式塔，其真实结构是主体间的，无法被固定于某个地方。这种三角形不是真实的，只是一个系统的比喻，只能从系统上来理解。"（Girard，1965：2）

② 在《妻子和女儿》中，盖斯凯尔通过对一系列类似图画（莫莉、罗杰和辛西娅；莫莉、奥斯本和辛西娅；奥斯本、莫莉和罗杰；莫莉、罗杰和查尔斯爵士等人）的视觉描绘，有效地揭示了人物间的情感距离。

的身份决定是把圆形筹码定为六便士好呢，还是把长方形筹码定为六便士好。（216）

　　莫莉内心的渴望、烦躁和失望在这段话中表露无遗。她急切地想做罗杰的听众，但事与愿违，辛西娅将本该属于她的位置占据了。叙述者说道："假如辛西娅不在场，一切就会按她（莫莉）的预料进展。"（215）虽然辛西娅对莫莉的想法毫不知情，也没有刻意要迷住罗杰，但她的在场却无意中阻碍了莫莉与罗杰的交流。莫莉后来和罗杰也有一次短暂交谈，不过她明显感到罗杰仍把她当成妹妹，而他对辛西娅的态度完全不同，"她（莫莉）隐约觉得自己更喜欢后一种态度"（217）。无论是从本义还是从喻义上看，莫莉都非常渴望将自己安放在辛西娅的位置上：坐在罗杰的旁边（空间关系），希望罗杰能用对待辛西娅的态度对待自己（叙事关系）。莫莉与罗杰之间没有得到明确再现的"消极恋情"，在这种位置或视角上的嫉妒心理中得到暗示。

　　在聚会剩下的时间中，莫莉注意到罗杰只顾围着辛西娅转。虽说发生在他俩之间的事情非常"琐碎平常""根本不值得注意"，但"莫莉注意到，而且深感不安。她说不上这是为什么"。（218）在莫莉、罗杰和辛西娅三人构成的三角关系中，产生了一种雷内·吉拉德（Rene Girard）所谓的"三角欲望"。这种欲望需要第三方充当"中介者"（mediator），或者说欲望的产生就源于第三方的存在。[1] 可以说，正是"中介者"辛西娅的在场唤起了莫莉对罗杰的"欲望"。在此之前，年少单纯的莫莉还从未对罗杰产生过有别于兄妹之情的其他情感。但在这次聚会上，通过对他和辛西娅的观察，她对罗杰产生了一种她无法了解，却又令她"深感不安"的情感。

　　实际上，盖斯凯尔对莫莉、罗杰和辛西娅之间的三角关系的建构契合了如画美学的构图原则。普赖斯认为，三种事物（无论是树木还是奶牛）能够呈现出"和谐的多样性"。在批评"能人布朗"设计的景观

---

　　[1]　参见 Girard, Rene, *Deceit, Desire and the novel: The Self and Other in Literary Structure*, in Yvonne Freccero trans., Baltimore: Johns Hopkins University Press, 1965, p. 1 – 52; Miller, D. A, *Narrative and Its Discontents*, Princeton: Princeton University Press, 1981, p. 100。

时，普赖斯指出，"第三棵树（就像第三头牛）能够把山毛榉和苏格兰冷杉不协调的形状和颜色连接并混合起来"（Price，1810：322）。对于普赖斯而言，布朗等改良家们"清除矮树"的做法极具破坏性，这些矮树恰恰是"以不同方式将高大物体联系起来"的"纽带"，后者的"平衡、对比、多样性及统一，也都有赖于此"（ibid.：240）。普赖斯建议风景改良家们增加"艺术"方面的知识，因为"艺术的本质是联系"，"联系"是"纠正改良家主要缺陷的最佳原则"。（ibid.：12–13）

盖斯凯尔构建的画面不一定和谐，却为莫莉和罗杰提供了一种基于"对比""多样性"和最终"统一"的安排。如果说辛西娅的在场让莫莉"感到不安"，那么查尔斯爵士的出现则让罗杰"惶惑而又懊恼"（556）。莫莉由于感冒，无法和父母去伦敦参加辛西娅的婚礼。一直关心她的哈里特小姐就将她接到了托尔斯庄园。在那里待了几天后，莫莉体力逐渐恢复。她在宴会上还结识了许多科学界的名人。有一天，她下楼去客厅时，惊讶地发现罗杰正站在一群人中间。罗杰看到莫莉后，急忙从人群中挤出去找她。两人很久没见，这次在托尔斯庄园意外重逢，都感到非常高兴。不过，他们刚聊了一会儿，就被查尔斯爵士（Sir Charles Morton）打断，他过来领莫莉去吃饭。事实上，查尔斯对莫莉并没非分之想，他只是应哈里特小姐要求，在莫莉做客期间好好照顾她。对此毫不知情的罗杰既疑惑又恼火，"吃饭期间不时地注意他们两人……为什么莫莉归查尔斯爵士管？……他就寝时，惶惑而又懊恼。他觉得，如果他们真是订婚了的话，那这种订婚就过于轻率，而且两人很不协调"（556）。

鲁道夫·阿恩海姆（Rudolph Arnheim）在《作为时间意象的空间》（"Space as an Image of Time"）一文中指出："对那些共存于同一空间的事物进行分析不仅能让我们从整体上看清每个事物，而且能了解到不同事物间的联系，并将它们安排到系统中。"（Arnheim，1978：11）同样，认真考察同处于聚会这一空间中的莫莉、罗杰和查尔斯爵士，有助于我们了解每个人的内心活动以及人物间的关系。莫莉被带走后，罗杰一整晚都没找到机会和她说话，只能远远地观察她。莫莉和他人构成了一道被罗杰审视和解读的风景。在罗杰眼中，查尔斯爵士或者那个年轻男子无疑占据了某个本该属于他的位置。他以前只把莫莉当作妹妹，可如今却产生一种"多数年轻男子和一个漂亮姑娘说话时由于爱慕而产生的恭维心理，还有想赢得对方好感的欲望，与过去由于彼此很熟而产生的友谊不同"（556）。

莫莉、罗杰和查尔斯爵士构成的三角关系同样催生出一种"三角欲望"，"中介者"查尔斯爵士的出现有助于罗杰对自我和他人产生全新的认知，他对莫莉的欲望由此得以产生。事实上，这种能促进对自我和他人的理解，具有认知功能的三角结构内在于如画美学理论中。如画风景的观赏者在欣赏风景时，总要依赖于"如画美"这一概念。"如画美"概念源于绘画，而绘画本身又基于对真实风景的观察。也就是说，每一幅如画风景图的背后都有一个艺术家和一处风景。从这个意义上讲，第三方是"如画美"中不可或缺的一部分。正是图画或情感记忆或联想，帮助观者辨认出什么才是真正的"如画美"。在盖斯凯尔精心绘制的三角图画中，观景者的脑海里同样出现了一种不同于实际风景的"如画美"概念，这使他们能够看到自己接受或拒绝对方的其他可能性。莫莉和罗杰在对对方和潜在的第三者进行观察，并将自己与替代者进行比较的过程中，最终认清了自己的内心和对他人的情感。

除了如画风景理论之外，莫莉和罗杰之间的"消极恋情"叙事也在盖斯凯尔对莫莉身体特征（尤其是改善的容颜）的描写中得到发展。在前面分析的多部小说中，常常只有女主人公才会貌美如花，这样安排无非是为了将其与其他花季女孩区分开，以突出其主人公的地位。然而，在盖斯凯尔的这最后一部小说中，我们却发现了一个不同于其他小说的特点：小说中最迷人的不是女主人公莫莉，而是她的姐姐辛西娅。直到小说快结束的时候，莫莉才出落为一个美人。按理说，"迷人的"辛西娅本可以占据小说中心位置，成为女主人公，然而盖斯凯尔却将这一位置留给了相貌不如她美，道德品质却远胜于她的莫莉。辛西娅在道德方面的欠缺使得盖斯凯尔认为莫莉才是更值得书写的叙述对象。盖斯凯尔有意强调两人在容貌方面的差异，旨在通过引入道德因素以消除这一差异。当莫莉的高尚品德被大家发现后，她变漂亮了，再后来她就和罗杰走到了一起。显然，盖斯凯尔的理想女主人公，道德因素居首位。

在小说大部分时间里，莫莉都不算是相貌出众的女孩，而这也正好对应了她那相对不受重视的社会身份。尽管她是盖斯凯尔欣赏的女主人公，但与辛西娅相比，莫莉总显得不那么引人注目。如果说辛西娅是哈里特小姐口中的"风流佳话里的女主角"（475），那么莫莉则是日常故事中的女英雄/主人公（Schor，1992：193）。小说一开始，莫莉不受重视的境况就在她去托尔斯庄园游玩却遭众人遗忘这一事件中得到证明。从她不辞辛劳照顾生病的哈姆利太太、忍受继母的各种算计、为奥斯本和辛西娅等人保守秘密等事件来看，莫莉始终处于从属地位，这一消极位置同样体现在她的恋爱叙事中。事实上，盖斯凯尔对莫莉与罗杰之间的"消极恋情"的再现同样得益于林奈的通俗植物学。莫莉的消极位置在她为辛西娅采摘黑莓的场景中得到了生动的再现。

罗杰出发去非洲考察的前一天决定向辛西娅求婚。盖斯凯尔没有正面描写他的求婚场景，而是有意将读者的视线引向了当时正在户外散步的莫莉。此时的她正在为继母的谎言而苦恼："她拿不准她父亲到底看没看出她继母经常偏离事实、说假话，也拿不准她父亲是不是看出了而故意装作没看见……她心里很难过……莫莉喜欢的事情她继母看不上眼，却又狗占马槽处处挡莫莉的道。"（335－336）

这段内心描写看似揭示了莫莉、父亲和继母三者间的微妙关系，实际上却暗指了她、罗杰和辛西娅三者间的关系。自从发现罗杰受到辛西娅吸引，并主动追求她后，这就成了莫莉的"一块心病，成了她心头解不开的疙瘩"（312）。她发现辛西娅根本就不爱罗杰，但又喜欢这个"奴隶"（320）对她百依百顺，唯命是从，便使出各种手段来诱惑他。想到罗杰这样"一块宝躺在辛西娅脚边"却得不到重视，莫莉便感到"痛心，真想大哭一场"（320）。弗洛伊德在论述梦的工作机制时提到了"移置"手法，认为梦具有稽查的作用，常常会让某个"隐意成分"被较为无关的其他事物替代（弗洛伊德，2004：101）。莫莉潜意识活动的呈现方式与弗洛伊德所谓的梦的"移置"手法颇为相似，她对辛西娅的嫉妒这一"隐意成分"被看似无关的其他事情——对继母的不满——所取代。虽然叙述者一再强调莫莉把罗杰视为哥哥，并为他无法得到辛西娅的爱而痛心，但这种刻意强调却进一步揭示出莫莉始终在回避自己的真实情感这一事实。正因为她有意无意地否认、压制自己对罗杰的爱情，这种无从得到释放的潜意识才成为她的"心病"，并通过别的形式表现出来。于是，辛西娅不把莫莉视为珍宝的罗杰当回事，却又继续诱惑他，以至于他"对莫莉的感情不怎么关心"（320）的行为，就在莫莉的脑海中，被"移置"成了另一种同样令人厌恶的行为：继母看不上莫莉喜欢的事情，却又挡了她的道。

刚想到这里，莫莉突然发现远处有一大片黑莓：

> 只见高高的树篱上紫红的玫瑰果和绿中带黄褐色的树叶丛中团团簇簇满是黑莓。莫莉自己不怎么爱吃黑莓，但她听辛西娅说过她爱吃。再说，爬上去采摘一番也挺诱人的。于是她忘了她的麻烦事，爬上了树篱斜坡，匆匆摘下她险些够不着的好东西，得意洋洋地溜下来，拿到一片大树叶跟前，准备用树叶当篮子兜着黑莓回家。她刚才尝了一颗，和从前一样，没尝出什么味道来。她漂亮的印花裙扯散了裙褶，又一看采下的黑莓太多，不可能全带回去，便吃了些，结果樱桃小嘴连涂带抹一片黑，也没擦就回家了。（336）

莫莉潜意识里正在思考她与罗杰、辛西娅三人之间的情爱关系，盖斯凯尔这时突然笔锋一转，开始精心描绘她采摘黑莓的场景。其实，在这短短一段看似描述自然的文字中，包含了大量指涉人类社会的丰富信息。盖斯凯尔不仅通过对黑莓的描述将"花季少女"辛西娅那难以描述的性吸引力（bloom）再现了出来，而且也将莫莉缺乏性吸引力的自然事实和她次要的社会地位以及遭到罗杰忽视等事实联系了起来。

首先，从林奈通俗植物学话语来看，黑莓是植物有性繁殖的产物，具有强烈的性意味。小说对黑莓自然形态的精心描绘，无疑让人产生此类联想。叙述者通过强调辛西娅特别喜欢黑莓，而莫莉却不怎么喜欢这一事实，将黑莓与辛西娅勾连起来，那"熟透了的""团团簇簇"的黑莓影射了辛西娅成熟的女性身体及强烈的性吸引力。其次，莫莉出于好意为辛西娅采摘黑莓，却让自己陷入麻烦，不仅裙子被扯散了，嘴巴也被黑莓汁染黑了。叙述者在后面对此又做了进一步描绘："头发散乱，帽子拉歪了，衣裳也扯破了。"（340）这类描写很容易让读者将莫莉与那些受到性侵害的女性联系起来。或许可以这样理解，因为辛西娅的缘故，莫莉的纯真受到了潜在的性威胁。这一点在小说后面的叙事中得到进一步证明：为帮助辛西娅解决她的"麻烦事"——取消她和普雷斯顿先生之间的秘密婚约，莫莉使自己的清白遭到质疑。另外，莫莉为辛西娅采摘黑莓，也暗示出她相对次要的地位。只要辛西娅在场，莫莉总会被他人（主要是罗杰）忽视。

莫莉一到家，就被喜气洋洋的吉布森太太截住了，罗杰正在楼上向辛西娅求婚。跑回房间后，莫莉顿时感到天旋地转，只觉得自己"是在地球日常行程中被带着走一般，和大石小石、树木等一起随地球运动，像死人一样没有知觉"（337）。成为地球一部分的莫莉就像华兹华斯笔下与自然风景融为一体的"露西"（Ruth）（Spencer, 1993：134）。然而，对浪漫主义始终持一定戒备心理的盖斯凯尔没有把莫莉变成浪漫主义诗歌中的女主角，安排她像露西那样在风景中死去，而是让她从风景中获得意识和主体性。莫莉将头伸出窗外，呼吸到新鲜空气后：

> 渐渐地头脑里有了意识，能觉出平稳宁静的自然景致，平息了耳朵里的嗡嗡乱想。那些景致她从小熟悉而且喜爱，现在沐浴在秋天恒定一般的阳光里。这时刻正是一片宁静的时候，宁静中听得见吱吱嗡嗡的小生命，世世代代都是如此。楼下花园里秋花怒放，邻近的草地山放着懒洋洋的牛，在割了一次后再长出来的绿草中咀嚼反刍事物。再远处是几座农舍，傍晚的火已经生起，准备迎接回家的丈夫，袅袅青烟飘上宁静的天空。（337）

莫莉不仅将风景和她的个人经历联系起来，还将其与整个社会的历史联结起来。如此看来，盖斯凯尔似乎想把莫莉塑造成一个能积极主动地去理解自然风景的人，而不是自然风景中一个被动的组成部分。她不会像露西那样一味被动下去，直至死亡，而是会积极投入当下生活中去。有意思的是，接下来的叙事却又推翻了这一切，莫莉仍然没能摆脱受忽视的命运。虽然罗杰临走时没有忘记和莫莉告别，但是话还没说完，他的眼睛便又转向了美艳动人的辛西娅。罗杰走后，伤心不已的莫莉无意中看到映在镜子中的两张脸后，立刻将她受到忽视的社会事实和自己的邋遢形象（为辛西娅采摘黑莓引起）及平凡的相貌联系起来："她自己的脸眼睛发红，容颜苍白，嘴唇被黑莓汁染黑了，头发散乱，帽子拉歪了，衣裳也扯破了——和她这模样形成鲜明对照的是辛西娅的光彩艳丽（brightness and bloom），还有她穿戴上的整齐高雅之风……'唉！难怪啊！'"（340）辛西娅在小说中一出场，盖斯凯尔就用大量描述自然界中如画美景的词汇来表现她的性吸引力，这种吸引力也在前段引文对黑莓的描述中得到暗示。而在这段引文中，盖斯凯尔直接使用了林奈通俗植物学中的核心词汇 bloom 来形容辛西娅的女性魅力，并有意在她和莫莉之间做了一番对比。辛西娅"光鲜艳丽""整齐高雅"，而莫莉"头发散乱""容颜苍白"。很明显，这里的 bloom 不仅具有描述功能，而且具有叙事功能。刚和罗杰订了婚的辛西娅"光鲜艳丽"，而失去了罗杰的莫莉则显得"容颜苍白"。此外，与辛西娅和莫莉两人相关的社会事实也在盖斯凯尔对黑莓这一自然物的描写中得到了贴切的对比。当莫莉看到一个钟头前还鲜嫩的黑莓叶子现在却变得"无精打采"时，她对它们产生了一种"同病相怜"的感觉；辛西娅看到黑莓后，立刻"用修长的指头尖儿轻轻地夹起一颗颗熟透了的浆果，让它们跌落进她张开的嘴巴里"（341）。如果说辛西娅是黑莓，那么莫莉就是衬托它的叶子，辛西娅像那"熟透的浆果"一样美艳动人，而莫莉则像那些叶子般"无精打采"。

我们在前文说过，盖斯凯尔描述某个女孩像花朵般绽放（bloom），通常意味着该女孩就要开始一段恋爱叙事。这与辛西娅的情况比较符合，她刚和罗杰订了婚。但是，值得注意的是，这段恋爱随着罗杰去非洲进行科学考察而变成了一条暗线。紧接着，盖斯凯尔描写了发生在辛西娅身上的其他几段恋情。辛西娅除了会在罗杰面前如花般绽放之外，还会在其他男人面前绽放。这就注定了她无法成为盖斯凯尔的理想女主人公。

当年暗恋莫莉的考克斯先生（吉布森先生当年的学徒之一）继承了一份遗产后，重返霍林福德，打算向莫莉求婚，却发现辛西娅远比莫莉迷人。辛西娅"年轻美貌，光彩照人（bright and blooming），两颊和嘴唇上颜色鲜亮，眼睛中神采奕奕……莫莉……欢欢喜喜，露着酒窝儿微笑。但不如辛西娅美得那么光彩夺目"（363）。盖斯凯尔不仅再次使用 bloom 来描绘辛西娅的美貌，而且又一次在她和莫莉之间做了对比，以凸显一种差异性。不过这次，除了对两人的相貌进行了对比外，盖斯凯尔也格外重视对她们的行为举止作差异化处理。莫莉意识到考克斯先生的意图后，便对他有所回避；而辛西娅则"使出了她所有的迷人功夫……用她迷人的风度把他（考克斯先生）吸引过去"（363－364）。经不住诱惑的考克斯先生很快便决定放弃莫莉，向辛西娅求婚。然而，考克斯先生不过是受辛西娅魅力迷惑的众多牺牲品之一。不久，莫莉就发现，辛西娅早在和罗杰订婚前，就已经答应嫁给普雷斯顿先生。紧接着，小说叙述了莫莉为保护辛西娅的清白，不顾自己名誉受损的风险，独自去找普雷斯顿要回了辛西娅以前写给他的那些定情信件。

如果说在此之前莫莉总处于边缘位置，相貌也不出众的话，那么当辛西娅的道德瑕疵和莫莉的高尚品德被大家发现后，莫莉突然受到重视，人也变漂亮了。恰在此时，罗杰从非洲回来，一是为料理哥哥奥斯本的身后事；二是为挽回辛西娅的爱情（和普雷斯顿的秘密曝光后，辛西娅向罗杰提出解除婚约）。耐人寻味的是，他的回来意味着他和莫莉两人潜在的恋情有了发展的可能。

得知罗杰从非洲回来的消息，病了几个月的莫莉身体开始恢复，气色明显好转。罗杰去吉布森家拜访的那天下午，莫莉穿着漂亮的白色病号服，坐在窗口看书，窗外的"花园里百花盛开，树木一片葱绿"（534）。罗杰温和地问候她的病情，并对她为他家所做的一切表示感激。当罗杰友好地端详她的脸时，莫莉羞得"满脸通红"，而罗杰则第一次意识到她有着一双"美丽温柔的灰色眼睛"（535）。临出门时，看到莫莉关切的眼神，罗杰心里一惊，他发现莫莉正如奥斯本预料的那样，已经出落成"一个苗条可爱的美人了"（536）。盖斯凯尔在这里将对自然的描述与社会性叙述结合了起来。正如花园中盛开的花朵那样，莫莉也在罗杰面前绽放了，罗杰第一次察觉到莫莉的性吸引力，两人之间潜在的恋情得到揭示。不过，罗杰此时还惦念着辛西娅，一心想以自己"坚强的男子汉气概"（541）去说服她回心转意。令他失望的是，辛西娅身边已经出现了新的情人，不久之后她便结婚了。辛西娅的结婚进一步推动了莫莉和罗杰恋情的发展。

因感冒无法参加辛西娅婚礼的莫莉被哈里特小姐带回了托尔斯庄园。在那里，"好多个星期以来莫莉第一次感到恢复健康时的欢快活力，感到经过前一天雨水洗涤后的清新空气跃动着青春的气息"（554）。"健康""活力"和"青春"无疑揭示出这一事实：莫莉如花朵般绽放了。而且从"好多个星期以来"和"第一次"可以看出，莫莉恢复健康这一自然事实与辛西娅结婚这一社会事实之间有着非常明显的因果关系。正如前文所言，当小说女主人公开始如花般绽放时，她的恋爱故事便开始了。于是，我们发现在托尔斯庄园偶遇莫莉的罗杰开始真切地感受到了莫莉的魅力：看到莫莉身着"美丽的晚装，头发又梳理得非常漂亮，细嫩的脸蛋由于害羞微微带红"，罗杰突然产生了一种"多数年轻男子和一个漂亮姑娘说话时由于爱慕而产生的恭维心理，还有想赢得对方好感的欲望，与过去由于彼此很熟而产生的友谊不同"。（556）在随后两人的交谈中，盖斯凯尔进一步引入了林奈通俗植物学话语。当莫莉准备离开时，罗杰恳求道："再待一会儿，实际上这是最令人愉快的地方，这盆睡莲使人即使不凉爽在身，也会凉爽在心，再说，我觉得又有很久没见你了"（557）。罗杰的这句话巧妙地将自然语言与社会叙述糅合在一起。一方面，他有意提及睡莲让人凉爽的自然特性，表明待在此处颇让人感到愉快，从而试图挽留莫莉，或者说试图弥补自己曾经对她的忽视。另一方面，这句话也暗示罗杰眼中的莫莉就是那盆能让人感觉"凉爽在心"的睡莲。从林奈通俗植物学角度来看，植物花朵的意象无疑凸显了莫莉所产生的性吸引力。值得注意的是，罗杰的这一比喻还包含了另一层含义。1849 年 11 月 17 日的《伦敦新闻画报》（*Illustrated London News*）刊登了一幅耐人寻味的画作，一名年轻女孩站在一片巨大的睡莲叶子上。查茨沃思庄园（Chatsworth）的首席园丁约瑟夫·帕克斯顿（Joseph Paxton）为检测他所培育的这株巨型睡莲的承受力，将女儿安妮放到了上面。后来，他从睡莲那横纵交错的主梁和支撑中获得灵感，在 1851 年时建造了当时闻名于世的"水晶宫"。也就是说，那株后来被称为维多利亚王莲的睡莲具有一个引人注目的特征——巨大的负载力。实验证明，维多利亚王莲能承受 75 千克重的沙子而不下沉。因此，我们看到帕克斯坦的女儿安全自在地站在上面而不下沉。虽然罗杰将莫莉比作的那盆睡莲并非维多利亚王莲，但他的类比无疑会让盖斯凯尔同时代的读者联想到王莲，因为莫莉具有与其极为相似的品性——巨大的承受力。事实上，正因为莫莉那类似于睡莲的受压能力以及坚韧的品性，她才成为小说的女主人公，与男主人公走到了一起。

从以上分析中可以看出，描述自然的语言及相关原则在《妻子和女儿》中得到了频繁的运用。盖斯凯尔一方面使用如画美学的常用词汇来描绘"花季少女"辛西娅的美貌，刻意突出其与女主人公莫莉在容貌上的差异；另一方面也借助"风景改良"这一体现了如画理论的园林实践活动对辛西娅那种带有"欺骗性"的改良行为表示了质疑。不过，从盖斯凯尔后面对莫莉容貌的改良式描写来看，她并未对这种改良行为持完全反对的态度。于她而言，适度的改良也很有必要。要想成为盖斯凯尔的理想主人公，高尚的道德当属首位，美貌也不可或缺。就恋爱叙事而言，"开花"这一林奈植物学中的常用词汇被用来再现已达婚龄的年轻女性的身体特征及其婚姻状况。当莫莉的高尚品行被众人发现后，她的容貌获得了很大改善，与此同时，她开始摆脱此前的从属地位，并取代道德上存在瑕疵的辛西娅，成为男主人公罗杰的理想伴侣。莫莉和罗杰之间微妙的情感变化以及恋人间难以描绘的性爱欲望则在如画美学的"三角构图"原则中得到了再现。总之，在《妻子和女儿》中，盖斯凯尔巧妙地借自然修辞隐喻女性的社会化过程，用自然叙事表现男女主人公的"消极恋情"，在一定程度上实现了她想要诗意地表现真实的创作诉求。

综上，林奈植物性体系和受其影响的风景美学及园林美学等，对于我们理解盖斯凯尔的婚恋叙事和她的女性观具有重要意义。盖斯凯尔不仅在《南方与北方》中考察了林奈的"公开婚姻"类别，将"开花叙事"与当时维多利亚社会迫切关注的工业问题相结合，试图消除公私领域差异，提升女性社会地位，而且在《露丝》中关注了被林奈忽视的"私密婚姻"类别，积极探索了"合法婚姻"之外的两性欲望维度，有力地挑战了有关"堕落女性"的传统叙事。此外，她还在《妻子和女儿》中再现了林奈没有提及的"消极恋爱"模式，创造性地拓宽了"开花叙事"的范围。盖斯凯尔借植物修辞隐喻女性的婚恋状况，满足了她既不违背维多利亚正统文学界默认的不直接涉及性话题的创作准则，又能如实地描写现实世界的愿望，她的现实主义也因此带有一定的诗意美。尽管盖斯凯尔有时为挑战有关堕落女性的传统叙事，将女性比作缺乏反思能力的植物，使其沦为她思想观念的传声筒，以致违背了她要如实塑造真实人物的愿望，但我们不能因此而忽视其开花叙事的创新性。

第三章　原型生态学与盖斯凯尔
小说中的地方想象

　　莱萨·肖勒（LesaScholl）等人在其编著的论文集《伊丽莎白·盖斯凯尔作品中的地方与进步》前言部分指出："盖斯凯尔一直热爱着她生活过的地方，这些地方影响了她的一生……（她）总是借助其体验过的地方来理解自己的身份。"（Scholl，2015：1）无论是童年时代生活过的田园小镇纳茨福德，还是婚后定居的工业城市曼彻斯特，抑或是偶尔造访的海边、乡村和欧洲大陆等地，都对盖斯凯尔的生活和创作产生了深远的影响。正如斯奈尔所言，"地域想象"（regional imagination）是盖斯凯尔"艺术中的一个关键要素"（Snell，1998：50）。考察其作品中的地方元素一直是盖斯凯尔研究的重要组成部分。[①]

　　凯斯（W. J. Keith）在《想象的地域：英国乡村小说的发展》中明确指出，"盖斯凯尔在创作生涯初期，就具备写地方小说的基本特质"（1988：54）。凯斯认为，盖斯凯尔艺术的根本是"人类故事与自然环境的互动关系"，她对人与自然环境之间联系的重视是受了华兹华斯的影响。另外，盖斯凯尔偏爱使用方言[②]，她在《玛丽·巴顿》《南方与北方》和《西尔维娅的恋人》中生动准确地再现了曼彻斯特工人、米尔顿工人和蒙克沙汶镇人的方言，大大增强了其描绘的地方的真实性。凯斯认为，盖斯凯尔随时打算将说方言的人物置于小说中心，并采用认真、尊重的态度来描写他们，是受了斯科特的影响。最后，盖斯凯尔总

---

　　① 埃德加·赖特、W. A. 克莱克和约翰·卢卡斯是此类研究的代表。他们一致认为，盖斯凯尔作品中的地方视角挑战了那种认为伦敦是观察英格兰的最佳场所的看法。

　　② 1854 年，在写给沃尔特·萨维奇·兰道（Walter Savage Landor）的信中，盖斯凯尔称方言更能准确表达难以表达的概念："……你会记得农村人经常用的词'unked'。我找不到其他词来表达这种奇怪的、不寻常的、凄凉的不适感。"

是急于将发生过去某个时期、某些地方的风俗习惯记录下来，保存与这些地方相关的故事和记忆，防止它们遭到遗忘。盖斯凯尔本人曾在其克兰福德素描的一个早期版本《英格兰的最后一代》（"The Last Generation of England"）的开篇表示，"骚塞（Southey）计划写一部'英格兰家庭生活史'"，她也希望像他一样"把一些乡村生活的细节记录下来"，因为即便在那些还没完全与村庄分隔开的小城镇也发生着快速的变化（Gaskell，1849：45）。由此，凯斯认为，盖斯凯尔对地方史的兴趣和骚塞有关。凯斯不仅敏锐地观察到盖斯凯尔对环境、方言以及地方史的兴趣，而且对其所受影响也做出了较有说服力的论述。

不过，如果将盖斯凯尔作品置于对维多利亚文化产生深远影响的博物学这一广阔的文化语境中，就会发现作家所表现出的上述特点都能从18世纪英国著名博物学家吉尔伯特·怀特的经典博物学著作《塞耳彭自然史》中找到。盖斯凯尔对曼彻斯特、克兰福德镇、米尔顿、蒙克沙汶镇以及霍林福德镇等地的风土人情、人物—物种的日常生活习惯以及独特的社会关系的再现，无不揭示出她与怀特的原生态认知方式的相似性。

第一节　《克兰福德镇》：地方的全球化想象

《克兰福德镇》描写了英格兰西北部一个普通城镇的生活，通过对一群单身大龄女性和寡妇们的日常生活琐事的精心描绘，生动地再现了这个偏僻小镇的风俗人情。说实话，这些小姐太太们的生活乏善可陈，整日里除了串串门、聊聊天、打打牌之外，也无他事可为。然而，就是这样一部看似平淡无奇的小说却是盖斯凯尔作品中最受欢迎的一部，自1853年出版到20世纪末，已经发行了一百七十多个版本（转引自陈礼珍，2011c：121）。盖斯凯尔本人也承认这是她最喜欢的一部作品。为何这样一部鲜有故事情节的小说能够流传至今，广受历代读者的好评呢？或许要归功于盖斯凯尔与18世纪英国博物学家吉尔伯特·怀特颇为相似的叙述风格和描述方式。

盖斯凯尔研究专家安格斯·伊森在其论述《克兰福德镇》的文章开头，引用了怀特在《塞耳彭自然史》序言中说的一段话："如果常年定居某处的人们愿意对其居住地多加留心，而且乐于和他人分享他们对其周边事物的看法，那么这些材料很有可能会完整地还原出该地的全部历史风貌，这类地方史，本国好几个地方迄今为止还没有。"（Easson，1979：97）显然，颇具洞察力的伊森已经注意到，怀特对地方史的重视在盖斯凯尔这里得到了回应。不过，遗憾的是，在随后的分析中，他并没有将两人的作品联系起来考察，而是在比较了《克兰福德镇》和玛丽·密特福德（Mary Mitford）的《村庄》（*Our Village*）后，指出"密特福德的写作风格似乎与《塞耳彭自然史》的作者吉尔伯特·怀特更有亲缘性，而不是和盖斯凯尔"（ibid.：99）。

事实上，已有部分学者注意到《克兰福德镇》和博物学之间的亲缘关系。丽莎·奈尔斯（LisaNiles）在论文《马尔萨斯更年期：伊丽莎白盖斯凯尔〈克兰福德镇〉中的衰老与性》（"Malthusian Menopause：Aging and Sexuality in Elizabeth Gaskell's *Cranford*"）中指出，"克兰福德镇居民得以被记录下来"和"维多利亚时代对分类学的着迷"密切相关。（Niles，2005：293）汤姆·多林（Tom Dolin）同样看到了盖斯凯尔对博物学的"着迷"，他认为叙述者玛丽·史密斯（Mary Smith）就像一个博物学家那样将各种趣闻轶事收藏起来，放入文本中，"与其说有着松散的片段式叙事形式的《克兰福德镇》是一部小说，不如说更像女性的收藏品"（Dolin，1993：193）。多林等人的分析别具一格，让人有耳目一新之感。本书的研究角度稍有不同，主要考察盖斯凯尔对小镇克兰福德的再现方式如何回应了博物学家怀特对其居住地塞耳彭的再现方式。

在《地方故事：〈塞耳彭自然史〉和〈拉克伦特堡〉》（2003）一文中，玛莎·伯雷尔（Martha Adams Bohrer）研究了怀特的原型生态学方法对 19 世纪早期英国文学作品的地方叙事的影响。她指出，艾奇沃斯和克拉布在他们的"地方故事"中表征的"地方"（locale）和怀特笔下的"栖息地"（habitat）是同一概念，指的"不是空间中的抽象位置，而是可以通过其中包含的大量细节、通常只能在该地见到的独特事物，以及在这里观察到的某些特别活动和事件而被确定和识别出来的"场所。在文章《地方思维：乡土小说中的小说世界》（"Thinking Locally：Novelistic Worlds in Provincial Fiction"）中，伯雷尔进一步考察了怀特的地方思维对 19 世纪乡土小说的影响，声称在怀特和米特福德（Mitford）

所处的浪漫主义时期的早晚期，"认识论和美学价值发生重大转变"，"各类乡村地区（村庄、城镇、海岸、沼泽和其他废弃的地方）和一种将地方（place）视为特定的地点（locality）的全新概念开始进入文学景观"。（Bohrer，2008：90）在伯雷尔看来，怀特之后的乡土小说开始强调"地方"的经验主义内涵，即"特定的物质状况"，而不是那种由教堂和国家所定义的抽象地方。伯雷尔重申了"地方"（locality）等同于"栖息地"（habitat）的观点。她指出，在 18 世纪晚期到 19 世纪末的博物学著作中，这两个词指的都是"物种赖以生存的环境"（ibid.）。

伯雷尔的研究有助于我们理解盖斯凯尔对地方的再现。仔细考察便会发现，盖斯凯尔小说中的地方和怀特笔下的塞耳彭这一生物"栖息地"一样，并不是抽象的空间位置，而是"物种赖以生存的环境"，以其特定的物质状况区别于其他地方。盖斯凯尔和怀特再现地方时都极为重视对当地物种的具体行为的描述，两人均采用家庭经济（domestic economy）这一模式来表现物种的日常生活。

在后期写信向巴林顿介绍塞耳彭物种时，怀特主要采用了两种描述形式。一种是以长篇专题的形式系统介绍了燕子家族中的不同种类，另一种是以短篇形式简单描述了老鼠、蟋蟀等单一物种的"家庭经济"。伯雷尔指出，这两种描述形式都与 18 世纪博物学的"自然经济"（the economy of nature）概念有关。"总体自然经济"（global natural economy）指的是等级链中有着"繁殖、生存、死亡"生命周期的生物之间存在食物交换关系。"家庭经济"是"总体自然经济"的子集，专指某一物种的"繁衍、生存和死亡"（Bohrer，2003：401－402）。无论哪种经济形式，都对物种"繁衍、生存、死亡"的生命周期予以了关注。在《克兰福德镇》中，盖斯凯尔对与当地居民/物种的"生命周期"（结婚、生育、死亡等）相关的事实同样做了细致而详实的记录。

克兰福德镇是一个"女人王国"①（1），一个以单身大龄女子和寡

---

① 盖斯凯尔虚构"女人王国"的灵感很有可能来自怀特的《塞耳彭自然史》。在写给巴林顿的一封信（写于 1770 年 12 月 20 日）中，怀特提到了一种叫苍头燕雀的鸟，他发现这种鸟冬天会迁徙到塞耳彭。有趣的是，迁来的几乎都是雌鸟，没有雄鸟。他断言："苍头燕雀之雌雄分离的迁徙，是别有目的、自成一格的。"（White，1993：210）

妇为主体的女性社群。① 该镇的大部分女性都偏离了婚姻生活的"正轨"，成为玛莎·薇茨纳斯（Martha Vicinus）口中那些"在情感与经济上都濒临破产"（xii）的边缘人。② 叙述者玛丽·史密斯说过这样一句话："自我上回离开之后，这里既没人生儿育女，也无婚丧喜庆。"（19）在"拜访"一章，波尔小姐这样说道："城里上层社会大都是老小姐或者无儿无女的寡妇，如果不通融一下，稍稍放宽些范围，用不了多久我们这个社交圈子就要没人了。"（90）这些老小姐们"在情感上濒临破产"似乎意味着"繁衍"这个在怀特所谓的"家庭经济"中极为重要的一环面临着缺失的危险。然而，事实是，即便在克兰福德镇这样一个充斥着衰老意象的社群中，人口也始终处于不断更新的状态。

虽然狄布拉（Deborah）和玛蒂（Matty）这两位詹金斯小姐的婚恋叙事符合"马尔萨斯式的爱情悲剧模式"③（Niles，2005：296），她们根本找不到可以结婚的对象，碰到的男人不是很快消失，就是突然死去，但难能可贵的是，错失婚育机会的她们却能很快调整心态，积极鼓励他人成婚，从而使婚育/繁衍这一物种"家庭经济"中的重要环节得以在这个此前看来"既没人生儿育女，也无婚丧喜庆"的克兰福德镇继续存在。

作为克兰福德镇的"女德楷模"（31），狄布拉一开始很像一名马尔萨斯主义者。④ 布朗上尉举止粗俗，狄布拉一向瞧不起他。虽然布朗

---

① 本书对社群与社会的区分是建立在社会学家费迪南·滕尼斯的二分法基础之上。参见 Ferdinand Tonnies，*Community and Society*，Newton Abbot：David and Charles，2002。

② 美国作家弗伦奇（L. H. French）在其作品《我的老姑娘的角落》（*My Old Maid's Corner*）中，借第一人称叙述者之口，对维多利亚时代老姑娘们的处境做了生动的描绘："它们不属于任何地方，也不属于任何人。它们就像是从洒满阳光的花园的墙上掉落下来的果实，一直滚落到了远处的公路上。路过的每个人都可以捡起来吃掉。它们不再是主人的财产，也不会被拿来招待客人。每次看到私人园子里的树木，我都会想起那些老姑娘。看到那些长在不分叉的树枝主干末端上的花蕾，我总会猜测，摘掉这些花儿的到底会是谁呢？"（French，1903：404）有关《克兰福德镇》中单身大龄女性与家庭空间关系的分析，参见 Anna Lepine，"Strange and Rare Visitants：Spinsters and Domestic Space in Elizabeth Gaskell's *Cranford*"，*Nineteenth-Century Contexts*，Vol. 32，No. 2，2010。

③ 席尔瓦那·科莱拉（Silvana Colella）将 19 世纪早期大众杂志上普遍存在的悲剧爱情故事和马尔萨斯政治经济学联系起来，创造了术语"马尔萨斯式情节"（Niles，2005：296）。

④ 马尔萨斯在《人口原理》（*An Essay on the Principle of Population*）第二版中指出，如果人口繁殖的速度超过生活资料的增长速度，贫困和罪恶就会接踵而至。针对这一问题，马尔萨斯主张进行道德干预，"就人口原则而言，规则和指导……很有必要"（Malthus，1989：94）。他认为，人们可以通过晚婚、独身、节育来控制出生率。

家只有两个女儿，但狄布拉似乎认为，布朗的过度生育是他家生活拮据的主要原因。狄布拉甚至将布朗对以分期形式发表的狄更斯小说的热爱也归罪于他旺盛的繁殖力。[①] 在她看来，分期连载和过度生育都是"不负责任的过量行为"（Niles，2005：298）。不过，后来发生的一件事消除了狄布拉对布朗上尉的所有偏见。得知布朗为救一个孩子而被火车碾死后，狄布拉默默地承担起照顾他的两个女儿的义务。[②] 不仅如此，她的婚姻观也悄然发生了变化。戈登上校重返克兰福德镇向布朗家的泽西小姐求婚，狄布拉不仅没有阻拦，反而积极促成两人的婚事，从一个"克兰福德镇繁衍经济中的边缘角色变成了一个马尔萨斯式的媒人"（ibid.）。当玛蒂神色慌张地跑来向她汇报，说有个男人"用手搂住泽西小姐的腰"时，狄布拉"毫不客气地"回答她："他的手放在那里是再合适不过的了。走开些，玛蒂尔德，别多管闲事！"（31）此时的狄布拉开始具有"鼓励人口增长的社群意识"（Niles，2005：298）。临终前，她请泽西小姐的女儿小弗萝拉为她朗读约翰逊博士的连载小说《漫步者》。她称赞这是本好书，"弗萝拉读了大有裨益"（32）。狄布拉对连载小说这种她曾视为"俗气""有失文学尊严"（13）以及"过量"的发表形式的认可，暗示了她对布朗上尉代表的繁殖力的默认态度。[③]

　　不光是姐姐狄布拉，妹妹玛蒂也对当地的"家庭经济"产生了重要影响。玛蒂年轻时，波尔小姐的远房表兄霍尔布洛克先生曾向她求过

---

① 有关乔治·刘易斯等人对狄更斯"粗俗"品味的讽刺，参见 Robert L. Patten, *Charles Dickens and "Boz"*: *The Birth of the Industrial-Age Author*, Cambridge：Cambridge University Press，2012。

② 狄布拉对上尉女儿的照顾很容易让人想起怀特在《塞耳彭自然史》中多次提到的事情——有些动物会抚养别的动物的幼崽。怀特称，自己常被这些动物的行为感动（怀特，2002：313）。

③ 从1851年12月起，《克兰福德镇》开始以连载形式在狄更斯的《家常话》杂志上发表。盖斯凯尔本人一直对分期连载这种出版形式颇有微词，便借狄布拉之口将其贬为"有失文学尊严"的"俗气"形式。或许考虑到自己当时也需借助《家常话》来获得文学上的影响力，盖斯凯尔最终还是让狄布拉接受了这一形式。盖斯凯尔对连载形式的看法，参见 Annette B. Hopkins，"Dickens and Mrs. Gaskell"，*Huntington Library Quarterly* Vol. 9，No. 4，1946。陈礼珍：《出版形式与讲述模式的错位——论盖斯凯尔的〈克兰福德镇〉》，《江西社会科学》2011年第11期。

婚。詹金斯老爷和狄布拉嫌对方地位低，坚决反对这桩婚姻，玛蒂就这样失去了唯一一次可能结婚的机会。时隔三四十年后，这对恋人再度重逢。但没多久，霍尔布洛克先生去了趟巴黎，回来后很快就去世了。噩耗传来当晚，玛蒂晚祷后把女仆玛莎留了下来，迟疑了半天后对她说道："玛莎，或许你有一天会遇见你喜欢的年轻人，他也喜欢你，我的确说过别引些男朋友盯在后边；不过要是你遇到这么一个青年，你告诉我，只要我觉得他为人正派，我不反对他每星期来看你一次。"（57）爱情上的痛苦经历迫使玛蒂重新思考她曾感到恐惧的事情：到底准不准年轻女仆有自己的"追随者"（35）。后来，玛蒂和玛丽聊起这事，坦言自己"不愿意像波尔小姐那样老是劝青年人过独身生活"（147）。虽然她自己不可能再谈婚论嫁，但她可以帮助别人实现这种愿望，因为"上帝不允许"她"让年轻人心里苦恼"（57）。玛莎生下女儿后，给她取名玛蒂尔德，玛蒂成了孩子的教母，当"那个娃娃"躺在玛蒂的怀里"就同在她母亲怀里一样乖"（211）时，一直梦想成为母亲的玛蒂以另外一种方式实现了自己的愿望。她说，"如果小孩都像她那个教女玛蒂尔德一样可爱的话，只有玛莎愿意生，她是一点儿也不在乎的"（213）。显然，玛蒂也获得了类似狄波拉的那种"鼓励人口增长的社群意识"，繁殖力不再令她感到恐惧，它完全成了人们可以自由选择的事情。作为一名对婚育不再抱任何幻想的老处女，玛蒂一直处于主流文化的边缘地位。然而，通过鼓励仆人结婚生子，她却间接体验到了做母亲的快乐，这正应验了黛娜·克雷克（Dinah Mulock Craik）的那句话，单身女性，即使到了老年，"也不需要他人同情，因为（她的）生命是完整的"（Craik，1861：308）。诚然，如薇茨纳斯所言，克兰福德镇的老小姐们"在情感上濒临破产"，失去了繁衍后代的可能性。然而，她们却通过鼓励他人成婚、与他人共同承担养育后代的责任等，将克兰福德镇这样一个表面看来很难实现"生儿育女"和"婚丧喜庆"的社群，改造成了类似于塞耳彭那样的生物群落，物种在其中自在地"繁衍、生存"。

死亡同样是"家庭经济"中必不可少的一环。爱德华（P. D. Edward）曾批评盖斯凯尔在《克兰福德镇》"这部田园小说"中"令人惊讶地包含了大量死亡"（*Edward*，1988：77）。① 不过，如果我们不把这部小说置于"田园小说"类别中，而是采用经验主义者的眼光来审视它，将克兰福德镇视为类似于塞耳彭的生物群落，那么，其中包含的"大量死亡"就不那么"令人惊讶"了。死亡不过是所有物种经历了"繁衍、保存"之后，必然到达的阶段，是物种"家庭经济"中不可或缺的一部分。或许正因为具有这样的认知，盖斯凯尔在其作品中"从不避讳死亡"（Craik，1975：99）。② 即使是最平静、最高雅的克兰福德社群，同样包含了大量死亡事件：既有布朗小姐体弱多病慢慢离世的死亡，也有布朗上尉遭遇车祸的突发性死亡，既描述了霍尔布洛克先生不堪旅途劳顿后的猝死，也再现了狄布拉寿终正寝的自然死亡。不过，盖斯凯尔从不过度渲染死亡带来的痛苦和恐惧之感，她总会有意识地通过"给死者和生者提供安慰与和解"来缓解这种情绪（Edward，1988：78）。③ 盖斯凯尔在叙述中安插众多和死亡相关的插曲，部分原因当然是为了推动小说叙事的进程。不过，从她将死亡叙事和其他生活叙事糅合在一起的做法来看，死亡，于她而言，是"无法逃避的生命之流"（Craik，1975：104）的一部分，是所有物种都要经历的自然事实。④ 盖斯凯尔

---

① 将《克兰福德镇》视为田园牧歌的看法相当普遍。参见 Peter Keating，"Introduction"，*Cranford and Cousin Phillis*，Elizabeth Gaskell，London：Penguin，1986，p. 10。

② 她的六部长篇小说都涉及了死亡主题。有关盖斯凯尔对死亡的描写以及对时间的处理方式如何不同于斯科特（Scott）、特罗洛普（Trollope）以及乔治·艾略特等人，参见 W. A. Craik，*Elizabeth Gaskell and the English Provincial Novel*，London：Methuen & Co.，1975，pp. 89–139。

③ 布朗小姐不大讨读者喜欢，她去世可能引起的些许伤感很快就被她妹妹从前的恋人戈登上校的意外归来所激起的兴奋之情取而代之。叙述布朗上尉被火车碾死一事时，盖斯凯尔反复强调他当时正沉迷于他心爱的《匹克威克外传》中，从而有效减轻了读者的恐惧感。在处理詹金斯小姐和霍尔布洛克先生的死亡时，盖斯凯尔同样显得非常克制，没有让叙述陷入多愁善感的情绪中。詹金斯小姐去世没多久，玛蒂和霍尔布洛克先生偶然重逢带来的喜悦之情同样在一定程度上缓解了死亡引起的痛苦。霍尔布洛克先生的死亡，则是在他完成了梦寐以求的巴黎之行后发生的。临行前，他对玛蒂说要赶在"收获季节之前动身"（52），盖斯凯尔在此将自然事实与社会事实勾连起来，"收获季节"恰切地揭示出，他在古稀之年遭遇的死亡也算得上人生的一种完满。霍尔布洛克的去世对玛蒂产生的影响，与其说是令人沮丧的，不如说是积极正面的，"在命运和爱情面前让了步"（57）的玛蒂鼓励玛莎结婚生子，最后又以成为孩子教母的方式间接地实现了自己当母亲的愿望。

④ 盖斯凯尔对"生命之流"的关注对后来的亨利·詹姆斯、詹姆斯·乔伊斯（James Joyce）、乔治·艾略特以及托马斯·哈代等人产生了深远的影响。参见 W. A. Craik，*Elizabeth Gaskell and the English Provincial Novel*，London：Methuen & Co.，1975，pp. 89–139。

对物种生命周期和"生命之流"的强调表明，克兰福德镇并非如妮娜·奥尔巴赫（Nina Auerbach）所言是一个"否认宇宙的循环和节奏"的"静态社群"（Auerbach，1978：80）。恰恰相反，它是一个完全遵循"宇宙的循环和节奏"运行的"动态社群"。

描写塞耳彭教区时，怀特除了记录物种"繁衍、生存、死亡"的生命周期外，还格外注意其独特的行为细节。他有关"动物个性……［和］他们的举止轶事"的论述后来被威廉·彬格莱类比为"传记"（qtd. in Foster，1993：xxiv）。介绍雨燕子的"家庭经济"时，怀特不仅提供了大量与其生命周期相关的基本事实（它们到达和离开塞耳彭的大致月份、结巢的地点以及如何抚育雏鸟），还详述了它们的独特行为。比如，雨燕子从不与同科的鸟一起出游；它们不怕枪，进出结巢的地点时毫不畏惧；它们腿短，翅膀长，一旦落地就不大容易起来，故而一般情况下从不落地；为摆脱一种叫燕虱蝇的小害虫，它们飞行时总会不停地扭动身子等等（怀特，2002：268－276）。

描绘克兰福德时，盖斯凯尔同样重视对人物行为细节的观察。正如乌格罗所言："只有当她（盖斯凯尔）开始描写行为和轶事时，我们才真正走进了克兰福德领地。"（Uglow，1993：280）盖斯凯尔在小说开篇不吝笔墨，详细介绍了克兰福德镇居民周而复始的日常生活，着力表现了她们盲目遵守，甚至过分依赖传统和习惯生活的特点。比如，她们在穿戴上从不赶时髦，上门做客有各种规矩，三天内必须回访来客，做客时间不超过一刻钟，从来不谈钱等等（2－4）。此外，镇上还时常发生一些奇闻轶事，比如，穿着法兰绒背心和短裤的奶牛，误吞了花边后又把它吐出来的猫咪等等（7，111）。盖斯凯尔对克兰福德镇女人们的规律生活、行为举止以及各类奇闻轶事的描绘，很容易让人想起怀特笔下那些形态各异的塞耳彭物种。

两人相似的描述风格可以从下面的例子中管窥一二。怀特曾这样描述燕子的巢穴：

　　　大化做的事，稍有徒劳无益者，燕子也如此，它造这家宅，既费了这么多辛苦，则假如能遮风雨，使它不受天气之害，它生儿育

女，自当用好几年的。这巢的外壳很粗朴，外面疙疙瘩瘩的；里
面我检查过，也颇不见光滑、细密之态；但填有短麦秸、草、和
羽毛，故软而温暖，很适宜孵卵用；有时还用地衣和羊毛织成一
张床。（怀特，2002：241）

怀特首先介绍了有关燕子生活习性的一般性事实（它们会在巢穴里
繁衍几年），接着如实记录了自己观察到的细节（巢穴内外的特征）。
这种由一般到具体的总分式描述方式在《克兰福德镇》中也能找到：

> 克兰福德镇衣饰上的主要花费便是帽子，只要头上有一定时髦
> 的帽子，女士们便像鸵鸟一般再也不顾身子了。旧袍子、用了多年
> 的白领子都无关紧要，女士们身上还喜欢到处别胸针，有的胸针上
> 绘着小圆圈，有的像是小相框，里面嵌有头发做的陵庙垂柳，有的
> 还用细部衬着绅士淑女微笑的小像。旧胸针是一成不变的装饰，新
> 帽子则是赶时髦……福列斯特夫人、玛蒂小姐和波尔小姐便聚齐
> 了，自然是带着三顶新帽子和一大套胸针，其总数之多系克兰福德
> 镇向所未见。在波尔小姐的外衣上我就数到了七只，两只随便别在
> 帽子上（其中一只是玛瑙蝴蝶，想象丰富的人一定会当成是一只
> 真蝴蝶儿），一只在围脖上，一只别住领子，另一只在当胸，还
> 有一只装饰三角胸巾，最后一只在哪儿我就记不清楚了，反正总
> 在她身上。（104）

盖斯凯尔提到鸵鸟和蝴蝶，意在揭示克兰福德镇居民和这类物种的
相似性。[①] 此外，她在陈述完克兰福德镇人穿衣打扮上的共性特征后，
又不厌其烦地把她亲眼见到的所有细节一一列举出来，甚至具体到每个

---

① 盖斯凯尔在《克兰福德镇》中经常把人比作动物。比如，巴尔格小姐的咳嗽声被比喻
成"雄鸡啼"（92），正在嚼饼子的贾米逊夫人被比作"母牛"（93），而她那个装腔作势、
绷着脸的管家莫林纳则像一只"澳洲大鹦鹉，说话只是不客气地咕一两个字"（105）等。《克
兰福德镇》对博物学的兴趣也表现在人物的对话中。比如，波尔小姐和福列斯特夫人东拉西
扯了一堆闲话后，突然争论起"驳马究竟是食肉动物还是食草动物来"（155）。

人衣服上到底别了几根胸针。这种从一般到具体的描述方式进一步揭示出她和怀特叙事上的相似性。不过，怀特秉承严谨客观的观察原则，如实记录生物的行为特点，而盖斯凯尔则在借鉴博物学家这种经验主义的记录方式的同时，为其叙事注入了丰富的想象力。她对克兰福德镇居民衣着穿戴细节方面近乎夸张的描述方式产生了怀特那种严谨的博物学描述方式很难获得的喜剧效果。[①]

《塞耳彭自然史》之所以能从浩如烟海的地方博物学著作中脱颖而出，很大程度上要归功于怀特的"原型生态学"认知模式。在表征塞耳彭这一物种"栖息地"时，怀特并没有像他之前的多数博物学家那样，把"栖息地"理解为"某一物种所处的有利位置"（Bohrer，2003：403），并因此将注意力只放在对单个物种标本的观察、记录和分类上。相反，怀特密切关注塞耳彭的生物究竟是如何统一在一个相互关联的生态系统之中。在早期写给本南德的一封信中，怀特对塞耳彭的几个湖塘进行了详细的描绘。其中的一段文字常被引用来阐释怀特的原生态思想[②]：

> 有一件事，虽非这些湖塘独有的，但不落一笔，在我却是不可。那就是在夏天里，不论公牛、奶牛、牛犊子、或不曾下崽的小母牛们，都经常出于本能而躲进这湖水中来，消磨一天里酷热

---

① 怀特曾提到燕子搭建鸟巢时为保持平衡用尾巴作为支点（怀特，2002：241），这一事实同样可以在《克兰福德镇》中找到类似的例子。贝蒂小姐突然造访，带着便帽的玛蒂赶紧去换帽子。慌乱中，她压根没发现自己出去时竟然带了两顶帽子。叙述者玛丽以为玛蒂点头时"对头上帽子的分量和高度一定会有所察觉，可是她仍旧是毫无知觉，因为她稳住了脑袋，十分谦和地继续和贝蒂交谈"（87）。"稳住了脑袋"的玛蒂像极了用尾巴作支点保持平衡的燕子，盖斯凯尔的叙述产生了强烈的喜剧效果。相比之下，怀特科学式的叙述很难产生这种效果。有关该小说中的幽默与女性欲望之间关系的探讨，参见 Eileen Gillooly，"Humor as Daughterly Defense in *Cranford*"，*ELH*，Vol. 59，No. 4，1992，pp. 883 – 910。有关该小说中的幽默和讽刺手法与19世纪资本主义之间关系的探讨，参见 James Arnett，"First as Farce，Then as Tragedy：*Cranford* and the Internal Periphery of Capitalism"，*Literature Interpretation Theory*，Vol. 25，No. 1，2014，pp. 1 – 19。

② 唐纳德·沃斯特认为，怀特笔下的塞耳彭宁静美好，生物与自然和谐共处，他的博物学属于阿卡迪亚传统，不同于林奈的帝国主义传统。露西·马多克斯（Lucy Maddox）提出不同看法，认为《塞耳彭自然史》例证了一种等级森严、保守的托利党意识形态（Maddox，1986：45 – 57）。

的时光；这里少蚊虻，有水的凉气可吸纳，故上午十点许，牛即入水来，或深至齐肚子，或浅到没下半条腿，悠然地反刍、取乐；下午四点钟，又回岸头吃草去。一天在水里呆这么久，湖中的遗矢，便饶是不少，一旦虫子们营为自己的家，鱼便有了食源；倘不打这秋风，它总是食不果腹的。所以说，一种动物的娱乐，变成了另一种动物的食粮，大化之搏节，竟有如此者！"（怀特，2002：41－42）

这段文字不仅叙述了当地牛群的日常生活状态，还提到了它们和虫子、鱼等各类物种之间的食物链联系。尤为值得一提的是，怀特始终强调湖塘这一物种"栖息地"（habitat）的作用。在他看来，正是湖塘决定了物种独特的行为模式以及物种间的物质联系。① 显然，怀特眼中的"栖息地"不是抽象的空间概念，而是一个因其独特的物种关系区别于别处的"居所"（habitation）。只有那些愿意对其所处环境进行长年观察的当地人才能真正了解这种"居所"（Bohrer，2003：404）。

怀特的一生几乎都是在塞耳彭度过的，他对那里的动植物和人类之间关系的观察和思考长达数十年，是最了解塞耳彭的当地人。《克兰福德镇》中的叙述者玛丽·斯密斯尽管不是克兰福德镇的当地居民，但常年在该镇和毗邻的德伦布尔两地间"来来往往"（210）的她却是"介绍亚马逊人生活方式的最佳向导"（Schor，1992：118）。正如她本人所言："任何人在克兰福德镇住上个把月，就一定会知道当地每个居民的日常生活习惯。"（15）和怀特笔下的塞耳彭一样，玛丽眼中的克兰福德镇，也不只是地理上的一个空间存在，而是以其独特的"自然经济"或者说物种/居民之间特殊的经济和行为关系，构成了不同于英格兰其他地区的"地方"或者"居所"。

克兰福德女人们着装时只考虑帽子，不顾及其他。这种"鸵鸟"式的穿衣态度其实折射出她们迫于经济压力不得不穿戴朴素，却又不甘

---

① 大卫·福塞尔（David Fussell）指出，怀特描写的细节总给人一种语境感，他讲述的所有轶事都植根于地方（Fussell，1990：18）。

完全舍弃时髦的矛盾心理。这一心理直接指向了"克兰福德式习俗"（Cranfordism）中的核心概念——"雅致经济"（elegant economy）。①

　　小说第一章，叙述者玛丽就以戏谑的口吻提到了"雅致经济"这个当地人始终奉行的行事原则："晚间待客时在吃喝方面摆阔还会被人看作是俗气。……尊贵的贾米逊夫人招待客人也不过摆些薄奶油面包片和松饼，虽说她是已故的格兰玛伯爵的弟媳，可人家就是实行这种'雅致经济'。"（5）② 据约翰·切博考察，"雅致经济"一词可能源于1845年艾丽莎·阿克顿（Aliza Acton）在其食谱《现代烹饪》（Modern Cookery）中提到的一个条目——"雅致经济者的布丁"（elegant economist's pudding）（转引自陈礼珍，2011b：27）。反讽的是，这款布丁其实是用一些制作圣诞节布丁的边角料做出来的。克兰福德镇那些从前的贵族太太和小姐们借高雅言辞掩饰自身尴尬处境的方式显然和阿克顿用体面的称呼掩盖布丁仅是剩料这一事实的做法如出一辙。为维持体面，她们招待客人时，"端上来的瓷器总是很精致，像蛋壳一般，老式银器擦得铮亮，不过点心却不值一提"（10）。"不值一提"的"点心"和"精致"如"蛋壳"般的"瓷器"之间构成的巨大反差将克兰福德镇女人们表里不一的行事方式揭示得淋漓尽致。姑且不论"雅致经济"是否真能达到阻止浪费的目的，重要的是它能给她们带来"精神上的满足感"（Mulvihill，1995：346）。③

　　克兰福德人都有这种"过分节俭"的"怪癖心理"（陈礼珍，2011b：27），但其节俭方式却不尽相同。就像怀特会比较塞耳彭地区不同鸟类的飞翔姿势一样（347–349），盖斯凯尔也对当地人的节约"怪

----

　　① 1854年，在写给约翰·福斯特（John Forster）的一封充满了各种闲言碎语的信中，盖斯凯尔提到"克兰福德式习俗"（Cranfordism）这个词，"我要不要告诉你一个'克兰福德式习俗'（Cranfordism）。弗朗西斯·赖特夫人对我一个表兄说：'自从牙掉了后，我就不会写字了。'"（Uglow，1993：280）随着《克兰福德镇》的出版，该词逐渐流行开来，用于指代该镇独具特色的生活方式和离奇古怪的风俗。

　　② 刘凯芳译本将 elegant economy 译为"高雅的节俭"，本书采用"雅致经济"这一更为通行的译法。

　　③ 伊丽莎白·郎兰德（Elizabeth Langland）认为克兰福德人奉行的"雅致经济"原则具有积极意义，通过强调对资源的循环利用，挑战了那种以"明显的消费和浪费"为特征的"粗俗"经济模式（Langland，1995：121）。

癖"进行了区分。玛丽承认自己最珍惜小绳子，要是看到"谁不肯耐着性儿一个结一个结地解开扎小包的带子，而是一剪子剪断它"，她"便觉老大难受"（59）。有的人"最宝贝小块的牛油"，如果看到别人盘子里还剩了不少没吃完，就会死命地"盯着那团牛油……恨不能把剩下的牛油塞进嘴里囫囵吞下"（59）。玛蒂小姐的怪癖是舍不得点蜡烛，就算在冬天的下午一连织上几个小时的毛衣，她也不给点蜡烛。更让玛丽感到好笑的是，由于担心客人会突然造访，玛蒂经常"要想法让两根蜡烛一般长短"，她在说话或做事时，总会"习惯地盯着蜡烛，随时预备着跳起身来吹熄这支点上那支"（59）。[1]

　　然而，值得一提的是，这些"在经济上濒临破产"，为保持体面不得不奉行"雅致经济"的老小姐们，却能在社群成员有难之时，伸出援手，以其巨大的同情心建构起一种独特的克兰福德式的自然经济模式——"同情经济"。狄布拉投资的银行倒闭，玛蒂濒临破产。但是，玛蒂没有被灾难压垮，反而迅速从一个优柔寡断、毫无主见的人成长为一名刚毅果决、极富"英雄主义"精神的人（Easson，1979：161）。在约翰逊先生的时装展销店里，玛蒂果断地用自己的金币换回一个穷人手中的期票。当时装店伙计提醒她期票已经一文不值时，玛蒂镇定地说道："我对银行事务是一窍不通的，我只知道银行如果倒闭，拿着我们钞票的老实人要蒙受损失——我也说不清楚……不过我还是情愿用我的钱来兑换那张钞票。"（171-172）穆维希尔认为，《克兰福德镇》中的"经济"兼具"物质"和"道德"（moral）双重含义，主要指"从操持家务到规范生活的所有一切"（Mulvihill，1995：342-343）。显然，玛蒂的这笔花费就极具道德内涵。[2] 有点商业知识的玛丽对玛蒂的做法颇

---

　　[1] 盖斯凯尔对克兰福德囤积与支出之间奇特关联的描述几乎都可以在社会学家西美尔（Georg Simmel）的叙述中找到："金钱几乎掌控了我们的思维方式，我们习惯把人们对金钱的贪心称为贪婪，但真实情况恰恰相反。有的人会重新利用燃尽的火柴，小心翼翼地撕掉空白的信纸，一根绳子也舍不得扔，花大量时间寻找每一个丢失的别针……在很多情况下，节俭的人在乎的并不是省下的那分钱，他们往往不考虑物品本身到底值多少钱，而只考虑物品本身。这类人很独特，但也不少见，他们会毫不犹豫地送出100马克，但要从写字台或类似的地方撕下一张纸，他们可要纠结一番了。"（Simmel，1978：246）

　　[2] 弗里兰也指出，玛蒂这一"超越了（金钱）使用和交换界限的花费"具有"道德内涵"。（Freeland，2003：211）

不以为然，但后者的一番话让她意识到自己是多么的自以为是：

> 我知道自己没有主见，遇事常常不知道该怎么办才好。今儿上午我总算尽了自己的责任，我真是十分高兴，真的，那个可怜的人就站在我的旁边。不过，要叫我反反复复地考虑万一出了这种或那种事儿该怎么办，那可真是太为难了……只要我不庸人自扰，事先过于忧虑，到时候总会有人帮我忙的，这点我毫不怀疑。(174)

盖斯凯尔对责任心、善良和耐心等品质的推崇和对审慎、算计等态度的不屑在玛蒂的寥寥数语中得到揭示。

得知玛蒂破产后，一向奉行"雅致经济"的克兰福德社群成员一改平日的"吝啬"，纷纷慷慨解囊，无私地帮助玛蒂。在她们看来，帮助朋友"不仅是一种责任，而且是一种快乐"(188)。1825年英国爆发经济危机，股市遭受重创，银行纷纷倒闭。玛蒂的处境正是当时社会现实的真实写照。考虑到当时整个社会都处于恐慌混乱的状态中，玛蒂和她的朋友们身上那种勇于担责的英雄主义精神就显得非常珍贵。(周颖，2009：413)

在朋友们的扶持下，玛蒂开始自谋生路，经营起一家茶叶铺。起初，她担心自己开店会影响别人家的生意，便跑去问对方的意见。听闻此事，玛丽的父亲史密斯先生称玛蒂简直是在"胡闹"(198)。对于常年生活在大都市德伦布尔的史密斯来说，做买卖不讲竞争，就不可能做得好。然而，令他大感意外的是，玛蒂的好意得到了回报。约翰逊老板不但打消了她的顾虑，还时常打发自己的客户到她店里去。对此，史密斯先生评价道："这样老实或许只有在克兰福德才行得通，换了别的地方可绝对不成。"(199) 史密斯先生的话让我们意识到，这种不顾利润和竞争、注重情感和协商的交往模式只会出现在克兰福德镇这个"女人王国"，而不会是任何其他由男人主宰的王国。反讽的是，看似精明的史密斯先生去年在德伦布尔这个玛丽口中"坏得透顶"(199)的地方被骗走了上千镑的钱。善良老实的玛蒂虽然没赚多少钱，却获得了情感上的丰厚回报。顾客上门时总要带点儿土特产送给"老教区长的小姐"（203），有时柜台都给堆满了。

　　玛蒂对穷人施以援手，而她自己也获得了他人的帮助。这种同情的循环模式引起了吉尔·拉波波特（Jill Rappoport）的注意。她认为，盖斯凯尔的叙事受到了维多利亚时代能量守恒理论的影响，"盖斯凯尔想在小说中建立一个封闭的女性群体的愿望，可能与当时的其他封闭体系理论相关"，在克兰福德镇这个"循环系统"中，"同情这种能量在频繁而变化的交流中始终保持恒定不变"。（Rappoport，2008：98）本书认同拉波波特将克兰福德镇看作同情能量能不断得到交换的循环系统的观点。不过，本书认为，盖斯凯尔对克兰福德社群的描写，不一定是受到当时封闭体系理论的影响，也很可能是受到怀特的《塞耳彭自然史》的影响。在"栖息地"塞耳彭，各物种之间互相提供食物，形成相互依存的生物链关系。在"地方"克兰福德镇，"同情能量"的传递和交换也让当地居民建立起类似的生物链关系。这些老小姐们尽管家道中落，不得不奉行"雅致经济"原则以保持体面，但她们的"同情经济"却有效"弥补了女性物质匮乏这一缺陷"（ibid.）。

　　不过，需要指出的是，怀特的生物链强调不同物种在物质层面上的能量交换，而且指向一种"一物降一物"的等级链模式。相比而言，盖斯凯尔笔下的克兰福德镇生物链则更为关注物种间"同情能量"的交换，或者说是穆维希尔所强调的一种"道德"层面上的经济交换模式。这种模式更多地指向民主、平等，而非等级。也就是说，在描绘克兰福德镇居民/物种间的交往模式时，盖斯凯尔并没有简单套用怀特的原型生态学描述方式，而是通过其艺术想象力对后者的描述范围进行了拓展，想象了另一种超越物质能量交换模式的"同情能量"交换模式，建构了克兰福德镇这一不同于那些推崇市场经济原则的英格兰大都市的独特场所。

　　将克兰福德视为类似于塞耳彭的生物群落，就会发现它并不是拉波波特所言的一个"封闭的循环系统"。事实上，它和塞耳彭一样，日常生活的方方面面都受到全球经济的影响。

　　怀特笔下的塞耳彭宁静美好、生物与自然和谐共处，切合了那些久居都市之中却永远怀着田园梦想的人们的深层心理，他也因此常被视为阿卡狄亚（Arcadia）传统的代表。① 不过，这一观点受到了托拜厄斯·梅奈利（Tobias Menely）的质疑。他在文章《就地旅行：吉尔伯特·怀特的世界性地方观》中指出，塞耳彭神话的产生，与英国致力于建构与众不同的民族身份不无关系。怀特的世界性思想由此遭到忽视。梅奈利认为，尽管怀特本人未离开过塞耳彭，但他却"掌握了一套能够对不同地区和生物进行调查、分类、比较的话语工具，进入到采集、传播信息的网络体系，参与了当时全球化的博物学研究"，怀特的认知方式是一种"世界性地方观"（Cosmopolitan Parochialism）（Menely，2004：55）。怀特对全球自然经济的洞察使他注意到，塞耳彭本身就是大自然广泛流通的十字路口，受到自然迁徙和人类商业活动的影响。在写给巴林顿的第五十三封信中，怀特提到一只叫作藤蔓介的害虫，他推测这只虫子是和他哥哥从直布罗陀运来的标本一起被运来的。他意识到，"昆虫由一地转往另一地……途径是莫可究诘的"（怀特，2002：386）。他在《塞耳彭自然史》中还持续关注了一种更为自然，但同样神秘的运动类型——鸟类迁徙。梅奈利指出："怀特对迁徙的持续关注例证了非本地的认识论和想象资源对于地方博物学家的重要性。因为在无线电遥测技术出现之前，对迁徙的经验观察是绝对不可能的。"（Menely，2004：57）除了虫、鸟等物种的活动外，怀特也注意到人类的商贸活动。他曾说过这样一段话："一方的风土，有一方的物产，彼此之不足，带来了相互的贸易；故偏远的地区，可得到世界的每一地方的物产。但若缺少植物及其栽培的知识，则我们英国人，就只能满足于自己的蔷薇果和山楂，而无缘享受印度的美味的水果，秘鲁治病的良药了。"（怀特，2002：338）显然，怀特看到了博物学的功利主义益处，尤其是那些源自市场扩张的益处。②

---

① 沃斯特在《自然的经济体系》中指出18世纪生态学研究主要有两种传统："第一种传统是以塞尔波恩的牧师、自然博物学者吉尔伯特·怀特为代表的对待自然的'阿卡狄亚式的态度'。这种田园主义观点倡导人们过一种简单和谐的生活，目的在于使他们恢复到一种与其他有机体和平共存的状态。"（沃斯特，1999：19–20）

② 近年来，有关18世纪博物学的研究开始重视殖民、商业和科学利益之间的相互联系，尤为关注博物学在英国全球扩张中的作用。参见 Mary Louise Pratt, *Imperial Eyes: Travel Writing and Transculturation*, New York: Routledge, 1992；David Philip Miller and Peter Hanns Reill, eds., *Visions of Empire: Voyages, Botany, and Representations of Nature*, Cambridge: Cambridge University, 1996。

从《克兰福德镇》的叙事来看，盖斯凯尔同样具有怀特的"世界性地方观"。她没有把目光局限在克兰福德这个边远小镇，而是利用其高超的讲故事技巧想象和影射了该镇之外的其他地方，① 运用其博物学家式的想象巧妙地将克兰福德镇的经济与全球经济联系起来，将该地的日常生活方式与英国殖民事业编织到一起。

表面上看，克兰福德是个远离尘嚣的女性社区。然而，细读文本就会发现，"克兰福德外面的世界虽然在小说中很少出现，却构成一个巨大的力场，始终徘徊在表征的边缘，对该镇的方方面面产生影响"（Knezevic，1998：407）。克兰福德镇有一条铁路，直接通往大都市德伦布尔。叙述者玛丽就来自德伦布尔，她的父亲在那里经商。克兰福德镇也和苏格兰建立了关联：詹金斯、玛蒂和波尔小姐曾去苏格兰拜访过戈登上校一家（32）；苏格兰男爵的遗孀格兰玛夫人后来嫁到了克兰福德镇。此外，法国也不时出现在小说中，既有霍尔布鲁克先生去世前不久只身前往的巴黎，也有与拿破仑战争相关的记忆：福列斯特夫人的丈夫曾经"在西班牙和法国人打过仗"，她自己对别人说过的"法国奸细"印象深刻（126）。然而，对该镇产生的最明显、最关键的影响则来自大英帝国的英属殖民地，尤其是印度。军人或退役军人是其主要代表：彼得·詹金斯、戈登少校、布鲁诺尼先生（包括他的妻子）以及玛蒂小姐的堂兄——詹金斯少校（他身边有一个印度仆人）。盖斯凯尔对印度的反复提及正应了萨义德（Edward W. Said）在《文化与帝国主义》（*Culture and Imperialism*）中所说的一番话："在 19 世纪和 20 世纪早期的英法文化中，我们总能见到和帝国事实相关的种种暗示。不过，没有哪里会比英国小说更有规律更频繁地提及帝国"（Said，1993：62）。②

---

① 盖斯凯尔高超的讲故事技巧备受称赞。狄更斯曾把她类比为《一千零一夜》中擅长讲故事的山鲁佐德，亲切地称她为"亲爱的山鲁佐德"。

② 盖斯凯尔有好几部小说都涉及了帝国主题。在其首部长篇小说《玛丽·巴顿》中，盖斯凯尔就涉及了帝国主题。陈礼珍在《蝎子与鸦片的政治讽喻——〈玛丽·巴顿〉的殖民与阶级隐喻话语》一文中对此做过精彩论述。盖斯凯尔的最后一部小说《妻子和女儿》中也蕴含着帝国和殖民话题。参见 Leon Litvack，"Outposts of Empire：Scientific Discovery and Colonial Displacement in Gaskell's *Wives and Daughters*"，*The Review of English Studies*，Vol. 222，No. 55，2004，pp. 727 – 758。

盖斯凯尔一直推崇丹尼尔·笛福（Daniel Defoe）在其小说，尤其是《鲁滨逊漂流记》（*Robinson Crusoe*）中，"将物体而非情感"放在读者面前的"那种健康的写作方式"（qtd. in Uglow，1993：211）。她在《克兰福德镇》中，也把当地居民日常生活中使用的大量生活用品放到了读者面前。汤姆·多林指出，《克兰福德镇》中的"物品绝不只是为了充当背景或是为了增添地方色彩，它们实际进入了小说的叙事性历史维度。每件物品都与重要历史时刻相关，可以说小镇的历史与物质符号的获得、放弃和回忆有关"（Dolin，1993：199）。显然，多林看到了"物品"在小说中扮演的重要角色。不过，在具体分析他所谓的"女性收藏品"时，多林更多地将注意力放到了包括"讲故事"在内的一些具体的女性活动上，并未关注那些真实的物品。和多林不同，本书重视的是小说中那些来自殖民地的真实物品，一类"似乎拥有生命的奇怪的商品"（McClintock，1995：208）。由于帝国商品对维多利亚人的生活影响巨大，对其展开描述就显得尤为必要。

克兰福德镇女人们日常使用的大量生活用品都和英帝国的东方殖民地存在千丝万缕的联系。她们用"精致的瓷器"（108）喝茶，用"印度布长袍"（156）打扮自己，还梦想着某天能戴上"阿拉伯大头巾"（114）。克兰福德的瓷器、长袍和头巾等都在讲述自己的故事，这是"一种帝国的庆典，所有殖民地的产品都在（其中）争夺优先权"（Sitwell，1997：5）。谈到东方他者及其在克兰福德受到驯化的问题时，杰夫里·卡斯（Jeffrey Cass）指出，那些闯入亚马逊社区的男性"表征着东方他者带来的恐慌感和吸引力，表征着受主流生活方式影响的小镇即将迎来社会、文化和经济上的重构"（Cass，1999：425）。事实上，克兰福德镇人对瓷器、印度长袍和阿拉伯头巾等物品的迷恋，同样反映了东方他者对西方人所产生的"吸引力"。而东方他者引起的"恐慌"则表现在来自德伦布尔的玛丽身上。受玛蒂之托，玛丽本打算在德伦布尔替她买一顶湖蓝色的头巾式无沿帽。但考虑到阿拉伯大头巾很可能会"糟蹋"了玛蒂"那张温柔可爱的小脸"（114），"把她弄得怪模怪样的"（115），玛丽便自作主张，替她挑了顶别的帽子。从玛丽使用的"糟蹋"和"怪模怪样"这两个词来看，她显然认为东方饰品并不适合用来装扮西方人的身体。玛丽似乎对东西方的融合抱着一种抵制和恐惧的态度。

然而，颇令人意外的是，玛蒂破产后，鼓励她卖茶叶，从事殖民贸易的正是害怕东方物品会"糟蹋"西方人身体的玛丽·史密斯：

> 等到茶壶端上来的时候，我忽然有了个新主意，玛蒂小姐不是可以卖茶叶吗？——那时有个东印度茶叶公司，玛蒂小姐可以当它的代销人啊？我觉得这个主意毫无不妥之处，好处倒有不少，只要玛蒂并不认为做生意有失身份就行。茶叶既不腻，又不粘——她就怕又腻又粘的东西。卖茶叶也不需要什么大玻璃橱窗，只要一张小小的执照说明她登记获准经销茶叶就成了，我想那是可以放在没人注意的地方的。茶叶也不是什么重东西，玛蒂小姐身体虽弱也完全可以应付，唯一比较麻烦的事就只有买卖本身了。（183）

玛蒂小姐当时已经五十来岁，结婚几乎不太可能，她所受的教育也不足以让她当上家庭教师。玛蒂害怕粘腻的东西，而茶叶既不腻也不粘。另外，茶叶又不重，而且喝茶又是镇上女性的主要活动。综上考虑，玛蒂经销茶叶真是好处多多，没有任何"不妥之处"。她需要考虑的只有，如何在这个把谈钱都视为"俗气"的克兰福德社区，克服自己的心理障碍，放下贵族架子，去做买卖。细心的读者会从上引段落中觉察出，玛丽采取了一种避重就轻的叙述策略。她不厌其烦地列出卖茶的诸多好处，同时将读者的注意力转移到玛蒂的心理调试问题上，目的其实只有一个，那就是掩盖一个可能引起读者不适的事实：玛蒂参与的其实是帝国的殖民事业。如此一来，文本中潜藏的一个矛盾——玛丽此前反对玛蒂佩戴阿拉伯头巾等东方商品，如今却又鼓励她做东印度茶叶公司的代理人——就能得到合理的解释。实际上，玛丽抵制的不是殖民贸易本身，而是那种赤裸裸地将殖民商品"嫁接"到西方人身体上的做法（比如，带阿拉伯头巾等东方饰品就很容易让人一眼识别出来）。相比之下，玛丽更愿意采用一种隐蔽的方式来享用东方商品。茶叶，在玛丽看来，就是较为理想的商品，它能通过饮用的方式，悄无声息地进入到西方人的身体中。

玛蒂小姐最终选择销售绿茶，这表明克兰福德镇的女人不只是丝绸长袍和茶叶等东方商品的天真消费者，她们的生计也依赖海外贸易和市场扩张。从某种意义上讲，帝国商品本身就是一部大师级小说，它按照自己编排的情节，开始了舞台表演。小说《克兰福德镇》则是帝国商品表演的空间。[①] 其中，玛蒂的商店构成商品表演的主要空间。它是克兰福德镇的"雅致经济"与全球资本主义经济遭遇的交汇点，是勾连克兰福德人日常生活与殖民事业的重要场所。在这里，我们看到"小饭厅改成铺面并不会有失体统，一张桌子当柜台，一扇窗子保持原状，另一扇改做玻璃门"（195）。小饭厅被改成铺面，饭桌被赋予多种用途，既可当作卖茶叶的柜台，也能堆放顾客们带给玛蒂的各种礼物。其中一扇窗子保持着改建前的原样，另一扇改成了能让内外两大空间看起来浑然一体的玻璃门。由此，一个既不完全公开也不完全私密的空间得以产生。改建的主意同样是玛丽提出来的。也就是说，一直"来往"于克兰福德镇和德伦布尔之间，对克兰福德镇进行博物学家式观察的叙述者玛丽·史密斯，在将"小饭厅改成铺面"的过程中，创造性地打破家庭领域与公共领域的界限，将克兰福德人的"雅致经济"与帝国的殖民经济体系联系了起来。玛蒂的茶叶铺尽管看上去很像私人饭厅，但"藏在新门的门楣后面"的一块写着"玛蒂尔德·詹金斯，特许经营茶叶"的牌子和上面净是些"奇怪的字儿"（197）的两大箱茶叶，仍能暴露出它的商业本质和殖民色彩。茶叶箱上的字看起来很奇怪，但无论它来自东方的中国还是印度，玛蒂都能随时从中取出茶叶来。也就是说，英国国民能够随时在大都市销售或购买来自殖民地的商品。

大英帝国的殖民商品为以玛蒂为代表的维多利亚人的日常生活和生计提供了必不可少的物质保障，而大英帝国殖民财富的回流也给包括克兰福德人在内的所有英国国民带来了切实的经济收入。玛蒂的兄弟——彼得·詹金斯从印度回来，将玛蒂从经济困境中解救出来，意味着殖民

---

① 其实，盖斯凯尔的小说本身就是宣扬帝国主义意识形态的商品。可以说，英国文化的民族化在很大程度上都要归功于维多利亚小说这类"帝国商品"。

财富能有效解决国内因资金缺乏而产生的诸多问题。促成彼得回归的是叙述者玛丽·史密斯。

玛丽凭借自己类似于博物学家怀特那样的实证精神、敏锐的观察力以及丰富的想象力，帮助玛蒂和她远在印度的兄弟彼得相认，并最终借助彼得所代表的帝国力量，让克兰福德重焕生机。怀特撰写地方史时会参考当地大量有关习俗和制度史的文本，更会直接参与田野调查。同样，玛丽讲述克兰福德镇的故事时，也会追溯"地方史"，依赖相关的重要"文本"——书信。从玛蒂小姐收藏的旧信中，玛丽了解到她的家族史，得知其兄彼得·詹金斯年轻时犯错，遭父亲当众鞭笞后，离家前往印度。后来玛丽从魔术师萨缪尔·勃朗的太太口中得知，她丈夫从印度长途跋涉回到英国的途中，曾被一位生活在印度的英国人詹金斯先生搭救。颇具想象力的玛丽立刻将其和彼得联系了起来。虽然在向镇上的女士们打听彼得的下落时，她们的答复五花八门，[①] 甚至突然间争论起驮马到底是食肉动物还是食草动物，[②] 但玛丽还是从她们纷乱的话语中了解到彼得失踪前后的一些情况。她决定写信给印度的那个詹金斯。当她把信投入信箱时，玛丽突然意识到，这封信"一个钟头之前不过是一张寻寻常常的纸片儿，"而现在却"要远涉重洋，飞到恒河之畔那陌生而荒凉的地方去了。它要在海上颠簸，或许会被海浪打湿，它又会在棕榈丛中传递，沾上热带花草的芳香"（178）。玛丽对信件运动的联想很容易让人想起怀特对塞耳彭地区的昆虫和鸟类运动的想象。在怀特看来，昆虫从一地移动到另一地的途径"莫可究诘"，而鸟类的迁徙则更是神秘。同样，玛丽投出去的信件也会经历一段神秘的旅途。正如昆虫、鸟类将塞耳彭和其外部世界联系起来一样，信件也把克兰福德镇和遥远的英国殖民地印度连接了起来。玛丽亲自参与的这次"田野调查"，成功地将彼得从印度唤回了玛蒂的身边。

虽然玛丽声称自己"不相信彼得先生是发了大财从印度归来的

---

① 乔治·奥威尔的《1984年》中出现了相似的场景：温斯顿·史密斯（Winston Smith）想从一位上了年纪的无产者身上打听出革命前的生活是什么样子，却发现这是不可能的。老人的脑子里一片混乱，他的"记忆只是许多细节堆砌的垃圾"（Orwell，1976：797）。

② 这些博物学话语进一步暗示出玛丽和博物学家之间的相似性。

（I don't believe Mr Peter came home from India as rich as a nabob）"，但后者带回来的财富却足以保证姐弟俩"像像样样地过日子"（208）。原文中的"nabob"（内擘伯）指的是在 18 中晚期到 19 世纪，一些在印度以行贿、腐败以及残酷剥削当地人等方式发了大财后回到英国本土的人。这些"内擘伯"为赚钱不择手段，其卑劣行径饱受指责（Juneja，1992：184 – 185）。玛丽小心翼翼地将彼得与那些道德低下的"nabob"区分开来，似在掩盖彼得的收入来自英帝国殖民事业这一事实，以期调和现代帝国主义与社群主义之间不可避免的矛盾冲突，好让信奉克制原则的玛蒂能够心安理得地享用这笔源于殖民剥削的财富。

　　彼得回来后，玛丽没有直接讲述他在印度等地的生活，但她有关彼得的寥寥数语却折射出大英殖民事业中的诸多问题。彼得从印度给玛蒂带回一件"印度薄纱外衣"和"一串珍珠项链"（206）。玛蒂一开始很高兴，可突然间意识到自己已经不适合穿戴这些东西了："恐怕我年纪太大了……我年轻时候就想要这些东西啊"（同上）。当彼得回答说他记得玛蒂喜欢的东西和他们亲爱的妈妈一样时，玛丽注意到，"提起母亲，姐弟俩更加亲热地握住了对方的手"（同上）。正如多林所言，小说中的物品常"与重要历史时刻相关"，正是在"物质符号的获得、放弃和回忆"中，小镇的历史得以展开（Dolin，1993：199）。值得注意的是，玛丽在讲述玛蒂姐弟追忆往事，并渲染其伤感之情的过程中，大大地弱化了印度薄纱外衣和珍珠项链等殖民地物品的非英格兰性，抹除了它们成为英国物品的过程。由此，生产这些商品的压迫性殖民制度得到掩饰，殖民劳动剥削也在商品及其流通中被掩盖。事实上，彼得从印度带回的那件薄纱外衣，很可能经历了这样的过程：印度薄纱运到英国会被征收进口关税。在英国做成时髦的衣服后，再被运回到印度上市出售。正是在那里，彼得买下这件衣服，带回英国。也就是说，和玛丽寄往印度的信件一样，这件衣服也经历了一段"神秘"的旅程。颇有意味的是，这段旅程实际表征了大英帝国辉煌时期的英印关系史。在此期间，印度 18 世纪时曾享有的全球制造业首位的地位遭到摧毁，其经济史被彻底改变。①

---

　　①　参见林承节《殖民统治时期的印度史》，北京大学出版社 2004 年版。

除印度商品外，彼得还带回了那里的传奇故事。这些极具东方情调的异域故事，不仅为他赢得克兰福德镇女士们的欢心，使他成为"镇上的红人"（210），还在一定程度上替他掩盖了当年作为靛蓝种植者的殖民者身份。从玛蒂的转述中得知，彼得曾当过兵，参加过英国围攻仰光的战争，后来成了印度孟加拉地区的一名靛蓝种植者（207）。孟加拉地区大规模种植靛蓝的历史可以追溯到 18 世纪 70 年代末。那时，英国的东印度公司正在该地加紧扩大权力。当时欧洲对蓝色染料的需求巨大，靛蓝种植成了快速敛财的手段。东印度公司不种植靛蓝，但鼓励英国人从事这一行业，它声称靛蓝是能帮助英国人"向国内汇款的最佳途径之一"（qtd. in Singh，2017：220）。在巨额利润的驱使下，靛蓝种植商们对当地农民进行了残酷的剥削，他们的暴行激起后者接连不断的反抗。① 迫于压力，英国政府不得不在 1858 年关闭东印度公司，并于 1860 年成立靛蓝委员会，调查种植园主们犯下的罪行。负责调查的一名官员 E. W. L. 托尔（E. W. L. Tower）这样评论道，"到达英国的靛蓝，没哪一箱不曾沾染过人的鲜血"（qtd. in Prasad，2018：298）。作为一名曾在印度种植靛蓝的英国殖民者，彼得的双手不可能没有"沾染过人的鲜血"。然而，这段不光彩的历史在玛丽戏谑反讽的叙述和彼得夸张离奇的故事中得到掩饰。

彼得的东方故事，在阿里·贝达德（Ali Behdad）看来，还担负着建构"东方"和"英国国民性"的重要职能。在"把异国的指示对象转化为西方霸权熟悉的符号"的过程中，这些故事激起了听众去"寻找'真实'他者的冲动"（转引自陈礼珍，2015c：160 – 161）。当彼得夸口自己曾在青藏高原亲手射杀过一个基路伯天使（Cherubim）时，贾米逊夫人顿时显得惊恐不安，认为他"亵渎了神明"（217）。对此，彼得戏谑地辩称自己曾和一群不信基督的"野蛮人"生活得太久了。彼

---

① 比如，强迫农民大面积种植靛蓝，导致粮食作物急剧减产，许多人被饿死；逼迫农民借贷，使其陷入终身债务中；掠夺土地、谋杀、非法居留等。迪纳班胡·米特拉（Dinabandhu Mitra）创作于 19 世纪中期的戏剧《靛蓝之镜》（*Neel Darpan*）真实再现了靛蓝种植园主对当地农民的奴役和残酷剥削。参见 Ranajit Guha，"Neel-Darpan：The Image of a Peasant Revolt in a Liberal Mirror"，*Journal of Peasant Studies*，Vol. 2，No. 1，1974，pp. 1 – 46。

得把印度和西藏等地的居民称作"野蛮人",并将自己亵渎基督教的罪责转嫁给他们,其言语行为带有显明的种族歧视色彩。这些所谓的"野蛮人"无疑是彼得眼中的"他者"。通过将其"他者化",彼得把自己在克兰福德居民们心理上引起的不适情绪全部"投射到了那些被认为危险的外人和异域文化上"(qtd. in He Chengzhou,2008:10),以期获得克兰福德人的包容和接纳。叙事者虽然讲述时采用了一种轻松戏谑的语气,但我们却能从彼得的言行中看到西方惯于将东方视为处于从属、次要、边缘地位的"他者"的思维模式。通过将东方建构为与西方存在绝对差异的"他者",西方世界自身的"形象、观念、人性和经验"得以确立(Said,2003:2)。彼得轻描淡写的话语看似不值一提,却折射出了小说虚构文本与帝国之间的共谋关系。

彼得年少时放荡不羁、玩世不恭。有意味的是,印度殖民的经历却让他成长为一个脾气温和、乐于助人的英国好臣民。回来后不久,彼得便成了克兰福德镇的核心人物。受他影响,"克兰福德镇的社交圈子人人言归于好"(218),就连一向傲慢的贾米逊夫人,最终也放下架子,重新接纳了她那位下嫁给霍金斯医生的寡嫂格兰玛夫人。在彼得的调解或者说"治理"下,克兰福德社群变得井然有序,开始恢复以往的生机。从以上叙述中,我们或许可以进一步推断,彼得在遥远的印度殖民地上也做着类似的事情。无论那里发生什么状况,彼得都能顺利解决,从而确保对殖民领地的有效管控。盖斯凯尔将社群权威和国际权威并置起来,似在暗示,管理克兰福德镇和管理整个大英帝国颇为类似,且二者密切相关,"一方的活力和规范确保了另一方内部的安宁和令人向往的和谐"(Said,1993:87)。彼得从印度带回的财富帮助玛蒂摆脱了卖茶维持生计的窘境,而他从管理殖民地中获得的经验则帮助克兰福德镇恢复了以往的秩序与和谐。显然,盖斯凯尔也具有怀特那样的"世界性地方观",在描写小镇克兰福德的自然经济的同时,没有忽略对全球经济和帝国殖民事业的关注。小说文本的内涵也由此得到极大的丰富。

综上,盖斯凯尔描绘克兰福德镇采用的表征模式类似于吉尔伯特·怀特描绘塞耳彭教区时采用的原型生态学表征模式。盖斯凯尔不仅再现了克兰福德镇居民/物种"繁衍、保存、死亡"等生命事实,也对其独特的日常行为细节作了细致描绘。① 她对克兰福德居民/物种间经济和交往模式—雅致经济"和"同情经济"的再现，表明她和怀特都非常重视物种之间以及它们和其所处环境之间微妙的交互关系。另外，盖斯凯尔在《克兰福德镇》中还运用博物学家式的想象，将边远小镇克兰福德的自然经济与全球资本主义经济联系起来，将该地的日常生活方式与英国殖民事业编织到一起。如此来看，那种将《克兰福德镇》限定在地方小说或乡村小说框架中，而不关注小镇外部世界的做法就显得过于狭隘了。盖斯凯尔在表征地方时没有简单套用怀特的原型生态学描述方式，而是运用其艺术想象力，对后者做了进一步丰富和拓展。她不仅对克兰福德居民衣着穿戴、行为举止等做了喜剧性夸张描写，极大地提升了作品的艺术性，而且在挖掘"经济"的道德内涵中，想象了一种超越塞耳彭生物群落的物质能量交换模式的"同情能量"交换模式，从而建构了一个迥异于英格兰其他地区（尤其是以德伦布尔为代表的英格兰大都市）的独具特色的"地方"或"居所"——克兰福德镇。总之，将盖斯凯尔小说与怀特的博物学话语放在一起考察，不仅有助于我们对"地方"产生新的理解——"地方"不仅是自然环境，也是社会环境，而且也让我们看到作家在借鉴博物学叙事技巧的同时不断探索新的叙述可能性的努力。

第二节 《西尔维娅的恋人》：地方的诗意化想象

《西尔维娅的恋人》（*Sylvia's Lovers*，1863）② 问世以来，深受读者喜爱，西方评论界赞誉它带有"史实一般的色彩"。尽管如此，它却是盖斯凯尔小说中最不受评论家们关注的一部。原因或许在于它偏离了"社会问题"小说模式，其社会意义远比不上《玛丽·巴顿》《南方与北方》等描绘工业城市中劳资矛盾和工人斗争的社会问题小说（Stoneman，2006：92）。然而，作为盖斯凯尔创作后期的作品，《恋人》的现实主义创作手法较之此前的小说更为娴熟，因此，它也是研究者们

---

① 怀特修改了以前静态的、分类的地方史记录方式，在栖息地和动物行为的再现上开辟了新的领域；盖斯凯尔同样通过对人物行为的经验和比较描述来表现一个地区及其居民的特征。

② 下文均简称为《恋人》，且出自该书的引文，本节再次引用则统一仅标注页码。

无法回避的一部重要作品。

《恋人》以拿破仑战争和强募队抓壮丁等为历史背景，人物命运也受到了历史事件的间接影响，学界常把它视为历史小说。[①] 但是，仔细考察便会发现，小说中主要人物的命运虽然受到了历史事件的影响，但他们并不是"直接参与历史事件的风云人物"，他们的"基本生活"也"远离历史风云的中心"（盖斯凯尔，2013：5）。也有部分学者将其纳入地方小说的框架中，认为这部小说是对英格兰北约克郡临海城镇惠特比（Whitby）地区生活的直接记录（Craik，1975：143）。然而，这类解读往往强调盖斯凯尔想象某地的内在统一性，而忽略了她对区域生活的复杂性和异质性的关注。本书从博物学角度出发，考察地方蒙克沙汶镇的阶级、宗教、性别、城乡、语言等差异，旨在揭示盖斯凯尔笔下的的多样性。对于很清楚一个小小的地理区域内往往生活着大量物种的博物学家来说，某地社群中既包含独特性，又具有多样性的这一观点是合情合理的。《恋人》以其对有机生活、人物、社区和社会交往的描写，真实地再现了英国惠特比地区生活的博物志。

和其他博物学家相比，盖斯凯尔在文体和认识论上与吉尔伯特·怀特更为相似。英国自然写作这一文类形式的源头常被追溯到 18 世纪的博物学著作，其中，怀特的《塞耳彭自然史》最具代表性。该文类是一种散文体的文学形式，主要描写自然，反映人与自然之间的关系。怀特这位牧师—博物学家示范了一种"任何好奇而善于观察的人都能模仿的接近自然的方法"（Lipscomb，2007：551），并以一种通俗易懂的风格写下了他的观察结果，这种风格吸引了 19 世纪的读者。杰弗瑞斯（Richard Jefferies）称赞怀特没有"使用冗长的词句"，那些冗长的词句

---

① 安德鲁·桑德斯（Andrew Sanders）在其重要著作《维多利亚时代历史小说 1840—1880 年》（*The Victorian Historical Novel 1840 – 1880*，1978）中比较了《西尔维娅的恋人》《萨郎波》（*Salammbo*）和《罗莫拉》（*Romola*）这三部作品，认为它们"揭示了三种截然不同的历史观，采用了不同方式来虚构历史"（Sanders，1978：197）。不少学者持类似看法，参见 Constance D. Harsh，"Effaced by History：Elizabeth Gaskell's Reformulation of Scott"，in J. H. Alexander and David Hewitt Aberdeen，eds.，*Scott in Carnival：Selected Papers from the Fourth International Scott Conference Edinburgh*，Association for Scottish Literacy Studies，1993，pp. 538 – 542；Marion Shaw，"*Sylvia's Lovers* and other historical fiction"，in Jill L. Matus，ed.，*The Cambridge Companion to Elizabeth Gaskell*，New York：Cambridge University Press，2007，pp. 75 – 89。

"缓慢且不连贯，就像轧钢厂的钢轨一样"，会加重读者的负担。罗斯金向来蔑视那些不基于人类经验而建立起来的形式科学（formal science），他认为"只有怀特的塞耳彭书信集对博物学做出了合适的贡献"（qtd. in Coriale，2009：93）。怀特的优雅风格和他用简单方式描述其观察结果所产生的惊人审美，确保了这本书作为 19 世纪英国最受欢迎的文学作品之一的声誉。

在许多方面，盖斯凯尔对待自然物体的方法与怀特颇为相似，但她的目的有所不同。她在《恋人》第一章对蒙克沙汶镇历史、地理环境、自然经济以及动植物等的详尽描述回应了怀特在《塞耳彭自然史》中的描述风格和观察策略。生活在蒙克沙汶镇山谷里的农户们家附近有：

> 几丛浆果，一两株黑醋栗（叶子可放在茶中提味，果子做药用，治伤风感冒、嗓子疼），一块土豆地（土豆在上个世纪末不像现在这样普通），一块白菜地，藿香、香脂草、百里香、墨角兰簇拥在一起，中间还可能长着一株玫瑰，一丛"老头草"，一小块矮小粗壮的洋葱，大概还有一些万寿菊，这种菊的花瓣可以做咸牛肉汤的佐料……（3－4）

叙述者不仅熟悉该地的植物，而且清楚哪些植物可以给茶、肉汤提味，哪些能够治疗伤风感冒等。他对植物种类及其食用、药用价值的熟悉程度与我们在《塞耳彭自然史》中发现的没什么太大差异。不过，盖斯凯尔小说中的此类描述不是为了传授有关对象本身的知识，而是让读者意识到作家本人就像一个野外博物学家，几乎把自己的全部精力都投入对和该地有机生命相关事实的观察和积累中去了。

除描述风格外，盖斯凯尔对蒙克沙汶镇人物—物种的个性特征的刻画，对其相互间社会交往和动态联系的描写，以及对环境重要性的强调，都揭示了她的小说叙事和怀特的原型生态学再现模式之间的高度相似性。

蒙克沙汶镇与其说是一个人类世界，不如说是生物聚居的地方。女主人公西尔维娅·罗布森（Sylvia Robson）从未受过任何基础教育，整日里想的也都是"牛棚、牲口或者农场和农产品"之类的东西，她完全凭借自身"淳朴的天性"赢得了读者的同情。发表于 1863 年 4 月 3 日的《每日新闻报》将其称作"一只漂亮的人类动物"（qtd. in Hughes and Lund，1999：50）。西尔维娅的父亲丹尼尔·罗布森（Daniel Robson）很爱他的妻女，但他宁愿和家里的小狗说话，也不太愿意和她们交谈，"狗成了一种哑巴知己"（75）。在此，女性和狗被相提并论，女性甚至沦为连狗都不如的低等生物。同样，在菲利普的眼里，他疯狂迷恋的西尔维娅也不过就是多年前邻居家养的一只"温顺好看"的小鸽子，它"不知怎的总让他联想起表妹西尔维娅。小鸽子常歇在一个特定的地方晒太阳，鼓起它毛茸茸的胸脯，一边梳理羽毛一边咕咕清叫，胸脯上的蓝色和玫瑰色的色彩在早晨的阳光中闪耀"（274）。

不仅女性类似于动物，男性也不例外。强募队设下埋伏准备抓捕查理·金雷德（Charles Kinraid），躲在暗处的菲利普·赫伯恩（Philip Hepburn）目睹了一切。但是，被嫉妒蒙蔽了双眼的菲利普没有警告金雷德，而是一边念着"真是天意，真是天意"，一边"蹲下，双手捂着脸。他不但捂住脸，而且想捂住耳朵，好使自己既看不见又听不见即将发生的变故"（177）。此时的菲利普俨然成了一只把头埋进沙子就以为躲过了危险的"鸵鸟"。被强募队的士兵打倒在地的金雷德躺在那里，"像只刺猬一样一动不动"，但他的眼睛却"机警留心，虎虎生光，凶得像一只走投无路的野豹……然而这只极度痛苦的动物，已身临绝境，逃命之计大概是不会想得出来的"（178）。从上面的引文来看，盖斯凯尔显然参与到了维多利亚时代偏爱使用动物话语来描述和复杂化人类社会关系的文化实践中。[①] 她使用了这些源自动物生活和行为等相关知识的博物学隐喻来描述人类性格，在胆小软弱如鸵鸟的菲利普和机警凶残如野豹的金雷德之间建立了对比。正如吉莲·比尔（Gillian Beer）指出的那样，动物隐喻的有效性取决于"物种和分类。（隐喻）不可能出现

---

① 在《动物庄园》（*The Animal Estate*，1987）中，哈利艾特·里特沃（Harriet Ritvo）对维多利亚时代英国广泛使用与动物有关的话语来重新划分种族群体和社会阶层的界限进行了重要的描述。基于里特沃的分析，笔者认为盖斯凯尔在《恋人》中为了"自然化"（naturalize）性别和阶级关系，也参与到了这一文化中。参见 Harriet Ritvo，*The Animal Estate：The English and Other Creatures in the Victorian Age*，Cambridge，MA：Harvard University Press，1987。

在混乱的世界中，虽然它自身具有多态性（polymorphic），但其内在冲动决定了它又无法离开那些它试图打破的障碍"（Beer，2000：87）。博物学隐喻内部的分类冲动有助于盖斯凯尔塑造不同个性的人物。不过，她有时也会打破博物学隐喻制造出的差异。在小说第三章有关强募队抓人的场景中，她把所有被激怒的人们比喻为野兽。这些人一小时之前看起来还友好和善，现在却"像狂暴的野兽一般要吃人"（23）。整个蒙克沙汶镇人，甚至整个人类，在盖斯凯尔看来，和动物并没有太大区别。一旦碰到危急情况，一向自诩为高于其他物种、受过文明教化的人类很可能会暴露出自己的动物本性。

　　总体而言，小说中的大部分博物学隐喻都能清晰地揭示出人物的性格。正如亚历克斯·沃洛奇（AlexWoloch）所言，小说人物既不是真实存在的人，也不是漂浮在叙事矩阵中的超然符号，而是两者结合的产物，是由隐含的个性（implied personalities）和在叙事话语中起作用的符号共同构成的"人物—空间"（character-spaces）（Woloch，2003：14）。或许可以这样认为，通过使用这些在博物学著作中更为常见的符号，盖斯凯尔创造出了一种既像人又像动物的"人物—物种"（character-species）混杂物。

　　福柯曾在《词与物》中指出，"博物学就是给可见物（the visible）加以命名"（Foucault，1994：132）。在福柯看来，博物学家的主要任务就是依据物种的外在特征对其进行命名、分类。对于传统博物学家这种仅关注物种外在特征的做法，怀特极为不满。和分类相比，他更重视"关系、后果和累积效应"（Mullett，1969：372）。然而，这样说并不意味着怀特完全不关注物种的外在特征。事实上，他具有敏锐的观察能力和精准的描述能力：

　　　　它（游隼标本）的双翅展开可得42英寸，喙与尾巴之间，得21英寸，体重两磅半的常衡。这是一只雄健的鹰，生来适于劫杀；它的胸肉敦敦的，大腿粗长而劲健，胫短而匀称；脚上有尖厉可怕的长爪子；眼睑与喙的蜡膜作黄色；眼虹膜则微黑；喙粗而如钩，作黑颜色；近上一片嘴的尾端的两侧处，各有粗糙的肉突。相对于身体，它的尾巴很短；但双翼合拢处，则又盖不过尾梢。由它的身形之大、之秀丽看，它应该是雌鹰……（怀特，2002：398 – 399）

描述这只游隼标本时，怀特不仅为其双翅距离、身长及体重提供了准确的数据，还对其眼睛、嘴巴、尾巴、身形等作了细致的描绘。怀特的这种描述方法同样能在《恋人》中找到。比如，在描写海斯特的相貌时，盖斯凯尔这样写道：

> 海斯特是个高个头的年轻女人，长得虽瘦，骨头架子却生得宽，一副庄重的外表使她看上去比实际年龄要大。她戴顶布帽子，浓密的棕色头发梳得平平整整，宽阔的天庭上不留一根，垂在帽子外面的也齐刷刷一丝不乱。她的脸有点方，脸色有点黄，不过皮肤生得细腻。她那双灰色的眼睛特别讨人喜欢，因为它们看你时是那么诚实，那么和气。她的嘴微微有点绷，有抑制感情的习惯的人多半都是这样的嘴形；但她一开口说话，你就察觉不出来。她很少笑，偶尔笑时，也是缓缓地微微一笑，这时就露出一口洁白平整的牙齿；与此同时，那双温柔的眼睛通常会猛抬一下，这么一来她的容貌便非常迷人。她穿着素色衣服，这一方面是她本人喜欢素色，一方面也是尊重福斯特兄弟的宗教习俗。不过海斯特本人不是教友派教徒。（19 – 20）

盖斯凯尔不厌其烦地向读者介绍了海斯特的身高、头饰、头发、脸型、脸色、皮肤、眼睛、嘴形、牙齿以及服饰等，若不是后面提到她讲话、微笑、抬眼睛时的样子，盖斯凯尔简直就是在描写一个静态的生物标本。根据游隼标本的外形特征，怀特能推断出它的性别及个性特征；同样，从盖斯凯尔对海斯特相貌的细致描绘中，我们也能推断出后者诚实稳重、善解人意和克制自律的个性特点。

为了给物种分类，博物学家常会比较物种间的差异。盖斯凯尔也有这种偏好。她刚观察完海斯特，就把视线转向了一旁的西尔维娅。这个年轻姑娘"说笑就笑，说撅嘴就撅嘴，什么感情都不掩饰，性格像个孩子一般没有成熟，随着眼前情景在一个钟头里会忽而感情丰富，忽而任性淘气，忽而讨人嫌，忽而惹人爱"（20）。很明显，西尔维娅和海斯特两人的性格截然不同。海斯特成熟稳重，理性克己，而西尔维娅则热情奔放、淘气可爱，像个不成熟的孩子，一切行为都受到本能和情感的支配。

当然，怀特和盖斯凯尔的描写方式也存在一些差异。怀特要如实描写自然事物或现象，将其对自然的观察和思考融为一体，常采用第一人称。① 盖斯凯尔则不然，她时常会借助小说中某个人物的眼光来观察处于动态中的人物。当西尔维娅下楼时，等在楼下的菲利普目不转睛地盯着她：

> 先是出现了一只小巧雅致的脚尖，接着是端端正正的脚脖子，包在紧紧的蓝袜子中，织袜子的线是她妈妈所纺，袜子上的图案也是她妈妈精心织成。然后是褐色的粗呢长裙，一只手朝后提起裙摆，不高不低，恰到好处，正好不挡着往下走的双脚。一块清新雪白的软棉布对折起来披在肩上，遮住修长的脖子和肩膀，温柔天真的脸上容光焕发，美得无与伦比，脸周围簇拥着一束束栗色的鬈发。（106）

盖斯凯尔精心描绘西尔维娅的下楼步态，不只是为了诠释乡村女孩的清新和美丽，更是为了凸显她的美给菲利普带来的冲击力。该段文字的描述力量主要体现在菲利普的期待、渴望和受到的感官刺激中。西尔维娅仪态大方、端庄得体，但盖斯凯尔却暗示了，或者说菲利普感受到了隐藏在其得体的服装之下的年轻身体的诱惑力。

怀特的《塞耳彭自然史》之所以能在众多博物学著作中脱颖而出，一个重要的原因在于它"迈出了重要的一步，将人们对栖息地的理解从单一物种所处的有利位置……提升到将生态系统理解为特定物种在特定物理环境中的物质和行为相互依赖的组合"（Bohrer，2003：403）。

---

① 如前所述，怀特的《塞耳彭自然史》是英国自然写作文类形式的代表性著作。学者程虹指出："自然文学最典型的表达方式是以第一人称为主，以写实的方式来描述作者由文明世界走进自然环境那种身体和精神的体验。"（程虹，2014：3）

传统博物学家往往只注重对单个物种标本的观察、记录和分类，而怀特更重视物种间的交往。因此，物种的"语言"，而非其身形等外在特征，才是博物学家应该重点考察的对象。他曾在一封给弟弟约翰的信中写道："和那一长串罗列了地球上半数动物的空洞清单相比，真正的博物学家会更感激你精心研究、调查某些生物的生活和对话（life & conversation）。"（Foster，1993：492）怀特把自己想象成一个行为主义者，对生命形式的主要兴趣不在于它们的内在属性或外在特征，而在于它们的"生活和对话"。他曾批评本土博物学家斯科波利对"鸟类的生活和对话"不够关注（*Selborne*：74）。在写给本南德的第十六封信中，怀特对比了好几种鸟的叫声：

> 至于柳莺鹩，则我颇以为是有三种的……以我熟悉的两种而言，则叫声的差异之大，鸟中再没有如此悬殊的两种了。前一种的叫声，间关语滑，欢快如笑，后一种则粗厉喁咥，难以为听……上礼拜六，蝗虫云雀在我的田里，开始发出"滋滋"的叫声了……红尾鸲……调子短而不美，但大约能唱到六月的中旬……产卵的季节，沼泽里常有玩耍、鸣叫的沙锥鸟，或嘹唳如笛，或嗡嗡如蜂：它们降落时，常发出"嗡嗡"的声音。（怀特，2002：74－78）

怀特的认知依赖于他对塞耳彭地区生物的多样性的包容和兴趣："整个自然是那样丰富，以致那个地区产生着大部分现在仍在检验中的最丰富的多样性。"（White，1993：55）

同样，盖斯凯尔在描写蒙克沙汶镇的人类标本时，也对他们的语言，尤其是地方方言表现出超乎寻常的兴趣。她对方言的敏感，在一定程度上与她从小生活在人们都讲方言的乡村纳茨福德有关。但是，更主要的原因恐怕得归功于她丈夫威廉·盖斯凯尔的影响。威廉是语言领域的专家，盖斯凯尔在《玛丽·巴顿》的第五版（1854）中，就收录了他有关兰开夏郡方言的两场讲座。盖斯凯尔意识到，方言是一地居民沟通的主要手段，其衍变史是当地史的重要组成部分。她在早期作品中使用方言还相当谨慎，但在其晚期作品，尤其是《恋人》中，则开始大量使用方言。① 不仅农场工人凯斯特（Kester）和镇上的穷寡妇艾丽斯·罗斯（Alice Rose）说方言，就连小说中的主要人物，西尔维娅和她父母，甚至城里人菲利普也会说方言。②

在所有人物中，方言运用得最为自如和彻底的要属农场工人凯斯特。他在文中说的第一句话是愿意为西尔维娅去找裁缝唐金："羊毛里有很多脏东西，我一摸就知道，所以要整理一下。但我觉得还是听你的吩咐吧。"（39）③ 凯斯特的淳朴善良在他的方言中得到体现。罗布森·罗布森认为他们父女和他妻子、菲利普等普雷斯顿家族的人不一样，"闺女，你和我都是罗布森血统——吃燕麦饼的人，人家却是吃馅饼面包的人"（110）。罗布森头脑简单、心直口快的性格特点一览无遗。同样，艾丽斯·罗斯说话也是直截了当、干脆利落。看到菲利普踩了一脚的雪提着一壶水进屋时，便很不客气地斥责道："瞧瞧你！昨晚干干净净的石板地，让你滴滴答答地洒满了水。女人家的活与男人有什么相干，真是多管闲事。"（131）可见，人物性格能在他们的语言，尤其是方言中得到反映。西尔维娅既不会读也不会写，却能借助一些简单词汇表达意义，她的口头语言和其周边的简单环境相得益彰，能"反映出爱与恨的变化，以及两者之间的无穷变化"（Duthie，1980：36），远比其堂兄菲利普试图教会她的那种语言更为准确。现代读者或许并不赞成西尔维娅的学习态度，但她在学习书面语言时所表现出的怠惰情绪也可以被理解为"她对其所在阶层那种不受约束的口语力量的忠诚"（Uglow，1993：515）。和西尔维娅不同，菲利普读书时"调门很高"，声音就显得"极不自然"，这就使得读出来的句子"失真走样……传达不了任何

---

　　① 在短篇故事《弯曲的树枝》（*The Crooked Branch*）中，盖斯凯尔也使用了大量的方言。

　　② 为确保真实准确，盖斯凯尔还专门咨询了一位公认的约克郡方言权威——赫尔市的佩罗内特·汤普森将军（General Perronet Thompson of Hull）。从小说的第一版到后来的每一版，盖斯凯尔都对其中的方言进行了反复修改，她对方言的重视可见一斑。

　　③ 以下原文分别是：Tool's a vast o'muck in't, an'a thowt as a'd fettle it, an'do it up；but a reckon a mun do yo'r biddin'（Gaskell，1914：52）. Thee an'me, lass, is Robsons—oat-cake folk, while they's pie-crust（ibid.：140）. Look the'there！Droppin'and drippin'along t'flags as was cleaned last night, and meddlin'wi'the woman's work as a man has no business wi'（ibid.：167）.

意思"。（81）菲利普所在商铺的老东家——福斯特兄弟俩说话时就则"像上一代伦敦城里应酬多的人"，谈论商业贸易条款时采用的口吻就像在朗读《圣经》。杰里迈亚·福斯特每天都会读一章《圣经》："和许多人一样，做这件庄严的事情时语调很特别——眼下他列举英镑、先令、便士时无意间也操起读《圣经》的语调。"（143）显然，以菲利普和福斯特兄弟为代表的新兴资产阶级的文化、商业及宗教式的语言和以西尔维娅为代表的农家的、"自然的"口头语之间构成了鲜明的对比。

不过，盖斯凯尔并没有一味凸显这种对立，而是在小说中采用了一种类似于动物间交流的"非语言交流"（non-verbal communications）（Morrell，2008：62）模式，试图削弱对立可能带来的政治影响。萨沙·莫雷尔（Sascha Morrell）注意到，盖斯凯尔在《恋人》中始终强调一种朱莉·克里斯蒂娃（Julie Kristeva）所谓的那种"基于声音而非理智的非具象符号学"（Morrell，2008：63），这种前语言的感知能力往往与同情心和理解力相关。得知自己受了菲利普的骗，西尔维娅痛苦地向海丝特吐露心扉：如果当初嫁给菲利普的是她，而不是自己，很可能就不会发生这样的悲剧了。深受教友派克己观念的影响，海斯特一向不喜欢热情冲动的西尔维娅。然而，此时听到西尔维娅的肺腑之言，海斯特再也控制不住自己的感情，只见她"啜泣声一高，便再说不下去了"，反复怪自己"老说不对话"（365）。① 海斯特担心西尔维娅了解到自己的情感后会生气，出乎意料的是，后者不仅没有怪她，反而"一把把她搂在怀里"，对她"又是抚摸又是吻，说着断断续续的话安慰她"。（365）西尔维娅的拥抱、亲吻以及不连贯的话语彻底融化了海斯特内心深处的坚冰。她突然站起身来，握住西尔维娅的手，"神情庄重地看着她"，对她说道："我要向你赔个不是，承认在你结婚前很长一段日子里，我为自己婚姻上不能如愿而痛心……不过我现在求求你……从心

---

① 海斯特的母亲艾丽斯·罗斯、其雇主福斯特兄弟以及菲利普等人都是教友派教徒。教友派（the Religious Society of Friends），又名贵格会（Quakers），兴起于17世纪中期的英国及其美洲殖民地。该派反对"原罪"之说，强调人类本性中善的因素；反对外在权威和烦琐的宗教仪式，认为信徒可以不通过任何中介，可以与上帝直接联系；宽容和平等是该派始终崇奉的信条。

里解了对菲利普结下的疙瘩吧……做一个他应该得到的好妻子。"
（365）显然，"非语言交流"有助于促进信仰不同、性格不同的人们之
间的互相理解。当西尔维娅发誓"绝不"原谅菲利普时，她也像海斯
特那样"老说不对话"（312）。然而，在菲利普临终之时，她却通过自
己的叹息声、拥抱以及其他的肢体语言，向丈夫表达了后悔和自责之情。

　　这种"非语言交流"也能将不同阶层的人联系起来。西尔维娅嫁
给菲利普，成为中产阶级的一员后，逐渐与农场工人凯斯特疏远了。直
到西尔维娅母亲去世，凯斯特来参加葬礼，两人旧日深厚的情感才重新
得到恢复。这一切都在两人无声的肢体语言和西尔维娅的眼泪中得到揭
示。凯斯特"俯身在善良厚道的女主人棺材上哭得肝肠欲断。他意外出
现，又哭得悲痛不已，一下子松开了西尔维娅的泪泉，她顿时哭得死去
活来"，西尔维娅苦苦支撑着坚持到葬礼结束，最后鼓起劲走到凯斯特
站着的地方，除了哭，只说了一句"来看我呀"，凯斯特点点头，一个
字都说不来。葬礼结束当晚，凯斯特去拜访西尔维娅，两人恢复了以前
的情感联系。显然，盖斯凯尔注意到，这种类似于动物间交流方式的
"非语言交流"往往比人类的语言更能准确传达讯息，有利于促进人与
人的理解和宽容，能在一定程度上消解那种建立在语言秩序之上的宗
教、性别、阶层之间的隔阂和差异。

　　怀特一直致力于将研究、解释动物和鸟类日常交往的语言和交流形
式变成博物学研究的核心内容。在他看来，关注生物的心理特点、社会
生活以及它们之间的交往远比仅仅记录它们的外部特征更为重要。盖斯
凯尔也具有相似的看法。

　　在"闹除夕"一章中，盖斯凯尔通过人物表情、举止、眼神、甚
至在房间中所处的位置等细节展现了人物的内心情感、金雷德和西尔维
娅之间关系的进展以及城镇居民菲利普逐渐感受到的孤立。晚会开始
时，西尔维娅还是一个年少无知的姑娘，一旦发现自己成为众人关注的
焦点，就会心慌意乱。晚会快结束时，她却已经成长为一名性意识有所
觉醒的年轻女人。看到金雷德，西尔维娅一激动，把茶泼到了礼服上。
金雷德和她搭讪，她脸一红，开始摆弄起围裙带，想到对方可能嫌自己
木讷，不善交谈，感到非常困窘。玩"有罚"游戏时，西尔维娅故作

端庄，拒绝亲吻"蜡烛台"金雷德。但不一会，她就开始懊恼起来，"恨自己刚才扭扭捏捏"，后来越想越生气，泪流满面地逃进厨房。跟在后面的金雷德没多久就"心满意足"地回来了（121－122）。对于西尔维娅内心的微妙变化，痴情的菲利普却一无所知。不过，在他听到莫莉·布伦顿开玩笑说金雷德吻了西尔维娅后，他立即从两人的表情中发现了真相，"果然西尔维娅的神情中有名堂，唉，查理·金雷德的神情中也有名堂"（123）。菲利普的边缘化地位在用餐时得到进一步强化。他不玩游戏，被安排到老人那一桌，人太多，他整个身体被困在凳子和墙壁之间，哪儿都去不了，只能远远看着西尔维娅和金雷德紧挨着坐一起热烈地交谈。他发现他们两人"与其说在吃饭，不如说在聊天。她心情愉快，这时的愉快心情又和先前的不同，颇为新奇，讲不出道理，也说不明白，只觉得心里比从前任何时候更舒畅"（124）。和重视动物语言和交往的怀特一样，盖斯凯尔也善于描写人物的心理状态和社会交往。她通过大量视觉化的细节特征，巧妙地展示了人物内心，再现出西尔维娅和金雷德之间与日俱增的情感联系以及菲利普可怜的孤独境遇。

在第一章"蒙克沙汶"中，盖斯凯尔没有提及任何故事人物，而是浓墨重彩地描绘了蒙克沙汶镇的自然和社会环境。由于《恋人》出版时，达尔文的《物种起源》"正携带着它的达尔文进化论思想在英国掀起惊涛骇浪"（陈礼珍，2015c：134），不少学者认为盖斯凯尔这种强调环境的写法是受到了达尔文思想的影响。[①] 文学达尔文主义奠基人约瑟夫·卡罗尔（Joseph Caroll）在其著作《文学达尔文主义》中曾将达尔文进化论的核心思想总结为"一切生物都是其内在的生物特性和周边环境相互作用的产物"（Caroll，2004：148）。不过，如果我们仔细考察西方科学史，就会发现早在18世纪末，博物学家吉尔伯特·怀特就已经在《塞耳彭自然史》中注意到环境的重要性。不同于在他之前的那些仅对自然界的个体标本进行观察、记录和分类的博物学家，怀特极为重视物种的"栖息地"对物种个性以及物种之间相互关系的影响。

---

① 参见 Shaw，Marion，"*Sylvia's Lovers* and other historical fiction"，in Jill L. Matus，ed.，*The Cambridge Companion to Elizabeth Gaskell*，New York：Cambridge University Press，2007，p. 87。

在最能反映其原型生态学思想的那段有关塞耳彭地区湖塘的文字中，怀特不仅详细记录了当地物种，主要是牛群，如何以及何时进到湖水中嬉戏取乐的日常生活习惯，还重点提及了它们和虫子、鱼等各类物种之间的食物链联系，"（牛）一天在水里呆这么久，湖中的遗矢，便饶是不少，一旦虫子们营为自己的家，鱼便有了食源；倘不打这秋风，它总是食不果腹的"（41－42）。怀特始终强调"栖息地"的作用，认为"湖塘"决定了上述物种间的物质联系和独特的行为交往模式。

对环境或者说"栖息地"的重视同样体现在《恋人》中。她按照栖息地的不同，将蒙克沙汶镇这个生物群落中的生物大致分为两类：一类生活在乡村，对大海有着本能的热爱，主要有罗布森·罗布森（Daniel Robson）一家、查理·金雷德（Charley Kinraid）和科尼一家（The Corneys）。另一类住在镇上，和商业关系密切，包括教友会店主福斯特兄弟（John and Jeremiah Foster）、他们的店员菲利普·赫伯恩（Philip Hepburn）、海丝特·罗斯（Hester Rose）和母亲艾丽斯·罗斯（Alice Rose）等。这两类人之间的差异和敌对情绪最能从罗布森家的农场工人凯斯特（Kester）身上反映出来，他"对菲利普有一种出自本能的反感。城里人和乡下人之间，种庄稼的和生意人之间有一种天然的反感，历来如此"（150）。不过，盖斯凯尔没有刻意强化这种对立，而是通过引入某种异质性，试图削弱那种把人物塑造为无法超越既定界限的不同类型可能引起的令人不安的政治性。

詹姆斯·布扎德（JamesBuzard）在分析夏洛蒂·勃朗特的小说《雪莉》（*Shirley*）时指出，勃朗特努力想象"一个绝对多元化的英国民族，该民族的阶级、宗教、性别，甚至（在一定程度上）种族差异很可能都会持续下去，并被认为是英国性的多种表现方式"（Buzard，2005：234）。盖斯凯尔同样在《恋人》中想象了一个"多元化"的蒙克沙汶镇，该镇的阶级、宗教、性别、城乡等各类差异也会持续存在。[①] 她对该地人物—物种的多样性和差异性的强调，对其环境异质性

---

① 这也进一步证明了大卫·梅森（David Mason）将维多利亚小说类比为英国社会博物志的合理性。

的关注，进一步强化了其小说叙事和怀特的原型生态学认知方法上的亲缘性。充满活力的谈话，冲突的语言，人物之间的冲突等都让我们看到了一个充满活力的生态系统：相互依赖的物种之间会互相交流，但各自为了保卫领土，也常常会发生冲突。在小说《恋人》中，相互依存的物种不是鸟类和昆虫，而是约克郡这个小区域内相互冲突的宗教、阶级、性别和文化。如果我们把这部小说想象为约克郡地区的博物志，那么采用以怀特为代表的博物学家们所熟悉的概念来解读该地鲜明的社会和文化异质性则合情合理。对于盖斯凯尔而言，人类世界如同自然世界，一切社会关系都是自然发生且不可避免的，即使是一个小而闭塞的地方也存在着无穷的多样性。

在小说开篇，盖斯凯尔用寥寥数笔介绍了蒙克沙汶镇的一些物理特征——矗立在海边悬崖上的修道院、与迪河平行的镇上的正街以及横跨在迪河上的桥——之后，便详细地介绍起为当地带来巨大财富的捕鲸业。不过，饶有意味的是，虽然盖斯凯尔似乎对镇上的捕鲸行业的学徒制度和学徒们的生活方式颇感兴趣，但她重点塑造的镇民——店主兼银行家福斯特兄弟、菲利普·赫伯恩、艾丽丝和海丝特·罗斯母女，却没有一个从事捕鲸业。他们的生活与商业贸易紧密相关。

福斯特铺子是蒙克沙汶镇的"一家老商号"（18），虽不是镇上唯一的商铺，却几乎成了该镇的主要活动场所。福斯特商铺具有明显的象征意义，它既是菲利普赖以生活的物质场所，也是其情感世界得以呈现的精神场所。他打算在这里"为自己建立生活"（168），想象自己"位显人贵，成了蒙克沙汶头号商号的合资老板……在四堵铺子墙壁之间一站便心满意足了"（108）。"四堵铺子墙壁"这一封闭、受限的物理环境暗示了菲利普的理想也不会太过远大。除了想当福斯特商铺的合资老板外，菲利普的另一个梦想就是"任命（instal）西尔维娅为妻……给她穿上绫罗绸缎，很可能还有一辆供她驱使的二轮马车"（108）。① 盖

---

① 原文是："Philip saw himself in imagination in the dignified position of joint master of the principal shop in Monkshaven, with Sylvia installed as his wife, with certainly a silk gown, and possibly a gig at her disposal." 秭佩先生将"with Sylvia installed as his wife"译为"娶西尔维娅为妻"，但笔者认为将其译为"任命"，更能反映出菲利普强烈的控制欲。

斯凯尔在此有意通过菲利普的眼光来审视西尔维娅。"任命"一词将菲利普强烈的占有欲揭示得淋漓尽致。只要西尔维娅成为他的妻子，就能从他这儿得到"绫罗绸缎"和"二轮马车"。显然，西尔维娅成了菲利普梦想的"位显人贵"的一个重要组成部分，而"绫罗绸缎"和"二轮马车"则揭示出他对西尔维娅的爱的本质。菲利普的爱带有一种偶像崇拜的意味，他几乎将她捧上了神坛，供奉着她。① 其实，这种偶像般的爱，究其实质，就是虚伪。与其说菲利普想得到西尔维娅是因为爱她，不如说是为了证明自己的成功，从而满足自己的虚荣心。菲利普的虚伪在其目睹金雷德被强募队抓走，却对西尔维娅隐瞒实情这一事件中得到进一步的凸显。依据现代人的道德标准，虚伪的菲利普自然应受严厉指责。但是，盖斯凯尔却像怀特那样，看到了环境在物种个性形成中扮演的重要角色。在她看来，菲利普的虚伪和当时当地的整体自然与社会环境有关②，包括教友派信徒福斯特兄弟在内的许多蒙克沙汶人都从事走私活动。他们从没想过这样做对不对，因为"人人都走私，只是彼此客气点，装作不知罢了"（35）。这里的人们从事着非法的走私活动，在道德上却感到问心无愧。道德与法律之间的分裂使得蒙克沙汶镇类似于怀特笔下的塞耳彭生物群落，生物们按照其生存本能，而非人类的法律准则来生活。

捕鲸业为当地带来巨大财富，催生出一个新的社会阶层。"富豪"（2）约翰和杰里迈亚·福斯特兄弟在这里开办了原始银行，改变了整个城镇的城市形态。"暴发户"们不像菲利普那样住在铺子上方的阁楼里，而是在铺子周围建造了豪华堂皇的豪宅，周围是花园和田野。镇上除了富人的豪宅，也有穷人的居所。穷寡妇艾丽斯和女儿海斯特住在"正街靠山的一边，有一个窄院子……这段台阶刷成雪白的颜色，整个房屋外观上也和这段台阶一样，显得无可挑剔地干净"（65 – 66）。虽然艾丽斯家的房子不大，"坐落在阴暗窄小的角落里"，但在整齐干净

---

① 盖斯凯尔最终选定"恋人"这一标题之前，曾在"菲利普的玩偶"（"Philip's Idol"）和"叉手长"（"The Specksioneer"）这两个标题之间犹豫不定（Easson，1979：172）。菲利普对西尔维娅的偶像式崇拜的爱情本质能够很好地在标题"菲利普的玩偶"中得到揭示。

② 这也在一定程度上解释了盖斯凯尔为何总能对其笔下人物持有一颗包容之心。

方面却可以与杰里迈亚家的房子相媲美，后者的"门楣门阶和窗玻璃窗格子干净得一尘不染"（139）。① 在盖斯凯尔的小说中，无论是富人还是穷人，屋子的整洁程度总与人物的德行高低密切相关，这也反映了环境与人物性格之间的内在联系。在描述乡村生活时，她也始终强调这一点。

　　盖斯凯尔自创作之初便热衷于再现乡村生活及其风俗，关注山谷、洼地对生活在那里的男男女女的性格所产生的影响，并采用各种技巧来展现他们的精神风貌及生活方式。虽然在描述农场海特斯班克（Haytersbank Farm）时，盖斯凯尔似乎缺乏她在短篇故事《半辈子以前》（*Half a Life-Time Ago*）中描述紫衫农场（Yew Nook），或在《勃朗特传》中描述霍沃斯牧师住宅时所营造的一种视觉感，但是，海特斯班克和其他两地一样，也是一处温和的避风港湾。山谷上面的荒野虽然是"人迹罕至，景色荒凉"，但这里"数目不多的绿色山谷"却比较肥沃、繁茂（29）。无论冬夏，农场外都会刮着肆虐的狂风，而农场内却洁净温暖、井然有序。"罗布森太太是个坎伯兰女人，这类女人管起家来比东北沿海的农家主妇更喜欢整洁干净"，不仅如此，她还擅长做面饼、腌肉之类的食物（29）。和城镇居民艾丽斯一样，罗布森太太也具有很强的持家能力。这种能力，在盖斯凯尔眼里，与人物的内在品德有着密不可分的关联。

　　相比之下，科尼家的莫斯·布劳农场（Moss Brow）则是个"又乱又不舒服的地方"（47）。"你"——盖斯凯尔拉近了与读者的距离——"先得走过一个肮脏的场院，踩着一块块踏脚石越过一个个水坑，绕过一座座粪堆，这才能到达家门"（47）。寥寥数笔，一个邋遢的主妇形象就出现在读者眼前。不过，尽管盖斯凯尔对比了罗布森太太和科尼太太的持家能力，并暗示出环境与人物品行上的关联，但她同样没有对后者妄加评判，而是像怀特那样仅作客观描绘，"让读者自行判断"（Craik，1975：63）。即便在这个肮脏的家里，也存在一种自然美，那就是后院里的野生果园：

---

① 盖斯凯尔对福斯特家的描述很容易让人想起霍沃斯（Haworth）的牧师住宅，"门阶干干净净，老式的小块玻璃窗光亮如镜"（盖斯凯尔，2017：5）。

果园里全是歪歪扭扭长满病瘤的老苹果树，树干上覆盖着灰白的地衣，灵巧的苍头燕一到春季就在筑窝。害虫吃空了的朽枝仍然长在树上，有了它们，即使不会多结几个苹果，也会给人头顶上添几分盘枝错节的景象。野草长成高高的草丛，一踩上就觉得又湿又乱。今年的收成看来不错，可是红了的苹果仍然挂在灰白的老树上。时不时有苹果在长得高一块、低一块的绿草丛中露出一点红。(48)

盖斯凯尔几乎就是在以怀特的口吻描述果园。如果将这段文字放进《塞耳彭自然史》中，丝毫不会让人感到突兀。果树虽没能得到人类的精心看护，却仍能继续生长，并结出果实。由于科尼家的格言是"能往明日拖，决不今日做"，所以稍微起点风，苹果就会自然掉落，"躺在地上等着烂，直到'孩子们'晚饭要吃馅饼了再去捡"(48)。显然，盖斯凯尔在采用博物学家式的观察，对自然物体进行经验主义描述的同时，也没有忘记在其文字中注入一丝温情的幽默，生动形象地再现了当地农民家庭的日常生活。

怀特关注塞耳彭生物的生命周期，盖斯凯尔则将注意力放到了蒙克沙汶镇人物—物种的生命周期上。怀特重视不同生物间的异质性，盖斯凯尔同样注意到蒙克沙汶镇的城乡、贫富等差异。不过，怀特似乎仅看到环境对生活其中的生物个性所产生的决定性影响[1]，而盖斯凯尔则通过将住所环境与人物性格相挂钩，暗示穷人即使无法改变自身命运，却能掌控自身的生活状态，突出了人的主观能动性，强调了环境与人物的互动关系。对穷人能动性的强调，在一定程度上削弱了贫富差异现象中潜在的政治意蕴。

西尔维娅可以说是乡村生活的主要代表。小说第一章概述完蒙克沙汶的基本情况后，第二章开头便介绍起这位女主人公。西尔维娅和朋友莫莉·科尼这两位农场主的女儿带着黄油和鸡蛋去市场。她们光着脚走到河边洗脚，然后再穿上鞋袜进城去。莫利端端正正地坐在长满青草的

---

① 查尔斯·马莱特认为，虽然怀特获取知识的途径主要依赖于观察，而非书本，更不是《圣经》，但他却始终信奉"神创论"，相信动物对环境的适应是预先决定的，而与地球或周围环境无关（Mullett，1969：372）。

河岸上，西尔维娅则跳到小溪中间的一块石头上，"用她那小巧红嫩的脚指头踢腾着凉爽的激流"（9）。这一转瞬即逝的动作传神地表现出西尔维娅灵动活泼，却又带点儿漫不经心的气质特点。西尔维娅和盖斯凯尔早期小说中的女主人公露丝非常相似，但又有着明显的不同。露丝热爱乡村、亲近自然，能与自然达成一种共情的状态。她在北威尔士时与自然融为一体，其身上的性感特质得以展现。西尔维娅同样热爱自然，喜欢灌木篱笆墙上的花朵，喜欢透过科尼果园里的苹果枝，看那闪着粉红色光的秋日天空。她尤其喜欢大海，因为它总能让她想起失去的爱人金雷德。不过，和露西不同的是，西尔维娅所有的活力都与她忙碌的农场生活有关。她既会帮母亲料理日常家务，也会去奶牛场帮凯斯特挤牛奶，并为自己比他更能驾驭奶牛黑内尔（Black Nell）感到自豪。然而，随着她嫁给菲利普，离开乡村，定居镇上，她的快乐和活力逐渐消失了。她开始深切怀念海特斯班克"自由自在的乡村气息，怀念天似穹庐、笼盖四野的田园景色"，怀念自己外出时可以随意着装，无须换上"笔挺华丽的礼服"的日子。每当待在家里觉得闷时，她就会"溜出"客厅，"逃离"拥挤的街道，"登上悬崖"，在那里"放眼眺望宽广浩渺的大海。她这么做一半是怀念金雷德已死，一半是图个空气新鲜，眼界不受拘束……如梦如痴地暗自伤神"。（285 – 286）对于西尔维娅而言，蒙克沙汶镇的环境就像菲利普的爱那样让人压抑、令人窒息，而大海则象金雷德的爱那样充满激情，她能从中感受到活力和自由。

海洋意象贯穿小说始终。① 小说开篇，读者就被告知，海洋对当地

---

① 由于"她的父亲来自一个古老的持不同政见者的家庭，一个不依附于土地而依附于大海的家庭"（Uglow，1993：8），盖斯凯尔自小就对大海有着超乎寻常的热爱，旅行和航海在她的大部分小说中扮演着重要的角色。在《玛丽·巴顿》中，水手威尔·威尔逊跟业余博物学家约伯以及玛丽讲述了他在非洲和太平洋的冒险经历，《克兰福德镇》中玛蒂小姐失散多年的哥哥"阿加"彼得从印度回来，《南方与北方》中的女主人公玛格丽特的哥哥也是水手，后来不得不流亡到国外。在最后一部未完成的小说《妻子和女儿》中，罗杰·哈姆利参与了前往非洲的科学考察活动。不过，大海在《恋人》这部小说中以现实主义、象征主义以及决定主义的方式主导小说却是较为独特的。虽然盖斯凯尔也在其中有力地描绘了一幅乡村生活的画面，但我们永远不能忘记，该故事被设置在一个港口，其繁荣完全依赖于英国以外的世界，当时的英国卷入了一场充满竞争和掠夺的海上战争中。有关盖斯凯尔小说中大海主题的详细论述，参见 Enid L. Duthie, *The Themes of Elizabeth Gaskell*, Macmillan, 1980, p. 23。

生活产生了难以磨灭的影响:"深入内陆二十英里以内,你无法忘掉海,也无法忘掉捕鲸业。"(4)小说发展进程中,大海一直存在:罗布森·罗布森无法忘记自己的捕鲸岁月;金雷德自由奔放的海员气质深深吸引着西尔维娅;菲利普在海岸上看到金雷德被抓,却对西尔维娅隐瞒了实情;西尔维娅婚后经常独自在蒙克沙汶的海边和悬崖边散步。小说最后,菲利普搭救落海的小贝拉,受伤死去。显然,大海是推动小说进程的重要叙事元素。

大海对蒙克沙文镇和其周边乡村的生活方式以及当地居民的性格产生了深远的影响。对丹尼尔·罗布森来说,没什么地方会比这儿更适合他生活了。罗布森天生富有"冒险精神,喜欢变动",婚前一直过着"漂泊不定"的生活,"当过水手,走过私,贩过马,最后又种田"。然而,叙述者明确指出,他的这种性格"给他和全家人带来的害处比任何人都多"(29)。这段文字不仅预示了后来发生的灾难性事件——罗布森带头攻打强募队获罪入狱,也揭示出人物性格和环境之间的关联。其实,早在第一章,叙述者就通过指出粗犷的东北人不像南方人更能忍受强募令的压迫,点出了环境与人物性格间的因果关联:

> 对东北人来说,搞捕鲸业,或到格陵兰捕鲸,哪怕最低一级的水手,除了工资外,还有许多赚钱的机会。他可以靠自己的勇敢和积蓄发迹为船主。他周围不少人已经这么走过来了,正是这种现实情况使得等级差别不太明显;大家有险共冒,有难同当,目标一致,利益均沾,所以这一带的沿海人民由一根结实的纽带联系在一起,外人若要强行这段这根纽带,只能激得他们怒火满腔,急于报复……强募队在约克郡沿海一带日子并不好过。在别的地方人们怕他们,但在这儿他们激起的却是愤怒和仇恨。(6)

大海给东北人提供了发家致富的机会,使他们有机会凭借自己的努力缩小等级鸿沟。因此,这里的人们"有险共冒,有难同当",这就解释了罗布森等人反抗强募队的行为动机。该地的地理环境决定了人们的生活方式,而这又进一步影响了他们的性格和行为特征。

与大海联系最紧密的是捕鲸船上的叉手长查理·金雷德。和年轻时的罗布森一样，金雷德勇敢强悍，热爱冒险，常年过着漂泊不定的生活。① 他刚出场就被安排成了一名英勇抵抗强募队的英雄。没见过他的西尔维娅早已被有关他的传闻吸引了。当她在水手达利的葬礼上亲眼见到金雷德时，西尔维娅"羞愧的神情中充满敬佩"（59）。当金雷德受邀拜访罗布森一家时，西尔维娅觉得之前还"昏暗孤寂"的屋子立刻变得"温暖明亮，充满了生机"（83）。及至金雷德说起他曾在格陵兰海上捕鲸的传奇经历时，西尔维娅更是听得"神魂颠倒"，连手里的编织活儿都忘了，"坐在那里盯着金雷德发愣"（87）。如果说西尔维娅编织的是纱线，那么金雷德编织的则是有关大海的历险故事。这些故事充满魔力，深深地迷住了西尔维娅。不幸的是，随后发生的一系列变故彻底改变了西尔维娅的整个人生轨迹。金雷德被强募队抓走，目睹一切的菲利普对西尔维娅隐瞒了真相，后者误认为金雷德被淹死。之后，罗布森因进攻强募队被处死。无奈之下，西尔维娅不得已嫁给了菲利普。婚后，心灵备受压抑的西尔维娅时常会往海边跑，在那里"暗自神伤"（286）。在西尔维娅眼中，大海成了金雷德的化身，热情、浪漫、自由而狂野。

显然，和怀特一样，盖斯凯尔在表征地方时也非常重视环境或者说生物栖息地的作用。她将菲利普、西尔维娅和金雷德等人分别与城镇、乡村和大海联系起来，凸显了环境与人物性格的关联，生动地再现了环境对人物—物种间关系的影响。然而，值得一提的是，盖斯凯尔并没有将怀特的环境观机械地应用到自己的文学创作中。事实上，从前面的分析以及小说后来的故事发展进程来看，盖斯凯尔并非一味地认同怀特的环境观，而是对其做了适度的改动。小说后半部分，我们看到，性格软弱、视野狭窄的菲利普抛开前见，在战场上冒着生命危险拯救了金雷德；潇洒不羁、声称对西尔维娅忠贞不二的金雷德，得知她的痛苦遭遇后，无情地抛下她，很快便与他人成婚；性格刚烈的西尔维娅在菲利普临终前，向他忏悔了自己的过错，决心"一生向善做好人"（413）。这

---

① 两人性格上的相似可以从其名字中看出来。Kinraid 和 Robson 中包含的 raid 和 rob 两个词都有"袭击""掠夺"之意。

样的安排无疑大大地提升了人物—物种的主观能动性，在一定程度上取消了环境与人物性格一一对应的关系，进一步弱化了城镇、乡村和大海之间的对立、差异关系。

自然世界，一直是盖斯凯尔小说热衷表现的主题，对她的想象活动产生了至关重要的影响。不论是在其早期作品，还是在晚期作品中，盖斯凯尔笔下的自然世界，几乎总是一个能让人物获得宁静、愉悦和自由的重要空间。可以说，盖斯凯尔小说的美学效果在很大程度上得益于她对自然世界的描写。

艾尼德·达西（Enid L. Duthie）认为，盖斯凯尔自然观的本质是"现实主义"，这种"诗意的现实主义"使盖斯凯尔"能巧妙地运用自然象征主义，从那种让动植物充满活力、推动了宇宙运转的生命中，感受到华兹华斯式的愉悦"。（Duthie，1980：31）不仅如此，这种现实主义也契合了盖斯凯尔"对有序世界的信念。在这个宇宙中，所有的自然现象，从最伟大的到最渺小的，都是上帝慈善设计的一部分。她描写准确，连最微小的花朵适应哪种土壤、环境都很清楚，这说明她不仅具有敏锐的观察力，也有很强的感知力，能把握自然界的固有规律"（ibid.）。达西进一步指出，盖斯凯尔尤为赞同其笔下人物博物学家约伯·李和罗杰·哈姆利对待自然的科学方式，他们"对自然的兴趣不受个人因素的限制"，对自然的探索"不是计划不周的冒险，而是基于对事实的观察……同时也不排除那种基于事实观察的直觉发现"（ibid.：33）。显然，达西注意到盖斯凯尔的现实主义创作手法与博物学之间的相通性。遗憾的是，达西仅点到为止，没有深入研究。

乔茜·比灵顿（Josie Billington）在文章《忠实的现实主义：罗斯金和盖斯凯尔》（"Faithful Realism：Ruskin and Gaskell"，1999）中指出，盖斯凯尔后期的成熟作品中存在一种能同时涵纳一切对立事物的独特的现实主义模式，类似于罗斯金的宗教现实主义理想。比灵顿认为盖斯凯尔对"渺小而普通的事物的热爱"与她相信上帝创造了一个"高贵的整体"有关（qtd. in Weyant，2004：50–51）。在后来的《忠实的现实主义：盖斯凯尔和列夫·托尔斯泰》（*Faithful Realism：Elizabeth Gaskell and Leo Tolstoy-A Comparative Study*，2002）一书中，比灵顿进一步强调了宗教思想对盖斯凯尔现实主义的影响，"盖斯凯尔的艺术创作过程与罗斯金的神学理论密切相关"（Billington，2002：106），正是"宗教信仰解释了为什么盖斯凯尔似乎很容易将现实世界视为理所当然"（ibid.：107）。值得一提的是，早在《维多利亚博物学传奇》中，美林就已明确指出，罗斯金的宗教观、艺术观受到博物学的直接影响："（博物学）的影响非常巨大，构成了罗斯金整个美学思想——他为美、伟大绘画和建筑订立的标准——的基础"。（Merrill，1989：146）

正式将盖斯凯尔的现实主义与博物学勾连起来的是学者艾米·金。① 她在新作《平凡中的神圣：虔诚的博物学和英国小说》（*The Divine in the Commonplace：Reverent Natural History and the Novel in Britain*）中称，盖斯凯尔的《西尔维娅的恋人》和《妻子和女儿》这两部"英国乡土现实主义小说"在叙述形式上与博物学具有高度的相似性。它们"对日常现实细节的观察和描绘都体现出了一种敬畏"，这是"神性在平凡事物中的表达方式"。（King，2019：206）

基于上述研究，本书认为，盖斯凯尔的"诗意的现实主义"与博物学，尤其是怀特虔诚的博物学之间具有内在的相通性。两人都对英国某地，特别是某一乡镇的日常世界保有浓厚的兴趣，且能在对诸多平凡的事物和现象的观察和描绘中表现一种永恒的"神性"。此外，两人的作品都是将客观的经验研究和主观的想象力美学完美结合的典范。

怀特在《塞耳彭自然史》中多次提及上帝的神迹："动物界也如植物界一样，天道之行，莫不俱足而完满"（怀特，2002：93）；"所喜者，是看到这可怜的小鸟，竟不辞辛苦，准时地听命于强烈的迁移之冲动、即伟大的造物主在它们心头的钤印"（怀特，2002：106）；"同一类鸟，上帝赋予的营造之术，却各有差别，并很适切于各自的生态，想起来，亦可谓奇妙事"（怀特，2002：263 – 264）；"造化的手法，也真不可低测；短短的工夫，就让小鸟进入了成熟，而人和大型的四足动物的成长过程却那样缓慢，那样冗长（怀特，2002：276）"。在怀特看

---

① 早在 2003 年，艾米·金（Amy M King）就在《开花：英国小说中的植物学俗语》一书中考察了博物学（在该书中主要指林奈植物学），对 19 世纪经典小说中的婚恋叙事的影响。不过，在这本书里，她没有提到博物学对盖斯凯尔小说叙事的影响。

来，大千世界，无奇不有，但这所有的自然现象，都是伟大的造物主整体设计的一部分。① 怀特从营造之术各有差别的物种身上看出神迹的存在，表明他具有从特殊性中看到普遍性的抽象思维能力。

虽然我们并不清楚盖斯凯尔对自然神学持何种态度，但可以肯定的是，唯一神教徒盖斯凯尔"会欣然接受博物学，因为它具有一种宗教情感和信仰"（King，2019：215）。《恋人》主要描绘了蒙克沙汶镇这一特定地方的捕鲸水手、店铺商人和农民家庭等特定人物的日常生活。然而，我们在阅读的过程中却总能感受到《塞耳彭自然史》中呈现出的那种永恒的"神性"。

《恋人》中的故事发生在 18 世纪末拿破仑战争的历史时期。这个特定的时代消逝之后，我们会以为小说人物也随之模糊起来。但情况并不是这样，这些人物形象打动了一代代读者的心。原因何在？答案在于，盖斯凯尔笔下的人物尽管各具特点，但始终具有永恒的、象征性的意义。西尔维娅个性鲜明，她可以温顺听话、可以委曲求全，却绝不允许任何人毁掉她的"灵魂"（312）。她就是她自己，而不是任何别的人。与此同时，她也是光彩夺目、感性热情的化身。菲利普正直善良，但也懦弱虚伪，我们身上或多或少都隐藏着他的成分。我们可以不断地举出许多人物身上的两面性。盖斯凯尔这种既突出人物个性，又强调其普遍性的现实主义写法，实际上契合了博物学"既能将某物表征为总体的一部分，又能客观科学地彰显其个性"（King，2003a：33）的分类逻辑。盖斯凯尔的人物，哪怕读完小说很久以后，都有一种不灭的光辉闪动在我们的脑子里。

《恋人》中还包含了许多永恒的场景。这些场景可能在形式上略有不同，但它们曾在人类的历史中反复出现，并将不断地出现。比如，小说中那段描写西尔维娅母亲站在小土包上等待女儿回家的场景："她妈

---

① 自然神学宣称自然界的每一物体都是仁慈的造物主造出来的。自然神学思想最初源于威廉·巴莱（William Paley）。在其很有影响力的《自然神学》（1802）中，巴莱用手表意象来证明上帝的存在。由于自然神学就是用大自然的证据证明神及其善的存在，因此，致力于研究自然世界的博物学就被赋予了道德内涵。博物学家高斯曾表达过这一看法："自然神学使得博物学研究不仅受尊重，而是几乎成了一项虔诚的职责。"

妈笔直挺板的身影，迎着落日，透过晃眼的阳光极目远望，盼着孩子出现。"（50）这个情景之所以动人，是因为自历史诞生开始，千百万个母亲一定在某个时刻做过类似的事情。在遥远的将来，这对母女去世很久之后，还会有千百万个母亲和孩子之间出现类似的场景。人类社会表面看起来很复杂，能表现得却相当有限。小说里写得有感情的地方都会呈现出这种永恒的"神性"：菲利普从战场回来，看到西尔维娅因他不在反而过得更加安逸时的那段内心感受（387）；菲利普临死前听见海浪不断地拍击海岸的声音（412）。这些都构成了永恒的时刻。

《恋人》这部小说的形式同样体现了一种永恒性：在小说开始时，其中的人物已经生活了许多年；当我们读到最后一页时，小贝拉又正在继续生活下去。人类的生活终将川流不息地进行下去，生活之流继续滚滚向前。正如《塞耳彭自然史》中的物种生命永不休止，《恋人》中的人类生命也会生生不息。

具有自然神学认知的怀特尊重、敬畏大自然中的一切生命。他对生命的敬畏之心使他注意到，即便是蚯蚓这样看似微不足道的生物，在维护整个自然生态的平衡方面也有着不可低估的重要作用。博物学家般的盖斯凯尔同样意识到，一切生命都是平等的，她对人物的观察具有博物学的客观性，不会为了突出表现她所同情的某一方面而随意描写她的人物和事件。在她笔下，所有人物的性格都具有同等价值，她不会听任自己的想象，按照既定的道德标准，将人物分成几等几样。在《恋人》中，无论是对菲利普、西尔维娅，还是对金雷德，作者都对他们抱有极大的同情心，她很清楚生活的复杂性和多样性不能被归结为一个道德公式。

诺普弗洛马彻（U. C. Knoepflmacher）和丁尼生（G. B. Tennyson）曾在《自然与维多利亚时代的想象》（*Nature and the Victorian Imagination*）中指出，维多利亚时代的作家反感浪漫主义那种过于主观的自然处理方式，他们坚持要"客体化自然"。不过，两人随后补充道："艺术家和致力于客体化世界的科学家之间的融合从未发生。"（Knoepflmacher & Tennyson，1977：xix）显然，对于诺普弗洛马彻等人来说，即使维多利亚时代的艺术家和作家感到必须"客体化"自然界，他们也从未占据致力于"客体化"世界的科学家的位置。然而，本书认为，盖斯凯尔始终在其作品中寻求一种中间道路，试图将客观的经验研究和主观的想象力美学结合起来，而这条中间道路正是由博物学提供的。

克雷克发现《恋人》中存在一个悖论：在这样一个如此伤感的故事中竟包含了大量"充满诗意的时刻"。他进一步指出，"环境"是诗意得以产生的重要原因（Craik，1975：174）。作为小说重要环境之一的大海，无疑在营造"诗意"氛围的过程中起了关键作用。在第九章"叉手长"中，盖斯凯尔花了几乎一整章的篇幅详细叙述了金雷德和罗布森·罗布森的航海历险故事。安格斯·伊森指出，这些故事源于威廉·斯科斯比（William Scoresby）的《北极地区报告》（*An Account of the Arctic Regions*，*with a History and Description of the Northern Whale-Fishery*，1820）（Easson，1979：167）。该书不仅提供了惠特比捕鲸业的相关细节，还记载了不少金雷德等人所讲的那类传奇故事。在仔细比较了两书中的相关段落后，伊森发现，金雷德关于冰山和鲸鱼的故事在斯科斯比的书中都有详细记载，而且盖斯凯尔基本是仿照着斯科斯比原书中事件发生的顺序进行叙述的，只不过为突出金雷德的性格特点，再现他的方言，从而将上述内容"戏剧化"了（ibid.：167－168）。

传奇故事一般被视为"谎言和骗人的行为"，但金雷德和罗布森的浪漫传奇故事却对西尔维娅和她母亲产生了难以抵抗的吸引力，她们把这些故事看作"机智勇敢的好事"（83）。其实，不仅是小说人物，盖斯凯尔本人也痴迷于这类传奇故事。早在《玛丽·巴顿》中，她就借水手威尔·威尔逊（Will Wilson）之口讲述了美人鱼的故事。在《克兰福德镇》中，玛蒂小姐失散多年的哥哥"阿加"彼得（Aga Peter）从印度回来后，向克兰福德镇的太太小姐们讲述了他曾在青藏高原开枪射下一个基路伯（Cherubim）天使的故事。盖斯凯尔的短篇故事中更是包含了大量类似的传奇故事。这类传奇固然动听，却也常被理性的听众斥为无稽之谈。比如，威尔逊的美人鱼故事，在约伯看来，简直就是一派胡言；叙述者玛丽·史密斯也对彼得故事的真实性表示怀疑；金雷德捕杀鲸鱼的故事让西尔维娅神魂颠倒，却令菲利普深恶痛绝，他恨恨地对西尔维娅低语道："看来只好等这家伙走了后我们才能接着学地理吧？"（94）可以说，正是在传奇和科学、虚构和真实之间的对立冲突中，盖斯凯尔的小说理论得以呈现。

值得注意的是，在《玛丽·巴顿》等小说中，盖斯凯尔虚构了美人鱼、天使等生物，但在《恋人》中，她却再现了鲸鱼这种真实存在的生物。而且，金雷德的故事，前文提到，也并非空穴来风，历史上确有其事。那么，如何解释盖斯凯尔这种从描写虚构生物到真实生物的转变呢？事实上，这与她的博物学认知方式密切相关。

柯丽尔在《博物学家的想象》中指出，博物学家常常会"把可能出现在野外记录簿上的东西，置于一个提供了不同含义的新环境中，对它们进行重塑，博物学家的想象力由此产生了一种不同寻常的混合体"（Coriale，2009：120－121）。这一观点契合了奥利弗·戈德史密斯（Oliver Goldsmith）曾对博物学所做的描绘。戈德史密斯认为，博物学实践"能通过拓宽我们周围的自然景观，向我们的想象力展示新的图景，提高我们对存在的兴趣"（qtd. in Coriale，2009：121）。维多利亚人将戈德史密斯的观点加以发挥，认为研究博物学不仅会激发人对自然的尊重和热爱，丰富人们的想象力，而且还能通过将人的想象力引向外部世界，避免其产生过度的自我意识。

1846 年，小说家兼业余博物学家查尔斯·金斯利（Charles Kingsley）在一场题为"如何研究自然史"（"How to Study Natural History"）的演讲中解释道，博物学提供了一种方法，"让想象力不是向内，而是向外；自然事物能激起好奇、敬畏、对新奇事物和探索发现的热爱，而不会使头脑发热，也不会诱发激情"（Kingsley，1855：301）。在金斯利看来，博物学能丰富人的想象力，同时又不会过度刺激到大脑，引起实践者对自己或自己的情绪的格外关注。金斯利的这一观点也可以在盖斯凯尔的小说中看到：约伯的博物学爱好使他不会像巴顿那样成天幻想通过参加宪章运动来改变其艰难处境。莫莉因父亲再婚悲痛欲绝，而罗杰借给她的博物学著作以及教她使用显微镜观察生物等实践活动，让她逐渐忘掉了自己内心的悲伤。更为重要的是，盖斯凯尔将这种既能客观描述现实，又带有适度想象力的自然主义美学引入了她的现实主义小说。在《恋人》中，她充分发挥了博物学家的想象力，将鲸鱼这类"可能出现在"博物学家们的"野外记录簿"上的真实存在的自然生物，置于金雷德等人的传奇故事中，进而又把这种浪漫传奇故事纳入到现实主义小说框架中，从而制造出一种柯丽尔所谓的“混合体”，使作品呈现出一种融浪漫主义与现实主义于一体的独特的“诗意现实主义”。正因如此，我们或许可以认为，盖斯凯尔的小说，也和吉尔伯特·怀特的书信集一样，始终在逃避分类。

怀特生活在 18、19 世纪。福柯认为，这段时期的博物学尤为强调分类和空间秩序。然而，怀特的博物学似乎还处于 17 世纪之前的文艺复兴时期认识型阶段。他在描述动植物时，除了会记录“要素或器官”外，还会包括“与它有所牵涉的传说和故事……古人对它的记载，以及旅行者关于它可能说的一切”（福柯，2002：170）。在写给本南德的第七封信中，怀特讲述了好几个与鹿相关的故事：

> 一帮老的猎鹿贼……在窝边上守着怀孕的母鹿，等鹿崽落地后，即掏出一把小刀来，削母鹿的脚指甲至肉处，以防它逃走，等它养的大而肥后，便宰了它；又比如，晚上趁着月光，去蔓箐地里偷猎，一个邻居误被当成了鹿，于是吃了枪子；而折失一条狗的故事，更尤其不寻常；几个浮浪子，因怀疑有新产的鹿被安顿在一个蕨草茂密之处，就领了一条杂种狗，到那里去趟它；哺崽的母鹿一跃而奔出灌木丛来，这一蹶子尥得很大，蹄子都并到了一起，可怜那狗脖子被踢个正着，当即身首分家了。（怀特，2002：37）

类似的传闻和故事在其书中不胜枚举。通过将传说和故事包含自然科学著作中，怀特在某种程度上打破了想象和现实、虚构和真实、文学和科学的严格界限。怀特以书信方式记录和描述他所观察到的事物和现象，文字格外生动、自然。他娓娓道来、清新流畅的叙述，将塞耳彭地区的动植物、自然景色变成一幅幅展现在读者眼前的动态图画，令其心生出一种对自然和乡村生活的强烈渴望。这种融文学性、趣味性、科学性于一体的描写风格使《塞耳彭自然史》成为一部充满诗意的博物学著作，难以归类。怀特的博物学与其说属于严格的讲究分类的传统博物学写作传统，不如说“从属于人文主义的百科全书式写作传统”（吴国盛，2016：230）。弗吉尼亚·伍尔夫曾这样评价怀特："（怀特）像不像第二卷卷首上那只颜色鲜艳的手绘鸟，一只介于咯咯叫的母鸡和唱歌的夜莺之间的混合体（hybrid）？"（Woolf，1950：15）

盖斯凯尔将与鲸鱼相关的传奇故事置于现实主义小说框架内的做法，与怀特将各种自然物的传闻和故事放入自然科学著作中的做法，有异曲同工之妙。套用伍尔夫的话，我们或许也可以将《恋人》视为一部介于夜莺之歌的浪漫主义和世俗的咯咯声的现实主义之间的"混合体"小说。

从以上分析来看，《恋人》的小说叙事和怀特的生物发展话语构成同义关系。除大量使用博物学话语表现人物—物种标本的个性特征外，盖斯凯尔尤为关注蒙克沙汶镇物种的多样性和差异性以及当地环境的异质性。她把该地的社会关系，即人物—物种在语言、文化、宗教、性别以及阶级等方面的差异和冲突，想象为自然发生，且不可避免。显然，她眼里的人类世界类似于自然世界，即使是一个看似封闭隔绝的小地方，也包含无穷的多样性。不过，盖斯凯尔清醒地意识到，人类世界中的各类差异往往会产生一定的政治影响，因此，她巧妙地将自然界生物间的"非语言式交流"模式引入人类世界，以期削弱上述影响。此外，盖斯凯尔还运用博物学家那略带克制的想象力，在描写蒙克沙汶镇这一地方的同时，引入和鲸鱼相关的浪漫传奇故事，这不仅将该镇和格陵兰岛等其他地方联系起来，实践了她的"世界性地方观"，而且还通过在其现实主义小说中融入浪漫主义元素，创造出一种类似于《塞耳彭自然史》那样的逃避分类的"混合体"，其小说由此呈现出一种独特的诗意现实主义风格。

从博物学视角考察盖斯凯尔的地方类小说，有助于我们更准确地把握"地方"这一概念的内涵。她所描绘的地方颇有点类似于怀特笔下的塞耳彭教区这一生物栖息地。它们不仅是一处自然空间，更是一个包含了独特的社会关系的社会空间。盖斯凯尔对地方的表征，沿袭了艾奇沃斯、克拉布和高尔特等人的乡土传统，在对怀特的博物学经验主义的话语形式的借鉴中，将那种通常由国家所定义的抽象的地方概念具体化为包含了某种独特的社会关系的特定地点，从而实践了对浪漫主义乡村视角和品味的重大扭转。

结　语

斯坦顿·维特菲尔德（Stanton Whitfield）曾盛赞伊丽莎白·盖斯凯尔的作品"芬芳香甜……散发着紫罗兰、忍冬、薰衣草、木犀草和甜蔷薇的香气"（Spender，1980：209）。确实，即便是她那些反映工人斗争、表现单身母亲悲惨境遇的社会问题小说，也不时让人嗅到大自然的清新气息，文本中那些优美动人的自然描写，如同夏日里的一缕清风，让人感到舒适温润、心旷神怡。以学界巨擘戴维·塞西尔为代表的批评家们认为，盖斯凯尔对日常生活充满魅力和富有温情的描写方式，恰恰揭示出以下事实：她只是依据本能，如实反映了所处时代的文化，而不是有意识地对现实生活做出阐释。将盖斯凯尔和同时代作家放在一起考量，就会发现她的作品似有格局偏小之嫌。和萨克雷对当时都市生活的辛辣讽刺，狄更斯对自由放任主义的痛斥，夏洛特·勃朗特对女性问题的思考相比，盖斯凯尔的作品则因其中的乡土风情、田园风光以及怀旧温婉的笔调令人心安，而这正是她屡遭激进批评家诟病的地方。

然而，盖斯凯尔并非如塞西尔等批评家所认为的那样，只是凭借其女性本能，被动地记录着她所处时代的生活。那些凸显了她的"女性气质"的"芬芳香甜"的文字其实在很大程度上"遮蔽"了她的"原创性、智力以及艺术上的成就"（ibid.）。事实上，无论在其所谓的社会小说、田园小说还是历史小说中，她都或明或暗地探讨了维多利亚时代英国社会迫切需要思考的问题。

和其笔下的玛格丽特·黑尔一样，盖斯凯尔并不甘心接受社会对女性的限制，做一名维多利亚时代的"家中天使"。相反，她对玛格丽特喜爱的"户外生活"同样表现出极高的热情。她经常陪同其牧师丈夫走访贫民窟，从事各种慈善活动，主动承担主日学校的义务教学工作等。不仅如此，她在繁忙的生活之余，还积极投身文学创作，借创作参与对其所关心的各类社会话题的探讨。值得注意的是，她在小说中时常采用一种"叙事伪装诗学"（a poetics of narrative dissimulation）（D'Albertis，1997：2），尤其在处理阶级、性别和地方等社会问题时最为典型。在《玛丽·巴顿》的前言中，盖斯凯尔曾这样说道："我一点不懂得政治经济学，或是做买卖的理论。"（2）可据林德纳（Christoph Lindner）所称，盖斯凯尔"在政治经济学领域涉猎颇广"（Lindner，2003：9）。批评界曾就她的掩饰提出过不少看法，其中最具代表性的观点认为，盖斯凯尔这样说是为了表明"自谦"，"因为她作为一名女作家，潜入了在 19 世纪被认为是男人们的领域"（ibid.）。的确，女性作家的身份使盖斯凯尔处于文化权威的模糊地带，采用何种方式参与对社会话题的探讨便成了她创作时重点考虑的问题。

阿诺德·萨克雷曾指出："对于 19 世纪曼彻斯特的中产阶级来说，'科学'为这个前所未有的、不断发展变化的社会提供了一个连贯的解释方案。（社会改革家们）可能愿意在其中扮演主角，但与此同时也发现这一角色只能由自己扮演。"（Thackray，1974：682）"科学"也为信奉唯一神教的盖斯凯尔提供了审视社会问题的新视角。唯一神教提倡理性，崇尚科学，相信社会可以通过改良获得进步，这些价值观念或多或少都能在盖斯凯尔作品中找到。不过，有必要指出的是，1851 年 9 月，在参观完伦敦博览会之后，她写信给朋友安妮·罗布森（Anne Robson）时声称自己"既不科学也不机械"（qtd. in Uglow，1993：273）。而她对自己熟悉政治经济学这一事实的否认除了表示"自谦"之外，很可能也反映出她对那种自 19 世纪开始日趋专业化、学科化的"科学"以及与其相关的科学技术的反感。由此来看，从以达尔文进化论为代表的专业化科学的角度审视盖斯凯尔文学创作的研究方法就显得过于牵强。

蒂洛森曾在比较迪斯累利（Disraeli）的《西比尔》（Sybil）和盖斯凯尔的《玛丽·巴顿》时说过这番话："迪斯累利对其材料的了解有如'一个旅行者对一个陌生国度的植物的了解'，她（盖斯凯尔）则'是一名充满爱心的博物学家，对生长在自己周边环境中的植物了如指掌'。"（Tillotson，1954：208）将两人分别比作旅行者和博物学家，显

然是为了表明他们对 19 世纪 40 年代英格兰工业状况的了解和熟悉程度
迥然有别。博物学家般的盖斯凯尔无疑比旅行者般的迪斯累利更能清楚
地把握现实，更能真实地再现当时的社会状况。然而，这番话同样恰如
其分地点出了盖斯凯尔与博物学家之间的相似性。

盖斯凯尔的小说带有明显的博物学印痕。无论是她那超然、沉思的
叙述语气，还是散发着香味的文字，抑或是她对人物、对话、情节、背
景的处理，总能让人想起那个时代无处不在的博物学文化。盖斯凯尔在
小说中没有直陈博物学的相关概念，博物学话语始终以一种执着而微妙
的方式存在于小说中，与故事情节、人物塑造等构成有机统一的整体。
苏珊·格里瑟曼（Susan Glieserman）在她有关丁尼生的想象性研究中，
对这些富有创造力的作家们的努力做过这样的总结：

> 文学作品的作者在处理科学或功利主义等特定的文化情境时，
> 往往会全面探索这类智力话题对人类产生的影响，揭示他们情感和
> 精神上的矛盾冲突。由于大多数文学作品并不涉及具体或局部问
> 题，这些重要的矛盾冲突就要借助作品中所谓的形式和结构来得到
> 象征性的表现。（qtd. in Lerner，1983：4）

尽管盖斯凯尔在小说中也会直接探讨博物学认知给人们带来的情感
和精神矛盾，但更多时候则是通过文学想象，利用小说形式和结构，运
用博物学话语象征性地探讨阶级、性别、地方与都市的关系以及帝国殖
民事业等主题。

本书着重考察与"地方性知识"和百姓的"生活世界"（刘华杰，
2016a：259 – 281）关系密切的博物学如何影响了同样重视"地方性知
识"和日常生活的盖斯凯尔的文学创作：她如何借博物学话语探讨社会
问题，如何展示了用研究自然的博物学分类法研究人类社会的优势和局
限性以及博物学和其现实主义创作美学之间的关联。

19 世纪时，随着工业革命的蓬勃发展，英国新兴资产阶级的经济
实力日益雄厚，逐渐发展成一个举足轻重的社会阶层。处于中间位置的
资产阶级既想与掌握政治实权的贵族阶级分享政治权利，又试图操控和

压制处于底层的无产阶级。这一诉求反映到盖斯凯尔的作品中，就表现为其作品中无所不在的矛盾意识。在《玛丽·巴顿》中，盖斯凯尔一方面表现出对工人阶级苦难的深切同情；另一方面却又担心他们会以某种方式实现向上的流动，进而威胁到资产阶级利益，便采用 18 世纪官方博物学分类法，将工人阶层描述为供中产阶级读者审视的静态标本，以阻止其实现阶层跨越，从而借文学想象维护了现存社会的等级秩序。在其最后一部小说《妻子和女儿》中，盖斯凯尔一方面借博物学这一社会活动将中产阶级和贵族阶级联系起来；另一方面又通过对托马斯·卡莱尔所鼓吹的真诚、热爱劳动等英雄品质的褒扬，讽刺了那些讲究仪表、贪图安逸的旧贵族阶层。把 19 世纪法国博物学家希莱尔的比较解剖学和卡莱尔的"英雄"思想结合起来的叙事策略，揭示了已在一定程度上获得文化权威的盖斯凯尔试图打破土地贵族阶层世袭封闭的政治体制，为掌握文化资本的资产阶级精英们谋求社会地位的政治诉求。总之，身为资产阶级一分子的盖斯凯尔，正如威廉斯、卢卡斯等马克思主义批评家所言，始终致力于维护和扩大其所处阶层的利益。

盖斯凯尔在家庭生活中一直扮演着传统妇女的角色，她在书信中也多次表达了身为妻子和母亲的幸福感。然而，完美地履行女性的家庭职责并不代表她完全认同社会对女性的种种限制。盖斯凯尔非常关心女性权益问题，积极参加了各类争取女性权益的社会活动。在她看来，女性的家庭职责固然重要，但独立自主的权利意识也必不可少。她笔下的女主人公多半被赋予了力量，能自主选择生活道路。不过，受维多利亚父权制意识形态的影响，她的叙事中有时也包含着矛盾和冲突。在《露丝》中，盖斯凯尔关注了林奈植物性体系中的"私密婚姻"类别，积极探索了"公开婚姻"之外的两性欲望维度，有力地挑战了有关"堕落女性"的传统叙事。通过把传统经典作家避而不谈的"私密婚姻"引入小说，把传统意义上的"堕落女性"设定为小说的女主人公，盖斯凯尔极富创造性地拓宽"开花叙事"的范围。但是，为唤起读者的同情心，盖斯凯尔将女主人公类比为不具反思能力的花朵，后者只能成为传达其思想的道德载体，这就与她要如实塑造真实人物的愿望发生了冲突。《南方与北方》考察了林奈的"公开婚姻"类别。盖斯凯尔把表征人物婚恋状况的"开花叙事"和当时维多利亚社会迫切关注的工业问题结合起来,将女主人公引入社会政治领域,表现了她意欲弥合公私领域裂缝,提升女性社会地位的诉求。然而,小说中存在的一个叙事矛盾(女主人公拯救男主人公事业的力量却是源于父权社会的资本力量)也暴露出女性作家在叙述女性跨越家庭领域时所面临的困境。在《妻子和女儿》中,盖斯凯尔创造性地再现了"消极恋爱"这一林奈没有提及的婚恋模式。她借描述自然的博物学话语影射男女主人公之间没有得到直接再现的"消极恋爱",将女主人公缺乏性吸引力的自然事实和她始终占据被动位置以及受男主人公忽视等社会事实联系起来。女主人公虽然大部分时间略显被动,但她没有迷失自我,始终保持着独立性。总之,采用植物修辞隐喻女性的婚恋状况,满足了盖斯凯尔既不违背维多利亚正统文学界默认的不直接涉及性话题的创作准则,又能诗意化地描写现实世界的愿望。虽然盖斯凯尔无法超越其所处时代,难以同父权社会意识形态彻底决裂,其开花叙事不可避免地包含了一些矛盾和冲突,但我们不能因此无视她在提升女性地位上所做的努力和在叙事上的创新。

纳茨福德镇是盖斯凯尔早年生活过的地方。那里环境优美、民风淳朴,当地的风土人情成为她不少作品的重要素材。盖斯凯尔偏爱描写地方,热衷再现乡村风物,这常被视为她对维多利亚时代古老的乡村生活的留念和不舍。然而,从博物学角度审视其地方小说,就会发现,她对那些业已消失的地方的再现,并非为了赢得读者充满怀旧的叹息声。她的地方小说实际提供了在这个日益融入全球经济和文化的世界中进行全球化思考的方法。无论是克兰福德镇,还是蒙克沙汶镇,这些地方都没有完全和其他地方隔绝,其经济发展和社会变革与广阔的外部世界保持着密切的关联。事实上,盖斯凯尔对地方的再现回应了博物学家吉尔伯特·怀特的原型生态学再现模式。她笔下的地方像怀特的塞耳彭教区一样,不只是空间意义上的存在,而是以其独特的风土人情,人物—物种的日常生活习惯以及人物—物种之间独有的社会关系区别于他地。盖斯凯尔沿袭着艾奇沃斯、克拉布和高尔特等人的地方传统,在借鉴怀特的博物学经验主义话语形式的过程中,将抽象的地方概念具体化为包含某种独特的社会关系的特定地点,从而实践着对浪漫主义乡村视角和品味的重大扭转。

　　盖斯凯尔的现实主义小说和博物学有着相同的旨趣。后者强调对自然世界细节的观察和描绘，前者重视对日常现实世界中的平凡事物的真实再现。在对微不足道的事物的关注和再现中，两者都表现出对自然的敬畏之情。盖斯凯尔在写作中一直致力于寻求一条中间道路，试图将客观的经验研究和主观的想象力美学结合起来。强调客观真实又不排斥主观想象力的博物学为她的创作提供了灵感。她采用描绘自然的博物学话语来描绘人类世界，将和博物学相关的浪漫传奇故事引入其现实主义小说中，小说由此呈现出一种独特的诗意美。盖斯凯尔的博物学叙事彰显了作家多元、跨界的艺术创作理念。在学科分化日益显著的维多利亚时代，她却能始终保持着在自然和人文两大学科之间自在行走的能力和精神需求。

　　研究盖斯凯尔小说中的博物学叙事，不仅有利于突破文学批评界过于强调达尔文影响的传统研究范式，而且通过在博物学这一广阔的文化语境中审视它与小说之间的内在关联，有助于更清晰地把握维多利亚时代英国小说形式的发展走向。博物活动有利于培养人与大自然的情感，使人产生敬畏、谦卑和感恩之心。这也是本书借助博物学视角进行盖斯凯尔小说叙事研究的初衷。

参考文献

中文文献

［德］汉娜·阿伦特：《公共领域和私人领域》，刘峰译，载汪晖、陈燕谷主编《文化与公共性》，生活·读书·新知三联书店1998年版。

［英］马修·阿诺德：《文化与无政府状态》，韩敏中译，生活·读书·新知三联书店2002年版。

［英］大卫·埃利斯顿·艾伦：《不列颠博物学家》，程玺译，上海交通大学出版社2017年版。

［英］马尔科姆·安德鲁斯：《寻找如画美：英国的风景美学与旅游1760－1800》，张箭飞/韦照周译，译林出版社2014年版。

陈兵：《帝国意识与英国维多利亚时代历险小说的繁荣》，《首都师范大学学报》（社会科学版）2012年第1期。

陈娇娥、何畅：《从〈玛丽·巴顿〉到〈南方与北方〉——盖斯凯尔夫人工业题材小说中情感结构的比较与分析》，《浙江工业大学学报》（社会科学版）2006年第1期。

陈礼珍：《维多利亚时期女性地位叙事的双重性——盖斯凯尔三部女性主题小说研究》，博士学位论文北京大学，2011年（a）。

——《社会空间分界的性别政治——〈北方和南方〉性别力量背后的意识形态陷阱》，《外国文学研究》2011年第6期（b）。

——《出版形式与讲述模式的错位——论盖斯凯尔的〈克兰福德镇〉》，《江西社会科学》2011年第11期（c）。

——《视线交织的"圆形监狱"——〈妻子与女儿〉的道德驱魔仪式》，《外国文学评论》2012年第1期（a）。

——《〈北方和南方〉的性别政治逻辑：功能性人物与女性发展空间的生成》，《国外文学》2012年第3期（b）。

——《作为文化塑形力量的浪子：〈克兰福德镇〉的帝国图景分析》，《外语教学》2013年第6期。

——《欲望·性别·重复：〈克兰福德镇〉的叙事驱动力量》，《山东外语教学》2014年第6期。

——《蝎子与鸦片的政治讽喻——〈玛丽·巴顿〉的殖民与阶级隐喻话语》，《天津外国语大学学报》2015年第1期（a）。

——《想象的危险和欲望的压抑——〈克兰福德镇〉癔症与暗恐研究》，《外语学刊》2015年第3期（b）。

——《盖斯凯尔小说中的维多利亚精神》，商务印书馆2015年版。

陈燊：《欧美作家论列夫·托尔斯泰》，中国社会科学出版社1983年版。

程虹：《宁静无价：英美自然文学散论》，上海人民出版社2014年版。

［美］保罗·劳伦斯·法伯：《探寻自然的秩序 从林奈到E.O.威尔逊的博物学传统》，杨莎译，商务印书馆2017年版。

［英］帕特里夏·法拉：《性、植物学与帝国：林奈与班克斯》，李猛译，商务印书馆2017年版。

樊黎：《〈玛丽·巴顿〉中的情感结构》，《文学界》（理论版）2010年第6期。

［法］米歇尔·福柯：《词与物——人文科学考古学》，莫伟民译，生活·读书·新知三联书店2002年版。

［奥］弗洛伊德：《弗洛伊德文集》，车文博主编，长春出版社2004年版。

［英］伊丽莎白·盖斯凯尔：《克兰福德镇》，刘凯芳、吴宣豪译，上海译文出版社1984年版。

——《露丝》，筱璋、董琳文、杨日颖等译，云南人民出版社1986年版。

——《南方与北方》，主万译，人民文学出版社1994年版。

——《玛丽·巴顿》，王爱民译，南方出版社2003年版。

——《西尔维娅的两个恋人》，秭佩、逄珍译，兰州大学出版社2013年版。

——《妻子和女儿》，秭佩、逢珍译，上海译文出版社 2013 年版。

——《勃朗特传》，邹云等译，研究出版社 2017 年版。

［德］歌德：《歌德谈话录》，爱克曼辑录，朱光潜译，安徽教育出版社
　　2006 年版。

管少平、钟炎：《两种如画美学观念与园林》，《建筑学报》2016 年第
　　4 期 。

［德］哈贝马斯：《公共领域》，刘峰译，载汪晖、陈燕谷主编《文化与
　　公共性》，生活·读书·新知三联书店 1998 年版。

何畅：《“风景”的阶级编码——奥斯丁与“如画”美学》，《外国文学
　　评论》2011 年第 2 期。

［英］吉尔伯特·怀特：《塞耳彭自然史》，缪哲译，花城出版社 2002
　　年版。

［加］艾伦·卡尔松：《自然与景观》，湖南科学技术出版社 2006 年版。

［英］托马斯·卡莱尔：《拼凑的裁缝》，马秋武 、冯卉等译，广西师
　　范大学出版社 2004 年版。

——《论历史上的英雄、英雄崇拜和英雄业绩》，周祖达译，商务印书
　　馆 2010 年版。

黎先耀，梁秀荣选编：《神奇的地球村》（外国卷），经济日报出版社
　　1996 年版。

林承节：《殖民统治时期的印度史》，北京大学出版社 2004 年版。

刘华杰：《博物人生》，北京大学出版社 2016 年版。

——《从博物的观点看》，上海科学技术文献出版社 2016 年版。

［德］马克思：《英国资产阶级》，载《马克思恩格斯全集》（第 10 卷），
　　人民出版社 1956 年版。

宁媛媛：《家庭天使的“堕落”——盖斯凯尔夫人小说中 19 世纪女性
　　的生存境遇》，《湖南工业大学学报》（社会科学版）2009 年第
　　1 期。

——《盖斯凯尔小说中的单身女性世界解析》，《重庆科技学院学报》
　　（社会科学版）2012 年第 21 期。

［德］费迪南·滕尼斯：《共同体与社会——纯粹社会学的基本概念》，

林荣远译，商务印书馆 1999 年版。

田密蜜、方茂青：《"如画"观念影响下的英国乡村园林景观营造途径与方法》，《浙江工业大学学报》（社会科学版）2017 年第 1 期。

童明：《暗恐/非家幻觉》，《外国文学》2011 年第 4 期。

王秋荣、丁子春：《无产者战斗的画卷：评盖斯凯尔夫人的〈玛丽·巴顿〉》，《上海师范大学学报》（哲学社会科学版）1984 年第 1 期。

王守仁、胡宝平等：《英国文学批评史》，南京大学出版社 2012 年版。

［英］雷蒙·威廉斯：《文化与社会》，高晓玲译，吉林出版集团有限责任公司 2011 年版。

温晶晶：《盖斯凯尔夫人作品伦理思想的生态批评》，吉林大学出版社 2016 年版。

［美］罗宾·沃霍尔－唐：《形式与情感/行为：性别对叙述以及叙述对性别的影响》，王丽亚译，《江西社会科学》2008 年第 1 期。

［美］唐纳德·沃斯特：《自然的经济体系——生态思想史》，侯文蕙译，商务印书馆 1999 年版。

吴猛、和新风：《文化权力的终结：与福柯对话》，四川人民出版社 2003 年版。

吴国盛：《什么是科学》，广东人民出版社 2016 年版。

夏文静：《英国维多利亚时期女性小说文学伦理学批评：以三位代表作家为例》，博士学位论文，吉林大学，2013 年。

徐保军：《林奈的博物学："第二亚当"建构自然世界新秩序》，《广西民族大学学报》2011 年第 6 期。

杨金才：《再现单身女子心路历程的英国维多利亚小说》，《妇女研究论丛》2002 年第 4 期。

殷企平：《在"进步"的车轮之下——重读〈玛丽·巴顿〉》，《外国文学评论》2005 年第 1 期。

——《卡莱尔"英雄"观的积极意义》，《杭州师范大学学报》2009 年第 6 期。

——《文化辩护书》，上海外语教育出版社 2013 年版。

赵国新：《情感结构》，《外国文学》2002 年第 5 期。

赵蓉、邓杉：《叛逆的声音——〈妻子和女儿〉中女性形象分析》，《思想战线》2008 年第 B6 期。

——《从女性主义角度解读〈玛丽·巴顿〉》，《思想战线》2009 年第 A2 期。

甄艳华：《道德困境与个人成长：盖斯凯尔社会小说中女主人公心路历程》，博士学位论文，上海外国语大学，2014 年。

周颖：《〈克兰福德镇〉的反讽——与米勒先生商榷》，《英美文学研究论丛》2009 年第 2 期。

朱虹：《从阶级矛盾到文化冲突——〈南方与北方〉赏析》，《名作欣赏》1995 年第 3 期。

英文文献

Allen, David Elliston, "Natural History in Britain in the Eighteenth Century", *Archives of Natural History*, Vol. 20, 1993.

——*The Naturalist in Britain: A Social History*, Princeton: Princeton University Press, 1994.

Appel, Toby, *The Cuvier-Geoffroy Debate*, New York: Oxford University Press, 1987.

—— "Elizabeth Gaskell by Patsy Stoneman", *Tulsa Studies in Women's Literature*, Vol. 8, No. 1, 1989.

Armstrong, Nancy, *Desire and Domestic Fiction: A Political History of the Novel*, Oxford: Oxford University Press, 1987.

Arnett, James, "First as Farce, Then as Tragedy: *Cranford* and the Internal Periphery of Capitalism", *Literature Interpretation Theory*, Vol. 25, No. 1, 2014.

Arnheim, Rudolph, "Space as an Image of Time", in Karl Kroeber and William Walling, eds., *Images of Romanticism: Verbal and Visual Affinities*, New Haven: Yale University Press, 1978.

Auerbach, Erich, *Mimesis: The Representation of Reality in Western Literature*, in Willard Trask, trans., Princeton: Princeton University Press, 1953.

Auerbach, Nina, *Communities of Women: An Idea in Fiction*, Cambridge, Massachusetts: Harvard University Press, 1978.

—— "Elizabeth Gaskell by Patsy Stoneman", *Tulsa Studies in Women's Literature*, Vol. 8, No. 1, 1989.

Barber, Lynn, *The Heyday of Natural History*, *1820 – 1870*, 1st. ed., NY: Doubleday, 1980.

Bate, Jonathan, *The Oxford English Literary History*, New York: Oxford University Press, 2002.

Beer, Gillian, *Darwin's Plots: Evolutionary Narrative in Darwin*, *George Eliot*, *and Nineteenth-Century Fiction*, 2nd. ed., New York: Cambridge University Press, 2000.

Bellanca, Mary Ellen, "Recollecting Nature: George Eliot's ' *Ilfracombe Journal* ' and Victorian Women's Natural History Writing", *Modern Language Studies*, Vol. 27, No. 3 – 4, 1997.

Billington, Josie, "Faithful Realism: Ruskin and Gaskell", *The Gaskell Society Journal*, Vol. 13, 1999.

——*Faithful Realism: Elizabeth Gaskell and Leo Tolstoy*, *A Comparative Study*, Lewisburg: Bucknell University Press, 2002.

Blair, Emily, " 'The Wrong Side of the Tapestry': Elizabeth Gaskell's *Wives and Daughters*", *Victorian Literature and Culture*, Vol. 33, No. 2, 2005.

Enid L. Duthie, *The Themes of Elizabeth Gaskell*. Macmillan, 1980.

Blunt, Wilfrid, *Linnaeus: The Compleat Naturalist*. Princeton and Oxford: Princeton University Press, 2001.

Bodenheimer, Rosemarie, *The Politics of Story in Victorian Social Fiction*, Ithaca and London: Cornell University Press, 1988.

Bohrer, Martha Adams, "Tales of Locale: The Natural History of *Selborne* and *Castle Rackrent*", *Modern Philology*, Vol. 100, No. 3, 2003.

—— "Thinking Locally: Novelistic Worlds in Provincial Fiction", in Richard Maxwell and Katie Trumpener, eds., *The Cambridge Companion to Fiction in the Romantic Period*, New York: Cambridge University Press,

2008.

Boiko, Karen, "Reading and (Re) writing Class: Elizabeth Gaskell's *Wives and Daughters*", *Victorian Literature and Culture*, Vol. 33, No. 1, 2005.

Bonaparte, Felicia, *The Gypsy-Bachelor of Manchester: The Life of Mrs. Gaskell's Demon*, University Press of Virginia, 1992.

Brian, Crick, "Mrs Gaskell's Ruth: A Reconsideration", *Mosaic*, Vol. 9, No. 2, 1976.

Briggs, Julia, "The Ghost Story", in David Punter, ed., *A Companion to the Gothic*, Oxford: Blackwell, 2000.

Brodetsky, Tessa, *Elizabeth Gaskell*, Leamington Spa: Berg, 1986.

Brooks, Peter, *Reading for the Plot: Design and Intention in Narrative*, Cambridge: Harvard University Press, 1985.

Buckland, George, *Fourth Report of the Ministry to the Poor*, Manchester: Manchester Domestic Mission Society, 1837.

Burke, Edmund, *A Philosophical Enquiry into the Origin of our Ideas of the Sublime and Beautiful*, New York: Columbia University Press, 1958.

Buzard, James, *Disorienting Fiction: The Autoethnographic Work of Nineteenth-Century British Novels*, Princeton: Princeton University Press, 2005.

Byatt A. S. and Warren N., *Selected Essays, Poems, and Other Writings*, London: Penguin Books, 1990.

Cameron, Lauren, *Renegotiating Science: British Women Novelists and Evolution Controversies, 1826 – 1876*, Ph. D. dissertation, University of North Carolina, 2013.

Campbell, Ian, *Thomas Carlyle*, Essex: Longman Group LTD., 1978.

Carnochan, W. B., "The Artfulness of Gilbert White", in *Cultural Landscapes: Gilbert White and "The Natural History of Selborne"*, Stanford University Libraries, 1989.

Carroll, Joseph, *Literary Darwinism: Evolution, Human Nature, and Literature*, New York: Routledge, 2004.

Cass, Jeffrey, "The Scraps, Patches and Rags of Daily Life: Gaskell's

OrientalOther and the Conservation of Cranford", *Papers on Language and Literature*, Vol. 35, No. 4, 1999.

Cazamian, Louis, *The Social Novel in England*: 1830 – 1850, Routledge, 1973.

Cecil, David, *Early Victorian Novelists*: *Essays in Revaluation*, Harmond-sworth: Penguin, 1948.

Chapple, J. A. V. and Pollard, A., eds., *The Letters of Mrs. Gaskell*, Mandolin: Manchester University Press, 1997.

Chapple, J. A. V. and Shelston, Alan, eds., *Further Letters of Mrs. Gaskell*, Manchester: Manchester University Press, 2000.

Chengzhou, He ed., *Representation of the Other*: *Theory and Practice*, Asia-Link Project European-Chinese MA Double Degree in Intercultural Studies, 2008.

Conrad, Peter, *The Victorian Treasure-House*, London: Collins, 1973.

Coriale, Danielle, "Gaskell's Naturalist", *Nineteenth-Century Literature*, Vol. 63, No. 3, 2008.

——*The Naturalist Imagination*: *Novel Forms of British Natural History*, *1830 – 1890*, Ph. D. dissertation, Brandeis University, 2009.

Craik, Dinah Mulock, *A Woman's Thoughts About Women*, Philadelphia: Peterson, 1861.

Craik. W. A, *Elizabeth Gaskell and the English Provincial Novel*, London: Methuen and Co., 1975.

Crick, Brian, "Mrs Gaskell's Ruth: A Reconsideration", *Mosaic*, Vol. 2, 1976.

Crow, Duncan, *The Victorian Woman*, London: George Allen and Unwin, 1971.

Cumiskey, G. H, "Elizabeth Gaskell: The Function of Illustration in the Novels andShort Stories", Ph. D. dissertation, University of London, 1994.

Dadswell, Ted, *The Selborne Pioneer*: *Gilbert White as Naturalist and Scientist*, *a Re-Examination*, Burlington, VT: Ashgate, 2002.

D'Albertis, Deirdre, *Dissembling Fictions: Elizabeth Gaskell and the Victorian Social Text*, New York: St. Martin's, 1997.

Debrabant, Mary, "Birds, Bees and Darwinian Survival Strategies in *Wives and Daughters*", *Gaskell Society Journal*, Vol. 16, 2002.

Dewitt, Anne, *The Uses of Scientific Thinking and the Realist Novel*, Ph. D. dissertation, Yale University, 2009.

—— "Moral Uses, Narrative Effects: Natural History in Victorian Periodicals and Elizabeth Gaskell's *Wives and Daughters*", *Victorian Periodicals Review*, Vol. 43, No. 1, 2010.

Dodsworth, Martin, "Introduction", in Elizabeth Gaskell, *North and South*, Harmondsworth: Penguin, 1977.

Dolin, Tom, "*Cranford* and Victorian Collection", *Victorian Studies*, Vol. 36, No. 2, 1993.

Duncan, Ian, "The Provincial or Regional Novel", in Patrick Brantlinger and William B. Thesing, eds., *A Companion to the Victorian Novel*, Malden, MA: Blackwell, 2002.

Duthie, Enid L, *The Themes of Elizabeth Gaskell*, Macmillan, 1980.

Easson, Angus, *Elizabeth Gaskell*, London: Routledge, 1979.

—— "Introduction", in Elizabeth Gaskell, *Wives and Daughters*, Oxford: Oxford UP, 1987.

——*Elizabeth Gaskell: the Critical Heritage, 1848 – 1910*, London and New York: Routledge, 1991.

—— "*The Gypsy-Bachelor of Manchester: The Life of Mrs. Gaskell's Demon*, by Felicia Bonaparte (Book Review)", *Victorian Studies*, Vol. 38, No. 2, 1995.

Edward. P. D., *Idyllic Realism from Mary Russell Mitford to Hardy*, New York: Palgrave Macmillan, 1988.

Eliot, George, *Adam Bede*, Harmondsworth: Penguin, 1985.

Fenwick, Julie M., "Mothers of Empire in Elizabeth Gaskell's *Cranford*", *English Studies in Canada*, Vol. 23, No. 4, 1997.

Fisher, Philip, *Making up Society*: *The Novels of George Eliot*, Pittsburgh: University of Pittsburgh Press, 1981.

Foster, Paul G. M., "Introduction", in Gilbert White, *The Natural History and Antiquities of Selborne*, London: Ray Society, 1993.

Foster, Shirley, *Elizabeth Gaskell*: *A Literary Life*, New York: Palgrave Macmillan. 2002.

Foucault, Michel, *The Order of Things*: *An Archaeology of the Human Sciences*, New York: Vintage Books, 1994.

Francesco, Marroni, Renzo, D'Agnillo and Massimo, Verzella, *Elizabeth Gaskell and the Art of the Short Story*, Peter Lang AG, 2011.

Freeland, Natalka, "Ruth's Perverse Economies: Women, Hoarding, and Expenditure", *English Literary History*, Vol. 70, No. 1, 2003.

French, Lillie Hamilton, "Some Very Particular Old Maids", *My Old Maid's Corner*, *The Century Magazine*, Vol. 65, No. 3, 1903.

Freud, Sigmund, *Beyond the Pleasure Principal*, trans., James Strachey, New York and London: W. W. Norton and Company, 1961.

Fryckstedt, Monica Correa, *Elizabeth Gaskell's* "Mary Barton" *and* "Ruth": *A Challenge to Christian England*, Uppsala : Uppsala universitet, 1982.

Fussell, David, "The Greening Eye: Gilbert White, the Picturesque and NaturalHistory", *Critical Survey*, Vol. 2, No. 1, 1990.

Gallagher, Catherine, *The Industrial Reformation of English Fiction*: *Social Discourse and Narrative Form*, *1832 – 1867*, Chicago and London: The University of Chicago Press, 1985.

Ganz, Margaret, *Elizabeth Gaskell*: *the Artist in Conflict*, New York: Twayne Publishers Inc. , 1969.

Garcha, Amanpal, *From Sketch to Novel*: *The Development of Victorian Fiction*, Cambridge: Cambridge University Press, 2009.

Gaskell, Elizabeth, "The Last Generation in England", *Sartain's Union Magazine of Literature and Art*, Vol. 5, 1849.

——*Cranford/Cousin Phillis*, 1851 – 1853, 1863 – 1864, Harmondsworth:

Penguin, 1986.

——*Wives and Daughters*, Oxford: Oxford University Press, 1987.

——*Ruth*, London and New York: Oxford University Press, 1910.

——*Sylvia's Lovers*, London and Toronto: K. M. Dent & Sons, 1914.

——*North and South*, New York and London: Norton, 2005.

——*Mary Barton*, New York: Oxford University Press, 2006.

Gates, Barbara T., *Kindred Nature: Victorian and Edwardian Women Embrace the Living World*, Chicago: University of Chicago Press, 1998.

George, S., "Epistolary Exchange: the Familiar Letter and the Female Botanist, 1760–1820", *Journal of Literature and Science*, Vol. 2, No. 1, 2011.

Gerin, Winifred, *Elizabeth Gaskell: A Biography*, Clarendon Press, 1976.

Gerstel, Jennifer, *Sexual Selection and Mate Choice in Darwin, Eliot, Gaskell, and Hardy*, Ph. D. dissertation, Toronto: University of Toronto, 2002.

Gilbert, Sandra M. and Gubar, Susan, *The Madwoman in the Attic: The Woman Writer and the Nineteenth-Century Literary Imagination*, New Haven and London: Yale University Press, 2000.

Gillooly, Eileen, "Humor as Daughterly Defense in *Cranford*", *ELH*, Vol. 59, No. 4, 1992.

Gilmour, Robin, *The Idea of the Gentleman in the Victorian Novel*, London: George Allen Unwin Publishers Ltd. , 1981.

Gilpin, William, *Three Essays: On Picturesque Beauty; on Picturesque Travel; and on Sketching Landscape*, Bristol: Thoemmes, 2001.

Girard, Rene, *Deceit, Desire and the Novel: The Self and Other in Literary Structure*, in Yvonne Freccero, trans. , Baltimore: Johns Hopkins University Press, 1965.

Gitter, Elizabeth G. , "The Power of Women's Hair in the Victorian Imagination", *PMLA*, Vol. 99, No. 5, 1984.

Gleckman, Jason, " 'I know a Bank…': A Midsummer Night's Dream, fairies, and theerotic history of England", *Shakespeare*, Vol. 10,

No. 1, 2014.

Goldsmith, Oliver, *An History of the Earth and Animated Nature.*

Gorham, G. C., *Memoirs of John Martyn and of Thomas Martyn*, London: Hatchard and Son, Piccadilly, 1830.

Guha, Ranajit, "Neel-Darpan: The Image of a Peasant Revolt in a Liberal Mirror", *Journal of Peasant Studies*, Vol. 2, No. 1, 1974.

Harman, Barbara Leah, "In Promiscuous Company: Female Public Appearance in Elizabeth Gaskell's *North and South*", *Victorian Studies*, Vol. 31, 1988.

——*The Feminine Political Novel in Victorian England*, Virginia: University Press of Virginia, 1998.

Harsh, Constance D., "Effaced by History: Elizabeth Gaskell's Reformulation of Scott", in J. H. Alexander and David Hewitt Aberdeen, eds., *Scott in Carnival: Selected Papers from the Fourth International Scott Conference Edinburgh 1991*, Association for Scottish Literacy Studies, 1993.

Henson, Elthne, *Landscape and Gender in the Novels of Charlotte Bronte, George Eliot, and Thomas Hardy: The Body of Nature*, Wensley: Ashgate, 2011

Herford, Brooke, *Travers Madge: A Memoir*, London, Manchester and Norwich, 1867.

Heyns, Michiel, "The Steam-hammer and the Sugar-tongs: Sexuality and Power in Elizabeth Gaskell's *North and South*", *English Studies in Africa*, Vol. 32, No. 2, 1989.

Hilary M. Schor, *Scheherezade in the Marketplace: Elizabeth Gaskell and the Victorian Novel*, New York: Oxford University Press, 1992.

Hogarth, William, *The Analysis of Beauty, Written with a View of Fixing the Fluctuating Ideas of Taste*, London, 1810.

Homans, Margaret, *Bearing the Word: Language and Female Experience in Nineteenth-century Women's Writing*, Chicago: University of Chicago Press, 1986.

Hopkins, A. B., "Dickens and Mrs. Gaskell", *Huntington Library Quarterly*,

Vol. 9, No. 4, 1946.

——*Elizabeth Gaskell: Her Life and work*, Octagon Books, 1971.

Hughes, Linda K. and Lund, Michael, *Victorian Publishing and Mrs. Gaskell's Work*, Charlottesville: University of Virginia Press, 1999.

Jackson, Rosemary, *Fantasy: the Literature of Subversion*, London and New York: Routledge, 2009.

Jacob, Francois, *The Logic of Life: A History of Heredity*, in Betty E. Spillman, trans., New York, 1973.

Juneja, Renu, "The Native and the Nabob: Representations of the Indian Experience in Eighteenth-Century English Literature", *Journal of Commonwealth Literature*, Vol. 27, No. 1, 1992.

Jung, Sandro, *Elizabeth Gaskell, Victorian Culture, and the Art of Fiction: Essays for the Bicentenary*, Lebanon, New Hampshire: Arcamedia Press, 2010.

Kaiser, Susan, *The Social Psychology of Clothing: Symbolic Appearances in Context*, 2nd. ed., New York: Macmillan, 1990.

Keating, Peter, "Introduction", in Elizabeth Gaskell, *Cranford and Cousin Phillis*, London: Penguin, 1986.

Keith, W. J, *Regions of the Imagination: the Development of British Rural Fiction*, University of Toronto Press, 1988.

Kestner, Joseph, *Protest and Reform: The British Social Narrative by Women, 1827 – 1867*, London: Methuen, 1985.

Kettle, Arnold, "The Early Victorian Social-Problem Novel", in Boris Ford, ed., *From Dickens to Hardy*, Harmondsworth: Penguin, 1958.

Kimberley, Reynolds and Humble, Nicola, *Victorian Heroines: Representations of Femininity in Nineteenth-century Literature and Art*, New York: New York UP, 1993.

King, Amy M., *Bloom: The Botanical Vernacular in the English Novel*, New York: Oxford University Press, 2003 (a).

—— "Taxonomical Cures: The Politics of Natural History and Herbalist Med-

icine in Elizabeth Gaskell's *Mary Barton*", in Noah Heringman, ed.,
Romantic Science: The Literary Forms of Natural History, Albany: State
University of New York, 2003 (b).

—— "Searching out Science and Literature: Hybrid Narratives, New Methodological Directions, and Mary Russell Mitford's *Our Village*", *Literature Compass*, Vol. 5, No. 4, 2007.

——*The Divine in the Commonplace: Reverent Natural History and the Novel in Britain*, Cambridge: Cambridge University Press, 2019.

Kinglsey, Charles, *Glaucus; or Wonders of the Shore*, 1855.

Knezevic, Borislav, "An Ethnography of the Provincial: The Social Geography of Gentility in Elizabeth Gaskell's *Cranford*", *Victorian Studies*, Vol. 41, No. 3, 1998.

Knight, Richard Payne, *The Landscape, A Didactic Poem in Three Books. Addressed to Uvedale Price, Eso*, 2nd. ed., London: Bulmer, 1795.

Knoepflmacher, U. C., and G. B. Tennyson, *Nature and the Victorian Imagination*, Berkeley: University of California Press, 1977.

Koerner, Lisbet, "Carl Linnaeus in His Time and Place", in N. Jardine, J. A. Secord and E. C. Spary, eds., *Cultures of Natural History*, New York: Cambridge university Press, 1996.

Koustinoudi, Anna, *The Split Subject of Narration in Elizabeth Gaskell's First-Person Fiction*, Lexington Books, 2011

Krisuk, Jennifer J., *Museums, Home Collections, and the Gendering of Knowledge in the Nineteenth-Century Novel*, Ph. D. dissertation, The University of Tulsa, 2012.

Labbe, Jacqueline M., *Romantic Visualities: Landscape, Gender and Romanticism*, Basingstoke and New York: Macmillan and St. Martin's Press, 1998.

Langland, Elizabeth, *Nobody's Angels: Middle-Class Women and Domestic Ideology in Victorian Culture*, Ithaca: Cornell University Press, 1995.

Lansbury, Coral, *Elizabeth Gaskell: The Novel of Social Crisis*, New York: Harper and Row, 1975.

Larousse, Pierre ed. , *Grand Dictionnaire Universel du XIXeSiecle*, Geneve: Slatkine, 1982.

Lavater, Johann Casper, *Essays on Physiognomy*, 19th. edition, in Thomas Holcroft, trans. , London: Ward, Lock & Bowden, 1840.

Leavis, F. R, *The Great Tradition*, Chatto and Windus, 1948.

Leighton, Mary Elizabethand Surridge, Lisa, "Evolutionary Discourse and the Credit Economy in Elizabeth Gaskell's *Wives and Daughters*", *Victorian Literature and* Culture, Vol. 41, No. 3, 2013.

Lepine, Anna, "Strange and Rare Visitants: Spinsters and Domestic Space in Elizabeth Gaskell's *Cranford*", *Nineteenth-Century Contexts*, Vol. 32, No. 2, 2010.

Lerner, Erdmut, *Adapting to Evolution: the Impact of Scientific Thought on the Works of Gaskell and Trollope*, Ph. D. dissertation, Northwestern University, 1983.

Lesjak, Carolyn, *Working Fictions: A Genealogy of the Victorian Novel*, Durham, N. C. : Duke University Press, 2006.

Levine, George, *Darwin and the Novelists: Patterns of Science in Victorian Fiction*, Chicago: University of Chicago Press, 1988.

——*Darwin Loves You: Natural Selection and the Re-Enchantment of the World*, Princeton: Princeton University Press, 2006.

Lewes, George Henry, "Life and Doctrine of Geoffroy St. Hilaire", *Westminster Review*, Vol. 61, No. 5, 1854.

—— "Sea-Side Studies. Part II", *Blackwood's Edinburgh Magazine*, Vol. 80, 1856.

—— "Studies in Animal Life. Chapter 1", *Cornhill Magazine*, Vol. 1, 1860.

Lindner, Christoph, *Fictions of Commodity Culture: From the Victorian to the Postmodern*, Hamshire: Ashgate Publishing Ltd. , 2003.

Linnaeus, Carl, *Systema Naturae*, 12th. ed. , Vol. 1, London: Lackington, Akens, 1806.

Lipscomb, Susan Bruxvoort, "Introducing Gilbert White: An Exemplary

Natural Historian and His Editors", *Victorian Literature and Culture*, Vol. 35, No. 2, 2007.

Litvack, Leon, "Outposts of Empire: Scientific Discovery and Colonial Displacement in Gaskell's 'Wives and Daughters'", *The Review of English Studies*, Vol. 222, No. 55, 2004.

Liu, Alan, *Wordsworth: The Sense of History*, Stanford University Press, 1989.

Lovejoy, A. O, *The Great Chain of Being*, Cambridge, Mass., 1942.

Lucas, John, "Mrs Gaskell and Brotherhood", in David Howard, John Lucas and John Goode, eds., *Tradition and Tolerance in Nineteenth-Century Fiction*, London, 1966.

—— "Mrs. Gaskell and the Nature of Social Change", *Literature and History*, Vol. 1, 1975.

——*The Literature of Change: Studies in the Nineteenth-Century Provincial Novel*, New Jersey: Barnes and Noble Books, 1980.

Maddox, Lucy, "Gilbert White and the Politics of Natural History", *Eighteenth-Century Life*, Vol. 10, No. 2, 1986.

Malthus, T. R, *An Essay on the Principle of Population*, 1803 – 1826, Cambridge: Cambridge UP, 1989.

Martin, Carol A, "Gaskell, Darwin, and North and South", *Studies in the Novel*, Vol. 15, No. 2, 1983.

Matus, J. L., *The Cambridge Companion to Elizabeth Gaskell*, Cambridge: Cambridge University Press, 2007.

McClintock, Anne, *Imperial Leather: Race, Gender and Sexuality in the Colonial Contest*, New York and London: Routledge, 1995.

Meckier, Jerome, "Parodic Prolongation in *North and South*: Elizabeth Gaskell Revaluates Dickens's Suspenseful Delay", *Dickens Quarterly*, Vol. 23, No. 4, 2006.

Menely, Tobias, "Traveling in Place: Gilbert White's Cosmopolitan Parochialism", *Eighteenth-Century Life*, Vol. 28, No. 3, 2004.

Merrill, Lynn L., *The Romance of Victorian Natural History*, New York and

Oxford: Oxford University Press, 1989.

Miller, Andrew H. , *Novels behind Glass: Commodity Culture and Victorian Narrative*, Cambridge University Press, 2008.

Miller, D. A. , *Narrative and Its Discontents*, Princeton: Princeton University Press, 1981.

Miller, David Philip and Reill, Peter Hanns, eds. , *Visions of Empire: Voyages, Botany, and Representations of Nature*, Cambridge: Cambridge University, 1996.

Miller, Hugh, *The Old Red Sandstone, or, New Walks in an Old Field*, New York: Hurst and Company, 1858.

Morris, Pam, *Imagining Inclusive Society in Nineteenth-Century Novels: The Code of Sincerity in the Public Sphere*, Baltimore: John Hopkins University Press, 2004.

Morton, A. G. , *A History of Botanical Science: An Account of the Development of Botany from Ancient Times to the Present Day*, London: Academic Press, 1981.

Mullett, Charles F. , "Multum in Parvo: Gilbert White of Selborne", *Journal of the History of Biology*, Vol. 2, No. 2, 1969.

Mulvihill, James, "Economics of Living in Mrs. Gaskell's *Cranford*", *Nineteenth Century Literature*, Vol. 50, No. 3, 1995.

Niles, Lisa, "Malthusian Menopause: Aging and Sexuality in Elizabeth Gaskell's *Cranford*", *Victorian Literature and Culture*, Vol. 33, 2005.

Nord, Deborah Epstein, *Walking the Victorian Streets: Women, Representation, and the City*, Ithaca and London: Cornell University Press, 1995.

Orwell, George, *George Orwell: Animal Farm, Burmese Days, A Clergyman's Daughter, Coming Up for Air, Keep the Aspidistra Flying, Nineteen Eighty-Four*, London: Seeker & Warburg, 1976.

Patten, Robert L. , *Charles Dickens and "Boz": The birth of the Industrial-Age Author*, Cambridge: Cambridge University Press, 2012.

Pikoulis, John, "North and South: Varieties of Love and Power", *Yearbook of English Studies*, Vol. 6, 1976.

Poovey, Mary, *Making a Social Body: British Cultural Formation, 1830 – 1864*, Chicago: *University of Chicago Press*, 1995.

Prasad, Rajendra, "Indigo—The Crop that Created History and then Itself Became History", *Indian Journal of History of Science*, Vol. 53, No. 3, 2018.

Pratt, Mary Louise, *Imperial Eyes: Travel Writing and Transculturation*, New York: Routledge, 1992.

Price, Uvedale, *Essays on the Picturesque, as Compared with the Sublime and Beautiful; and, on the Use of Studying Pictures, for the Purpose of Improving Real Landscape*, Vol. 1, London: J. Mawman, 1810.

—— "An Essay on the Picturesque", in John Dixon Hunt and Peter Willis, eds. , *Genius of the Place: The English Landscape Garden 1620 – 1820*, Cambridge: MIT Press, 1988.

Rappoport, Jill, "Conservation of Sympathy in Cranford", *Victorian Literature and Culture*, Vol. 36, No. 1, 2008.

Raskin, Jonah, *The Mythology of Imperialism: A Revolutionary Critique of British Literature and Society in the Modern Age*, New York: Monthly Review Press, 2009.

Recchio, Thomas, *Elizabeth Gaskell's Cranford: a Publishing History*, Farnham: Ashgate Publishing, 2009.

Richetti, John ed. , *The Columbia History of the British Novel*, Beijing: *Foreign Language Teaching and Research Press*, Columbia University Press, 2005.

Ritvo, Harriet, *The Animal Estate: The English and Other Creatures in the Victorian Age*, Cambridge, MA: Harvard University Press, 1987.

——*The Platypus and the Mermaid and Other Figments of the Classifying Imagination*, Cambridge, MA: Harvard University Press, 1997.

Rubenius, Aina, *The Woman Question in Mrs. Gaskell's Life and Works*, Cambridge, MA: Harvard University Press, 1950.

Rudolph. E. D. , "*Space as an Image of Time*", in Karl Kroeber and William Walling, eds. , *Images of Romanticism: Verbal and Visual Affinities*, New Haven: Yale University Press, 1978.

Said, Edward, *Culture and Imperialism*, New York: Vintage, 1993.

——*Orientalism*, 1977, London: Penguin, 2003.

Sanders, Andrew, *The Victorian Historical Novel* 1840 – 1880, London: Macmillan Press, 1978.

Sanders, Valerie ed. , *Lives of Victorian Figures III: Elizabeth Gaskell, The Carlyles and John Ruskin by Their Contemporaries*, London: Pickering and Chatto, 2005.

Schaub, Melissa, "Sympathy and Discipline inMary Barton", *Victorian Newsletter*, Vol. 106, 2004.

Scholl, L. , E. Morris, and S. G. Moore, eds. , *Place and Progress in the Works of Elizabeth Gaskell*, Farnham: Ashgate, 2015.

Schor, Hilary M. , *Scheherezade in the Marketplace: Elizabeth Gaskell and the Victorian Novel*, New York: Oxford University Press, 1992.

Secord, Anne, "Elizabeth Gaskell and the Artisan Naturalists of Manchester", *Gaskell Society Journal*, Vol. 19, 2005.

Seidman, Steve, "The Power of Desire and the Danger of Pleasure: Victorian Sexuality Reconsidered", *Journal of Social History*, Vol. 24, No. 1, 1990.

Shaw, Marion, "Sylvia's Lovers and other historical fiction", in Jill L. Matus, ed. , *The Cambridge Companion to Elizabeth Gaskell*, New York: Cambridge University Press, 2007.

Shelston, Alan, "Elizabeth Gaskell, Dante Gabriel Rossetti, and Wordsworth", *Notes and Queries*, Vol. 46, 1999.

——*Brief Lives: Elizabeth Gaskell*, Hesperus Press, 2010.

Showalter, Elaine, *A Literature of Their Own: British Women Novelists from Bronte to Lessing*, Beijing: Foreign Language Teaching and Research Press, 2013.

Shteir, Ann B. , *Cultivating Women, Cultivating Science: Flora's Daughters and Botany in England*, *1760 – 1860*, Baltimore: Johns Hopkins University Press, 1996.

Shuttleworth, Sally, *George Eliot and Nineteenth-Century Science: The Make-Believe of a Beginning*, Cambridge: Cambridge University Press, 1984.

Simmel, Georg, *The Philosophy of Money*, trans. , Tom Bottomore and David Frisby, London: Routledge and Kegan Paul, 1978.

Singh, Sushant Kumar, "The Condition of the Workers in Indigo Plantation Work during the Period Between 1850 and 1895", *International Journal of Applied Research*, Vol. 6, No. 3, 2017.

Sitwell, Edith, *English women*, Writer's Britain, London: Prion, 1997.

Smiles, Samuel, *Self-Help*; *with Illustrations of Character and Conduct*, London: John Murray, 1859.

——*The Life of a Scotch Naturalist: Thomas Edward*, London: John Murray, 1876.

Snell, K. D. M ed. , *The Regional Novel in Britain and Ireland*, *1800 – 1990*, New York: Cambridge University Press, 1998.

Spencer, Herbert, *Essays: Scientific*, *Political*, *and Speculative*, London: Williams & Norgate, 1883.

Spencer, Jane, *Elizabeth Gaskell*, New York: Macmillan Education, 1993.

Spender, Dale, *Man Made Language*, London, Boston and Henley: Routledge and Kegan Paul, 1980.

Spivak, Gayatri Chakravorty, "Three Women's Texts and a Critique of Imperialism", *Critical Inquiry*, Vol. 12, No. 1, 1985.

Stevenson, Jill. Heydt, "Unbecoming Conjunctions: Mourning the Loss of Landscapeand love in Persuasion", *Eighteenth-Century Fiction*, Vol. 8, No. 1, 1995.

Stoneman, Patsy, *Elizabeth Gaskell*, Manchester and New York: Manchester University Press, 2006.

—— "Gaskell, Gender, and the Family", in J. L. Matus, ed. , *The Cambridge Companion to Elizabeth Gaskell*, Cambridge: Cambridge

UniversityPress, 2007.

Thackray, Arnold, "Natural Knowledge in Cultural Context: The Manchester Model", *American Historical Review*, Vol. 79, No. 3, 1974.

Tillotson, Kathleen, *Novels of the Eighteen-Forties*, Oxford: Clarendon Press, 1954.

Tonnies, Ferdinand, *Community and Society*, Newton Abbot: David and Charles, 2002.

Trollope, Anthony, *Letters*, London: Oxford University Press, 1951.

Uglow, Jenny, *Elizabeth Gaskell: A Habit of Stories*, London and Boston: *Faber and Faber*, 1993.

Ulrich, John M. , "Captains of Industry", in Mark Cumming, ed. , *The Carlyle Encyclopedia*, Cranbury: Associated University Presses, 2004.

Vicinus, Martha, *Suffer and Be Still: Women in the Victorian Age*, Bloomington: Indianna University Press, 1972.

Wakefield, Priscilla, *An Introduction to Botany, in a Series of Familiar Letters*, London, 1811.

Watt, Ian P. , *The Rise of the Novel: Studies in Defoe, Richardson, and Fielding*, Berkeley: University of California Press, 1957.

Watts, Ruth, *The Unitatian Contribution to Education in England from the Late Eighteenth Century to 1853*, Ph. D. dissertation, University of Leicester, 1987.

Warwick, Alexandra and Cavallaro, Dani, *Fashioning the Frame: Boundaries, Dress and the Body*, Oxford: Berg. , 1998.

Whately, Thomas, *Observations of Modern Gardening, Illustrated by Descriptions*, London: T. Payne, 1770.

Whitaker, Katie, "The Culture of Curiosity", in N. Jardine, J. A. Secord and E. C. Spary, eds. , *Cultures of Natural History*, New York: Cambridge UniversityPress, 1996.

White, Gilbert, *The Natural History and Antiquities of Selborne*, London: Ray Society, 1993.

Wildt, Katherine Ann, *Elizabeth Gaskell's Use of Color in Her Industrial Novelsand Short Stories*, Lanham, MD: UP of America, 1999.

Williams, Raymond, *Culture and Society, 1780 – 1950, 1958*, New York: Anchor Books, 1960.

——*The Country and the City*, New York: Oxford University Press, 1973.

——*The English Novel: from Dickens to Laurence*, London: Chatto and Windus, 1973.

Wilson, Elizabeth, *Adorned in Dreams: Fashion and Modernity*, Berkeley and Los Angeles: University of California Press, 1987.

Woloch, Alex, *The One Vs. The Many: Minor Characters and the Space of the Protagonist in the Novel*, Princeton and Oxford: Princeton University Press, 2003.

Woolf, Virginia, *The Captain's Death Bed*, New York: Harcourt, 1950.

Wright, Terence, *Elizabeth Gaskell: 'We are not angels': Realism, Gender, Values*, Macmillan Press; New York: St. Martin's Press, 1995.

Yeazell, Ruth, "Why Political Novels Have Heroines: 'Sybil', 'Mary Barton', and 'Felix Holt'", *Novel: A Forum on Fiction*, Vol. 2, 1985.

后　记

　　本书是在我博士学位论文的基础上修改完成。回首那段求学、研究历程，心里感慨万千，这其中的感受或许只有经历过的人才能体会。如果用一个词来总结，应该是"苦中有乐"吧。书稿最终得以顺利完成，归功于很多因素。

　　首先，感恩这个时代。弗吉尼亚·伍尔夫在经典名作《一间自己的屋子》的开篇说过这样一句话："一个女人如果打算写小说的话，那她一定要有钱，还要有一间自己的房间……五百英镑的年薪象征了沉思的力量，门上的锁意味着独立思考的能力。"读博期间，我真切地体会到了伍尔夫的睿智和深刻。这样的类比似乎不很恰当，有抬高自己的嫌疑。我真正想说的是：我很庆幸生活在这个时代，拥有一间属于自己的"屋子"，能自由地读书、求学、生活，有机会进入南京大学接受很好的教育，求教于我敬重的老师和前辈们。

　　其次，衷心感谢所有给予我关心、鼓励、指导和帮助的良师益友们。

　　感谢我的导师陈兵教授。从硕士阶段开始，我就有幸聆听陈老师的教诲。读博期间，我在科学研究、论文写作方面得到了陈老师更为全面而深入的指导。陈老师教学、科研任务繁重，但他从未因为自己的工作而忽略对学生的关心和帮助。在我提交博士论文初稿的时候，陈老师正忙于完成国家课题的结项工作。令我感动的是，交稿后没多久，陈老师就发来详细的反馈意见，针对篇章结构、行文措辞、格式细节等，提出极具建设性的建议。得益于老师的悉心指点，我才能够顺利完成论文。几年来，我在学业上的成长浸透了老师的心血。

　　感谢读博期间给予我帮助和启发的老师们。感谢南京大学外国语学院的王守仁教授、朱刚教授、杨金才教授、程爱民教授、何成洲教授、江宁康教授、何宁教授、方红教授、但汉松教授、南京大学文学院的肖锦龙教授以及南京大学哲学院的张异宾教授，他们的课程和讲座让我获益匪浅。感谢王守仁教授、朱刚教授、杨金才教授、程爱民教授、何成洲教授、何宁教授、南京国际关系学院方杰教授、南京邮电大学王玉括教授以及南京师范大学陈爱敏教授在我论文开题、预答辩和答辩时提出许多极具价值的意见和建议。教授们严谨务实的科研作风，扎实深厚的理论功底和宽厚包容的博大胸怀，为我树立了一辈子学习的典范。

感谢北京师范大学的蒋虹教授和章燕教授。2014 年我在那里访学时，两位教授的课程使我获益良多。她们在治学方面的严谨态度给我留下了深刻的印象，成为我时时效仿的榜样。

感谢华东师范大学中文系的金雯教授和南京邮电大学英文系的陈琳副教授。她们在博士论文写作之初，给我提出了许多宝贵的意见。

感谢同窗好友李亚利、刘智欢不远千里，从美国给我带回资料，她们的真诚和友好让我感动；感谢同窗好友吴丽娟、徐晓妮、小师妹李秋宇，和她们相处的日子愉快而舒心。她们的鼓励和陪伴始终是我前行的动力；感谢郭加宾同学在论文写作方面给我提供的无私帮助；感谢同学石苗苗、汪小萍、陈洪江，感谢师兄骆谋贝、师妹蔡云、孔德蓉、周梅、陈丽、王欣以及上一届的黄晓丽、李菊花、杨倩、段道余等学姐学长，与他们一起学习交流的日子令人难忘。

感谢李彦、文卫霞等好友，几年来我常常和她们交流在学习和生活中遇到的困惑和烦恼，在不断的排遣和宣泄中得以放松，在相互鼓励中砥砺前行，这也是我得以顺利完成学业的重要精神动力之一。

我还要感谢最最亲爱的家人们！他们竭尽全力支持我，想方设法解除我的后顾之忧，使我能够全身心地投入学业中去。在这艰难的人生旅途中，是他们让我领悟到生活的真谛，是他们教会我勇敢、自信、知足和感恩。

本书部分章节曾在期刊上发表。感谢编辑老师和审稿专家提出的修改建议，使得本书在细节上更加完善。

感谢中国社会科学出版社给予我机会出版此书。感谢王莎莎编辑，她的认真编校使本书在格式上更加严谨和规范。

此外，本书还得到云南师范大学外国语学院图书出版资助，谨在此一并致谢。

本书的出版受到教育部人文社会科学研究规划基金西部和边疆地区项目"伊丽莎白·盖斯凯尔小说的博物学叙事研究"（编号：21XJA752002）和云南师范大学博士科研启动项目（编号：2021SK001）资助。在此表示诚挚感谢。

李洪青

2023 年 3 月于昆明